©Hans Frieder Huber 2018
Verlag: tredition GmbH
Halenreie 40-44, 22359 Hamburg
Werke Buch 12

ISBN: 978-3-7469-0144-2
Umschlaggestaltung Hans Frieder Huber
Eigene Fotos

DAS EIHEI-JI SYNDROM

DOKUMENTARISCHER ROMAN

Hans Frieder Huber

Mit guten Gedanken an meine viel zu früh verstorbenen Tante Else, einem Menschen voll Liebe, Güte, Verständnis, Hilfsbereitschaft und klagloser Duldsamkeit in ihrer schweren Krankheit. Sie war die Einzig die um mich weinte, als ich in einer früheren schweren Zeit alleine stand - umgeben von der Leere des Egoismus.
Danke für immer.
Dein Hans Frieder

WIDMUNG

Gewidmet den Opfern von Waffen getötet oder verstümmelt, welche skrupellos jedem ausgehändigt wurden und werden der danach strebt, ausgelöst von Gier, Machtversessenheit, religiöser Verblendung, Menschenverachtung und damit das Elend dieser Welt in nicht mehr kontrollierbarem Maße vergrößert.

Fluch den Machern, Waffenherstellern, Händlern, die im Verbund mit den Verantwortlichen der jeweiligen Regierungen, Machthabern, Diktatoren, selbstsüchtiger Profiteuren, Mördern, die Werte des menschliches Leben mit Füßen treten.

柔道家

HANS FRIEDER HUBER, Träger des SHO-DAN (schwarzer Meistergürtel Judo) und examinierter Judo-Trainer, lehrte diesen Kampf-Sport in eigener Schule „KODOKAN FREIBURG JUDO SCHULE".
Huber studierte die japanische Kampf-Kunst und die begleitende Philosophie des Zen u.A. im KODOKAN TOKYO (Zentrum des Weges).

Zusammen mit seiner Frau durchreiste er Japan mit öffentlichen Verkehrsmitteln und läßt seine dabei gemachten Erfahrungen in dieses Buche einfließen.

1

„Wer ist es ?"
Claras Frage kommt aus der Küche über die offen stehenden Türen der Diele ins Arbeitszimmer.
„Ein Totgeglaubter."
„Wer.....?" Sie zieht ihre Frage in die Länge
„Jürgen Bremer - ein Mann aus meiner Vergangenheit - ich habe Dir früher einmal von ihm erzählt."
Jetzt steht sie unter dem Türrahmen und das Weiß um Ihre dunkle Iris hat sich vergrößert.
„Was will er ?"
Jan legt die Hand auf das Sprechteil des schnurlosen Telefons.
„Wenn Du bitte abwarten würdest bis er es mir gesagt hat, dann könnte ich Deine Frage beantworten."
Jans Blick geht durch das Westfenster seines Arbeitszimmers hinaus in den Garten hinüber zum Wäldchen, wie sie den Wildwuchs hinter dem Stamm der mächtigen Lerche nennen, einem ehemaligen Rasenbereich, den sie wegen der langen, in sanftem Schwung tief durchhängenden Lerchenäste irgendwann vom Rasenmähen ausgenommen hatten und sich dort inzwischen eine überraschend üppige Pflanzenvielfalt entwickelte.
„Wo zum Teufel warst Du all die Jahre.... Jahrzehnte, seit Du Dich nach Deiner abgebrochenen Weltreise von mir verabschiedet hast?"
Es kracht und rauscht in der Leitung.
„Halt mal Dein Handy ruhig."
„Es ist kein Handy. Ich halte den Hörer eines antiken Bakelit-Telefons in der Hand und ich bin sehr weit weg."
„Wo zum Teufel?"
„In Japan."
Jan nimmt das Telefon mit dem bunten Display vom Ohr und starrt einen Moment verblüfft darauf, als wäre darin ein Erklärung des so außergewöhnlichen Fernrufes zu finden.
Dann die eigentlich unnötige Nachfrage:
„In Japan?"
„Ja, in Japan und ich brauche Deine Hilfe."

„Welcher Art und wie soll das von hier aus gehen?"

„Nicht von - *Old fuck Germany* - Du mußt nach Japan kommen......!"

„Mann, Dir geht es wohl nicht gut, mich nach Japan zu beordern."

„Mir geht es tatsächlich nicht gut, sonst würde ich Dich nicht behelligen. Du hast jetzt die Gelegenheit Dein Versprechen das Du mir damals gegeben hast einzulösen. Ich erinnere Dich an Deine Worte

- Wann, wo und wie auch immer Du mich brauchst kannst Du auf meine Hilfe zählen, ich stehe in deiner Schuld – Du hast mir das Leben gerettet und bist dabei selbst fast drauf gegangen –

......und plötzlich ist er wieder da, der Alptraum der ihn jahrelang aus dem Schlaf riß, sich dann vermeintlich in all den Jahren langsam in seinem Gehirn zurückzog, irgendwo abgelegt, fast vergessen schien, so hatte Jan geglaubt und der ihn jetzt mit einem Schlag erneut in die Vergangenheit zurück katapultiert.

Schweißgebadet schreckte er in jenen Nächten auf, hörte immer wieder überlaut das dumpfe Geräusch zerquetschenden Autobleches, das Kreischen von Metall auf hartem Straßenbelag, ringt nach Atem, denn soeben hat das Wasser des Baches seinen seitlich aus dem zertrümmerten Auto hängenden Kopf erreicht und dringt sprudelnd in Mund und Nase. Er bekommt keine Luft mehr. Seine Beine sind unter dem Armaturenbrett eingeklemmt, als der ins Schleudern geratene Lastwagen seinen Volkswagen durch die zerreißenden Leitplanken den steilen Abhang hinunter schob, fast im Zeitlupentempo, mehr und mehr bis sein Kopf die wilden Wellen des Bergbaches erreichte und der letzte Schub des LKW-Kolosses ihn unter Wasser drückte. Krampfhaft hob er den Kopf um Luft zu bekommen, aber die Kraft seiner Nackenmuskeln ließen rasend schnell nach. Er versuchte mit der einen freien Hand in seine eigenen Haare greifend den Kopf hochzuziehen - vergebens......

Als er seine Umgebung - das Innere eines Krankenwagens - wieder wahrnimmt, sagt ihm eine Stimme nahe seinem Ohr - er hätte verdammtes Glück gehabt, daß der Motorradfahrer, der jetzt neben ihm auf der zweiten Bahre liege, ihn gerettet habe.

„Der guter Junge stand über eine Stunde im eiskalten Wasser um Ihren Kopf hochzuhalten bis die Feuerwehr das Auto am Hang gesichert hatte, damit es nicht weiter abrutschen konnte, denn dann wären Sie und der Junge tot. Er ist jetzt völlig unterkühlt und nicht bei Bewußtsein. Wir hoffen, daß er durchkommt."

Es war Jürgen Bremer der ihn rettete, dem er damals, als sie beide wieder aufrecht stehen und sich auf dem Klinikbalkon begegnen konnten, spontan versprach ihm gleichermaßen und jederzeit zu helfen, wenn dies von Nöten sei. Ein Schuldversprechen das er jetzt, nach über dreißig Jahren, einforderte und dem Jan sich kaum entziehen konnte, auch wenn es sich offensichtlich um eine ungewöhnliche und aufwendige Hilfeleistung handelte.

„Wo bist du in Japan?"
„Im Soto-Zen-Kloster EIHEI-JI. Einen Ort den nur wenige kennen und niemand mich dort vermutet."
„Es wir Dich erstaunen, aber ich kenne dieses Kloster.... mußt Du Dich dort verstecken?"
„Strenggenommen – ja."
„Wer sucht Dich und warum?"
Anstelle einer Antwort kam eine Gegenfrage.
„Wie kannst Du diesen versteckten Flecken der Erde kennen?"
„Auf dem Weg von *Kyoto* nach *Kanazawa* am Japanischen Meer habe ich vor vielen Jahren zusammen mit meiner Clara diese Klosteranlage besucht, eigentlich nur der besonderen Bauweise wegen. Siebzig Holzhäuser den Berg hinauf mit umschlossenen Gängen verbunden, alles in höchster japanischer Zimmermannskunst gefertigt, eine Faszination wenn man ein Auge dafür hat. Ich war jedoch neben der Wahrnehmung dieser baulichen Besonderheiten durch Gesprächen mit einzelnen Mönchen und Novizen von der dort praktizierten Glaubens-Philosophie so sehr beeindruckt, daß ich mich danach mit diesem besonderen Zen-Buddhismus beschäftigte und es im philosophischen Sinne eigentlich noch immer tue."
Jürgen Bremer schweigt einen Moment, dann sagt er:

„Ich bin Novize auf Zeit und was mich dorthin geführt hat sage ich Dir wenn Du hier bist. Bringe neben Deinem Paß, den Du ohnehin benötigst um in Japan einzureisen, Deinen Personalausweis mit und......mache von beiden Papieren Kopien die Du ebenfalls mit Dir führen solltest."

„Mann, Du sprichst in Rätseln und ich weiß wirklich nicht was ich davon halten soll?"

„Mach es einfach so wie ich es sage und Du wirst alles verstehen, wenn ich hier mit Dir sprechen kann. Du bist mir gegenüber im Wort, das solltest Du bei allen Deinen weiteren Überlegungen immer vorne anstellen, oder gilt Dein Versprechen nicht mehr?"

„Du kannst Dir gar nicht vorstellen wie mich Deine Schuldeinforderung begeistert." Jan lacht obwohl ihm wahrhaftig nicht danach zumute ist.

Jürgen Bremer ergänzt unbeeindruckt:

„Über die Finanzen brauchst Du Dir keine Gedanken zu machen. Du legst die Reisekosten aus und bekommst das Geld und ein Zusatzhonorar von mir, wenn Du in Japan bist."

„Honorar?"

„Nenne es wie Du willst, aber ich werde mich Dir gegenüber großzügig zeigen, vorausgesetzt Du hilfst mir tatsächlich und stellst nicht allzu viele Fragen.

Abflug in drei Tagen, 12.29 Uhr ab Frankfurt. Swiss, via Zürich, dann Direktflug nach Tokyo mit zwei kurzen Zwischenstops in Bombay und Honkong. Das Ticket ist für Dich am Check-Inn hinterlegt. In Tokyo laß Dich zum Tokyo-Prinz Hotel fahren...... auch dort ist ein Zimmer für Dich reserviert mit Blick auf den Tokyo-Tower, dem japanischen Eifelturm-Verschnitt........lacht. Du bist doch Freiberufler mit guten Leuten im Büro, also kannst Du jederzeit eine kleine Unterbrechung einlegen-habe ich recht?

Und noch eines....gib mir bitte deine *Mobile-Number*............o.k., und dies sagt er in Englisch......meine Nummer programmierst Du jetzt direkt in Dein *Mobile*, aber unter – *Kaito* -

mein Novizen-Name und benutze diese Nummer nur im absolut notwendigen Fall....o.k! "

Es knackt in der Leitung, dann herrscht Stille......

2

Jetzt wird der Blick nach unten frei. Die wie Watte ineinander ver-
knäulten Wolkenbänke weichen dem klaren Blau des sich öffnenden
Himmelshorizontes. Weit unten leuchten die bizarren Spitzen weiß
gehäupteter Berge herauf. Zwischen ihnen glitzern Gletscherbäche
im Sonnenreflex, wie silberne Schlangen die dem Meer entgegen
streben. Der Jumbo Boeing 747 rumpelt in aufkommenden Luftturbulenzen
und Jan muß seinen *Gin and Tonic* im hohen Glas festhalten.

Der Flugkapitän hatte gleich zu Anfang nach Erreichen der Reise-
flughöhe die Route erklärt:
Zürich-Zagreb-Istanbul-Damaskus-Bahrain-Abu Dhabi - über die
arabische Wüste nach *Muscat* am Golf von Oman, dann hinüber
nach *Bombay* zum ersten Zwischenstop. Weiter nach *Honkong* und
zuletzt *Tokyo-Airport- Narita.*
„Hat er wirklich *Damaskus* gesagt?"

Die Japaner, ja sogar die eher als harsch geltenden Chinesen wirken
in den ersten Flugstunden entspannt, sind freundlich, ja man könnte
sogar sagen fröhlich, werden dann aber zunehmend unruhig. Anders
die wenigen Inder, die in fast stoischer Ruhe in ihren Sitzen zu kleben scheinen.
Japanischen Frauen haben offensichtlich schwache Blasen oder zuviel der kostenfreien Bordgetränke konsumiert, denn sie gehen häu-
fig zur Toilette und so bilden sich dort regelmäßig Warteschlangen.
Sie reißen dann an den Toilettentüren weil sie anscheinend, auch bei
der widerholten Nutzung, den Öffenmechanismus nicht verstehen.
Als auch Jan vor einer der begehrten Türen steht und auf das Freizeichen wartet, schlüpft eine kleine Japanerin unter seinem, auf die
Lehne des letzten Sitzes gestützten Armes, hindurch, genau in dem
Moment als das Freizeichen erscheint. Sie huscht flink in die WC-
Zelle, diese Mal ohne Öffnungsprobleme. Nicht ein zweites Mal

denkt Jan, denn hinter ihm steht noch eine weitere kleine, jedoch alte Japanerin die ihn freundlich anlächelt als er sich umwendet. Für sie unverständlich sagt er auf Deutsch: „Du nicht........ nun ist Schluß mit Höflichkeit - jetzt komme ich."

Es ist Nacht.
Lichtquadrate leuchten von weit unten herauf. Städte, Siedlungen in der Wüste, rechteckig, vielleicht mit einer Mauer umgeben. Jan ist müde, schläft in den ihn umgebenden, zu einem Rauschen verschwimmenden, Geräuschen ein.

Der hektisch bewegte Ellenbogen seines Sitznachbars weckt ihn harsch.
Draußen aus dem Dunkel kommen den neugierigen, aber auch manch gleichgültigem Blick eines Vielfliegers, die Lichter der Stadt entgegen -
Bombay.
Leuchtende Perlenbänder, gelb dann eisblau durchschneiden den schwarzen Abgrund. Lichtinseln rasen an den ovalen Fenstern vorbei, dann folgt das hohe kreischende Schleifen der Pneus auf dem rauhen Asphalt der Landebahn.

Inder verlassen das Flugzeug.
Jan steht auf, versucht den Gang entlang zu gehen, doch es sind zu viele Menschen mit dem gleichen Ansinnen. Seine Beine sind steif. Durch die geöffneten Türen dringt Außenluft herein, dumpf, schwül, fremd. Plötzlich ist indisches Reinigungspersonal an Bord. Den Staubsaugern auf dem Rücken huschen sie mit gesenkten Köpfen durch die Gänge und Sitzreihen. Sie bringen mit ihrem Körpergeruch das Fremde des Subkontinentes herein. Jan ist es nicht wohl. Ist es die große Entfernung von seinem Lebensraum der ihn einen Moment lang schutzlos macht oder das Fremde, das seine Sinne noch nicht aufnehmen will? Er hat keine wirkliche Erklärung.
Ein *Walkie-Talkie* ruft die Reinigungscrew zurück – hinaus in ihre Welt. Kein Papierschnipsel bleibt zurück und auch die überfüllten

Netze an den Rückseiten der Vordersitze sind von allem befreit, was dort nicht hin gehört.

Die Stewardessen stehen am Exit und sprühen sich die Arme ein. Jan hört sie sagen:

„Verdammte Fliegen, morgen in „JAK", sie meinen sicherlich Jakarta, wird es noch schlimmer." Sie sprechen miteinander und verlassen fast zögerlich das Flugzeug. Eine andere Crew kommt an Bord und nach ihnen neue indische Fluggäste. Die Türen werden geschlossen. Die Luft klärt sich, wird wieder mechanisch gefiltert - normal - was auch immer das heißen mag.

Jetzt, wird die Nacht von der Helligkeit einer noch tief stehenden Morgensonne verdrängt. Inseln schimmern durch den Dunst des frühen Tages herauf. Sie verbinden sich zu Gruppen mit schmalen hellen Rändern vor stumpfgrünen Hügeln durch die gewundene Linien laufen - Wege, Straßen, Bergflüsse. Dann stürzt das Flugzeug in einer steilen Kurve auf die dicht bebauten Hänge einer steinernen Stadt hinunter. Hoch aufragende Häuser mit schier unzähligen Geschossen gleich leblosen Monumenten, eng aneinander gefügt mit zackig, gestaffelten Grundrissen, Türme dicht an dicht wie in Modelgruppen gebündelt, kommen rasend näher, schneller und schneller, sind beängstigend nah, plötzlich neben den Menschen hinter den Flugzeugfenstern, dann ist es vorbei.

Die Maschine bleibt vibrierend stehen.

Hongkong Transithalle.

Überall auf dem Weg vom Flugzeug in die Halle stehen rot uniformierte Hostessen, die jeden Schritt der Passagiere exakt leiten. Es folgt eine penible Sicherheitskontrolle, wobei den Männern der gesamte Tascheninhalt bis hin zum Taschentuch abgenommen und in blauen Plastikbeuten verwahrt wird. Dann folgt die körperliche Visitierung, Durchleuchtung und am Ende gibt es den Inhalt der blauen Beutel zurück.

Tax-free - en masse.

Auf der Herrentoilette will Jan sich ein wenig frisch machen, den

Mund ausspülen, aber an den Waschbecken läuft kein Wasser. Der zahnlose chinesische Toilettenmann erklärt sogleich beflissen und sicherlich im Detail genau warum das Wasser im Augenblick nicht läuft ohne daß Jan ein einziges Wort verstehen kann. Dabei lächelt der Mann mit dem gelb ledernen Gesicht, das nur aus Hautfurchen zu bestehen scheint Jan unaufhörlich an, wobei seine Zunge sichtbar in seinem Mund herum irrt, als wolle sie die längst verlorenen Zähne suchen. Auch Jan lächelt nun obwohl es ihm mit bleibend schlechtem Geschmack im Mund nicht danach zumute ist.

Zurück in den Jumbo.

Auf einer lange zurückliegenden Reise nach Japan hatte Jan den Eindruck gewonnen die Japaner würden in ihrer volkstypischen Höflichkeit, neben anderen positiven Tugenden, niemals drängeln, was offensichtlich hier innerhalb, sowie von und zum Flugzeug, eine partiell verloren gegangene Eigenschaft zu sein scheint. Diese Beobachtung betrifft zumindest die mitreisenden Inselasiaten, denn diese schieben unaufhörlich mit Körperkontakt die Gangway hinunter, in den Bus, die Rolltreppe hinauf, durch die Türen in die Transithalle und das Ganze wieder zurück. Klar, man weiß ja, daß gerade die Japaner Meister der Nachahmung sind und Fremdes, bevorzugt westliches *Know How*, so auch weniger nachahmenswerte Gewohnheiten, unbedarft übernehmen. Sollte Dies tatsächlich damit zu begründen sein?

Jan hofft, daß das alte, traditionelle Japan trotzdem noch leben würde, sich neben der weltweit zu beobachtenden verwestlichenden Dekadenz behaupten konnte, wenn er denn in Kürze den Boden dieses von ihm schon in frühster Jugend begeisternden Landes betreten wird.

Der letzter Anflug.
Ein langgezogener weiß glänzender Küstenstreifen trennt das Meer vom Land. Dahinter sanfte grüne Hügel, fast schwarz erscheinend von dichten Ansiedelungen niederer, ziegelgedeckter Häuser unterbrochen. Anders als die geschlossene Vegetation der dschungelbe-

deckten Inseln vor China - eben Japan.

Dann folgen rechteckige Felder hellgrün, zwischen glitzernde Wasserflächen - endlos. Dazwischen Flüsse, die mit ihren unregelmäßigen Windungen die Symmetrie der geometrischen, menschgemachten Strukturen stören. Im begrenzten Fensterausschnitt huschen jetzt Straßen durch den Blick, verwirrend, neben- scheinbar ineinander, übereinander verschlungen, vielspurig durch dichter und dichter formierte Hausgruppen, Vorstädte, Stadtteile. Dazwischen immer wieder folienbedeckte Pflanzungen, gefolgt von Industrieanlagen mit rauchenden Schloten, alles sichtbar auf engstem Raum, ein Konglomerat von Flächenwucherungen menschlichen Tuns, eine verwirrende, jetzt im Sinkflug rasend schnell vorbeiziehend Formenvielfalt. Endlich *Narita-Airport-Tokyo*, siebzig Kilometer vor dem Moloch – *Tokyo-Downtown*.

Jan erinnert sich.

Ticket to Tokyo by Limousin-Bus.

Draußen vor dem *Terminal* 1 wechselt ein uniformierter *Gide* die Schilder auf denen jeweils die Ziele des gerade anfahrenden Busse angezeigt werden.

Endlich beim vierten Bus – es ist bereits nach sechzehn Uhr - taucht in letzter Position der Zielaufreihung das *Tokyo-Prinz-Hotel* auf.

„*Tokyo-Prinz?*"

„*Hei, hei.*"

Man nimmt ihm den Koffer ab, markiert ihn, dann verschwindet er im unteren Gepäckraum und zu seiner angenehmen Überraschung sieht er ihn erst in seinem Hotelzimmer wieder.

Der Bus fährt durch einen menschengebauten Dschungel. Zuerst Industrie so weit das Auge reicht, dann durch gettoartige Wohnhauskonzentrationen, eng und noch enger. Wäsche flattert auf winzigen Balkonen zwischen Lampions die im Wind tanzen. Das Bild reißt ab. Der Bus huscht im plötzlich rauschenden Echo durch beidseitig der Straße hoch hinaus gewölbte Schallschluckwände, darüber ein Streifen Himmel im sinkenden Tageslicht.

Dann saugt der Stadtdschungel den Verkehr auf, vorbei an spiegelnden Glasfassaden, vielspurig sich kreuzend, über-untereinander, hinauf-hinunter, manchmal in drei Etagen, vorbeihuschende Lichter welche die hereinbrechende Nacht zu überlisten suchen. Verkehrszeichen blinken herein, japanisch versteht sich, für einen übermütigen Europäer der es wagen sollte sich mit einem Auto selbst in das Getümmel zu stürzen, kaum lebbar.

Von den schwebenden Straßen hinein in halbdunkle Häuserschluchten, Unterführungen, Tunnel dann wieder hinauf in eine Welt glitzernder Leuchtreklamen an hohen Fassaden, dicht über-und hintereinander. Der Bus hält an unzähligen Ampeln. Von beiden Straßenseiten eilen Menschenwogen, aufeinander zu, treffen sich in einem schier unentwirrbaren Knäul, der sich dann nach beiden Seiten hin wieder konfliktlos auflöst. Einige rennen die letzten Meter um noch hinüber zu kommen, bevor die lichtglitzernde Blechlawine erbarmungslos von beiden Seiten heranströmt.

Vorherrschend, korrekt gekleidete Herren in mittelgrauen oder dunklen Anzügen, weißen Hemden und gedeckten Krawatte, die Damen im Kostüm und Bluse, Aktentasche oder Aktenkoffer in der Hand zielstrebig - *time is money.*

Der Blick wird in der Fülle des Draußen müde und die Aufmerksamkeit beginnt zu erlöschen.

3

Achtzehn Stunden Flugzeit, dazu die Aufenthaltsdauer bei den Zwischenlandungen, waren lange genug die Einlösung seiner Schuld, gegenüber Jürgen Bremer auf diese ungewöhnliche Weise zu überdenken. Stimmte nach über 40 Jahren die Verhältnismäßigkeit zwischen dem damaligen spontanen Schuldversprechen und dessen jetziger Einforderung noch, vor Allem da Dieses nebulös und mit bedenkenswerten Unbekannten behaftet scheint und nicht zuletzt einen erheblichen persönlichen Einsatz erfordert?

Nach ihren damals unterschiedlich lange dauernden Klinikaufenthalten und dem dortigen Zusammentreffen auf der Klinikterrasse - Jürgen Bremer mußte länger bleiben als Jan – entstand zwischen ihnen für eine begrenzte Zeit eine Art Freundschaft, vor Allem durch Jans erlebbar gemachte Dankbarkeit. Er hatte bei dem dramatischen Unfall, trotz erheblichen Prellungen am ganzen Körper, einer Gehirnerschütterung und zwei angebrochenen Schienbeinknochen, außerordentliches Glück gehabt, einmal weil er in seinem völlig zerquetschten Volkswagen Baujahr 1952 nicht noch schwerer verletzt wurde und zum anderen, daß jener junge Motorradfahrer, Jürgen Bremer, der als erster an die Unfallstelle kam, die Situation sofort richtig einschätzte und ihm mit seinem selbstlosen Einsatz das Leben rettete.

Jürgen Bremer war gerade für die damalige Zeit, der Fünfziger-Jahre des zwanzigsten Jahrhunderts in jeder Hinsicht ein ungewöhnlicher Mann. Blond mit wild gelockten Haaren und einem Vollbart, wie ihn damals keiner trug. Jürgens Bart war stets präsent, weil er ihn bei jedem Gespräch im Kinnbereich zwischen Zeige-und Mittelfinger nach unten strich, um ihn dann nach einiger Zeit mit einer Gegenbewegung des Handrückens vom Hals beginnend wieder von unten nach oben zu streichen. Aus seinen leuchtend blauen Augen blitzte ständig der Schalk, besser beobachtet eine scheinbar stete Bereitschaft etwas Verrücktes zu tun, etwas anzustellen, nur so zum Vergnügen. Wahrscheinlich war dies der noch nicht entwickelte Impuls jedwedes Abenteuer anzugehen, wie er es später dann auch ausgiebig tat. Letzteres manifestierte sich auch in seinen Themen, vom Entdecken der Welt, von Reisen in unbekannte Weiten, von fremden Menschen, Dinge die der damaligen Jugend durch den zweiten Weltkrieg und dessen Folgen der Nachkriegszeit noch vorenthalten blieben. Gerade in diesem Themenbereich trafen sich die neuen Freunde und phantasierten von einer Zukunft mit Abenteuern in fremden Welten. Sie saßen stundenlang im damaligen Jugendtreff Nummer eins, der „Großen Milchbar", einem barackenähnlichen Gebäude mit Pultdach auf einer parkähnlichen Stadterhebung, oder in der „Kleinen" Milchbar" im Stadtzentrum, wo man großstädtisch auf Barhockern um einen geschwungen Tresen saß und mit dünnen Röhrchen allerlei Milchmixgetränke schlürfte. Alkoholbeimengungen waren damals noch lange tabu. In der kleinen Milchbar konnte man jedoch nicht so gut miteinander reden, weil man sehr eng, zwischen anderen jungen Gästen saß, hatte aber das stille Vergnügen, die schon etwas reife, aber nicht minder reizvolle Barfrau, respektive deren Dekolleté mit den Ansätzen großer runder Brüste im Blick zu haben. Manch junger, noch verhinderte Draufgänger wünschte sich diese erfahrene Frau würde ihn verführen, ihm die körperliche Liebe lehren, aber soweit Jan es wußte, gelang es keinem aus seinem Umfeld. Sie blieb die Frau der Begierde und wahrscheinlich wußte sie sehr genau um die Gedanken der jungen Herren und hatte dabei ihr stilles Amüsement.

Jürgen Bremer ein Gymnasiast, der die Last des schulischen Lernens nach erreichen der sogenannten mittleren Reife abgeworfen hatte, arbeitete als Bauzeichner in einem Architekturbüro, während Jan, nach Gymnasium, kurz vor dem Ende seines Baupraktikums stand. Die Studienzulassung hatte er bereits in Händen, nachdem er die damals übliche Aufnahmeprüfung unter viel zu vielen Bewerben bestanden hatte. Sein Vater winkte an jenem Morgen mit einem Blatt Papier von der Straße hinauf zu seinen Arbeitsplatz auf dem

Baugerüst und verkündete ihm ungewöhnlich lautstark den positiven Aufnahmebescheid. Jan war natürlich hocherfreut, aber doch sehr erstaunt, daß sich sein an sonst mehr als zurückhaltender Vater dazu durchrang ihm die Botschaft vor Ort zu bringen, denn im Grund hatte Vater sich nie sonderlich um die Ausbildung seines Sohnes gekümmert. Jan, der dies sehr früh erkannte, was fast für jeden Erziehungsbereich galt, fühlte sich oft alleine gelassen. Von dieser Erkenntnis ausgehend plante so seinen beruflichen Weg selbst und handelte danach, indem er seine Eltern vor vollendete Tatsachen stellte. Jan wollte einen ihn zufrieden stellenden, nützlichen Beruf erlernen und was lag da näher nach den schrecklichen Kriegszerstörungen der deutschen Städte durch den gnadenlosen Bombenterror der Engländer und Amerikaner, als sich am Wiederaufbau zu beteiligen, ergo wählte er den Weg des Architekturstudiums. Dies trotz des dann plötzlich hörbaren Protestes der Familie, die ihn, als den einzigen männlichen Nachkommen der früheren Großfamilie, unbedingt zum Medizinstudium bringen wollte, um die Tradition von der Großmutter beginnend, bis hin zur Schwester seiner Mutter, fortzusetzen.

Mit Jürgen Bremer pflegte Jan einen nur sporadischen Kontakt, da sein Lebensretter ständig und wechselnd mit den unterschiedlichsten Projekten unterwegs war und nur hin und wieder spontan, dann aber heftig auftrat. Eines Tages erklärte Jürgen zu Jans Überraschung, er wolle ihn seiner Mutter vorstellen, die alleine in einer kleinen Stadt an der Schweizer Grenze lebe und zum ersten Mal kam dabei das Gespräch der Freunde auf ihre Familien, was, warum auch immer, bisher ausgespart blieb.

„Wo ist dein Vater? Hast du keine Geschwister?"

„Keine Geschwister und mein Vater ist tot."

„Gestorben?"

„Nein ermordet."

„Ermordet?"

„Ja, ermordet. Er war Generalsstabsoffizier unter General Friedrich Olbricht beim Oberkommando der Wehrnacht in Berlin und wurde

nach dem mißglückten Attentat auf Hitler am 20. Juli 1944 von der SS erschossen. Genau genommen, kamen sie am Abend des 21.Juli 1944, um meinen Vater zu verhaften. Ich habe an der Hand meiner Mutter alles was dann geschah gesehen, zuletzt vom Fenster aus und detailgenau in Erinnerung behalten als wäre es Gestern gewesen. Dieses Bilder sind für alle Zeiten in mir eingebrannt.
„Bitte erzähle."
„Willst Du es tatsächlich hören?"
„Unbedingt!"
„Heute bin ich nicht in der Stimmung, aber ich gebe Dir eine Kurzfassung."

„Die Häuser unserer Straße in Berlin Friedenau waren in jener klaren Nacht zwar verdunkelt, als Vorsorge wegen der Fliegerangriffe, aber ein heller Mondschein stand über unserer Straße als man meinen Vater erschoß. Er hatte die Hände die ihn hielten abgeschüttelt, weil er nicht wie ein Verbrecher, der er wahrhaftig nicht war, abgeführt werden wollte, was die Schergen als Fluchtversuch ansahen, wahrscheinlich bewußt um die ohnehin vorgesehen Liquidation gleich durchführen zu können. Das Gesicht desjenigen der den Schuß abgegeben hat habe ich unauslöschlich in meinem Kopf, denn er drehte sich nach dem Genickschuß auf dem Gehsteig nochmals um und blickte zu uns herauf, so als habe ihn sein eigenes Handeln, für das er keine Zeugen wollte, erschreckt. Sein Gesichtsausdruck war verzerrt, eine Maske des Teufels in Menschengestalt. Aber es gab doch Zeugen, nämlich meine Mutter und mich, die er nicht sehen konnte da wir hinter dem Fenster im dunklen Zimmer standen.
Wir flohen noch in der selben Nacht aus Berlin nach Süden in den Schwarzwald an einen Ort, an dem wir oft Ferien gemacht hatten.
Mutter sagte all die danach kommenden Jahre, bis heute immer wieder, wir werden diesem feigen Mörder, sollte er noch leben, eines Tages begegnen und dann wird diese zweite Begegnung mit uns seine Letzte sein. Was sie damit genau meinte wurde mir erst später klar und erschreckte mich.

Der Besuch bei Jürgens Mutter war für Jan auf eine ganz eigene Weise beeindruckend.

Frau Bremer von Hause aus adlig, mit dem wohlklingenden Geburtsnamen, Ulrike Freifrau von Sternthal, war eine zarte, zerbrechlich wirkende, jedoch trotz Ihres Alters noch immer schöne Frau mit dünnem gewellten, seitlich gescheiteltem silbergrauem Haar. Dem Gast begegnete sie in einer ganz persönlichen, äußerster liebenswürdigen Art. Jan empfand sich in den Räumen dieser Dame, in eine frühere Zeit zurück versetzt, denn alles was er sah hatte etwas Vergangenes, wahrscheinlich aus jener Zeit in der Major Bremer noch lebte, dessen Schwarzweiß-Foto in Uniform, silbergerahmt auf dem reich verzierten Mahagoni-Vertiko stand und sofort in den Blick fiel wenn man den Raum betrat.

Es war für Jan beklemmend, im Wissen um das Schicksal dieser Frau, diese Teestunde zu überstehen, denn alles was geschah hatte einen Hauch von Schwermut, von Verlorenem, mühsam durch eine streng gehaltene Form des Stolzes und der Höflichkeit überdeckt.

Völlig diametral dagegen Jürgen, der Sohn, unbeschwert, ja geradezu fröhlich und mit den Charme des Draufgängers, jedoch unendlich liebevoll im Umgang mit seiner Mutter.

Dieses Erleben von jungem Frohgemut und spürbarer Bitternis mit Haltung getragen, blieb in Jan haften, jedoch im Bewußtsein niemals mehr an diesen Ort zurückzukehren.

Er ging zum Studium nach Karlsruhe und man schrieb sich hin und wieder eine Postkarte.

In den Semesterferien arbeitet Jan in einem Freiburger Architekturbüro und der Versuch Jürgen zu treffen scheiterte daran, daß niemand, auch seine Mutter nicht, wußte wo er sich derzeit aufhielt.

Jürgen hätte nacheinander bei verschieden großen internationalen Architekturbüros als Zeichner gearbeitet und dies täte er sicher auch jetzt. Frau Bremer-von-Sternthal nannte Namen wie, Le Corbusier den autodidaktischen französischen Architekten, den Finnen Alvar Aalto, Alto Rossi den Italiener, sowie die Deutschen Hans Scharun und Frei Otto. Zuletzt habe er von einem venezianischen Architekten namens Carlo Scarpa geschwärmt, bei dem alles was dieser plane zum Kunstwerk würde. Kurz nach seinem Italienaufenthalt habe ihr Sohn Europa mit unbekanntem Ziel verlassen und sie wüßte nicht wohin.

Mit diesen bekannten Architekturbüros brillierte Jürgen bei erneuter Arbeitssuche, so seine späteren Erklärungen und flatterte weiter von einer Architekturblüte zur nächsten ohne jeweils allzulange dort zu verweilen. Jan staunte über die Welt des Jürgen Bremer die ihm bis dato noch weitgehendst verborgen geblieben war, aber es schien als würde er tatsächlich wie ein Schmetterling von Blüte zur Blüte flattern um da und dort etwas Nektar aufnehmen, ohne Rast mit stets offenen bleibender Zukunft.

Jahre vergingen.

Jan mußte sein Studium turnusgemäß nach dem Vorstaatsexamen für ein sogenanntes Bauführer-Pflichtjahr unterbrechen. Der renommierte Freiburger Architekt Fritz Schreiber, ein in jeder Hinsicht guter Mann, der ihn in all den vergangenen Semesterferien beschäftigt hatte, betraute ihn mit einer äußerst anspruchsvollen Aufgabe als örtlicher Bauleiter eines Großprojektes, dem Neubau eines Pressehauses mit zugeordneten Technikgebäuden, in denen später die Tageszeitungen gedruckt wurden, sowie einem dazugehörenden, Wohn-Hochhaus für das Redaktionspersonal.

Eine Tätigkeit bei der er sich - praktisch ins kalte Wasser geworfen - im Zeitraffer - umfängliches Fachwissen aneignen konnte, das ihm später nach Studienabschluß mehr als zugute kam.

Eines Tages polterten schnelle Schritte die Treppe zu seinem Baustellenbüros im Obergeschoß eines alten Holzhaus seitlich des Baugeländes herauf und in der Türe stand Jürgen Bremer mit breitem Lachen im gebräunten Gesicht und einem fröhliche „Hallo" auf den Lippen. Dann brach es ohne Übergang es aus ihm heraus:

„Drunten steht ein Opel Olympia Baujahr 1938 den ich für unsere Weltreise gekauft und aufbereitet habe. Machst du mit......?"

Jan schluckte zweimal trocken, dann erwiderte er:

"Ich freue mich Dich wohlbehalten wiederzusehen, aber was Du mir so auf den nüchternen Magen vorschlägst ist absolut verrückt, besser gesagt Dein Angebot kommt für mich zu früh. Ich habe nach Abschluß der Bauführerpraxis noch zwei Semester zu absolvieren, dann könnte ich - würde ich wahrscheinlich, - aus der heutigen Sicht, Dein Angebot annehmen. Ich habe gedacht und denke noch immer so - zuerst einen guten Beruf als Basis und dann in die Welt. Ohne Abschluß bin ich nicht mehr als ein abgebrochener Student. Das läuft so nicht, kann so nicht laufen, *sorry*."

„Du hast dein Studium doch jetzt auch unterbrochen, hänge doch einfach noch ein halbes oder dreiviertel Jahr dran und studiere dann fertig, ist doch kein Problem wenn Du etwas später den Architekten spielen kannst."

Ich will den Architekten nicht spielen, ich will ihn sein und zwar mit allem was dazugehört und das kann ich nur wenn ich mich jetzt nicht aus meiner Ausbildung herauskatapultiere, zumal diese Aufgabe hier an der Großbaustelle eine einmalige Chance ist die Praxis zu lernen."......

Jürgen schwieg. Dann entzündete er seine offensichtlich vorgestopfte kurze Stummelpfeife an, die er aus seiner Jackentasche zog und verabschiedete sich nach zwei heftigen Rauchzügen, ohne weiteren Kommentar, fast abrupt mit den Worten: „ Glück auf ", und seine Schritte verloren sich auf der knarrenden Holztreppe nach unten.

Zeit ging ins Land.

Noch einmal stand Jürgen Bremer im Türrahmen von Jans Appartement in Karlsruhe.

„Bist Du Architekt?"

„Bin ich."

„Du hast es richtig gemacht und ich war der Idiot."

„Wo warst Du die ganze Zeit?"

„Überall und nirgendwo. Ich bin jetzt Händler mit allem was Geld bringt. Es läuft ganz gut, aber es sind viele Ecken und Kanten dabei."

„Warum besuchst Du mich....? soll oder kann ich etwas für Dich tun?"

Nein, nein, ich wollte nur hören ob Du Dein Studium erfolgreich abgeschlossen hast und ich der Blödmann bin."

Jürgen Bremer wollte nicht mit Jan auf ein Bier gegenüber ins Moninger-Eck gehen. Er verabschiedete sich und blieb von da an in seiner eigenen Welt verschollen.

4

Der Mann ist für einen Asiaten groß. Seine Züge sind kantig und die Augen extrem geschlitzt. Pupillen und Iris im gleichen Dunkel geben dem Gegenüber keine Möglichkeit die Augen als Spiegel des Inneren zu sehen

Als Jan die Windsor-Main-Bar im Tokyo-Prinz-Hotel betritt, steht dieser Mann im dunklen Trenchcoat von einem der Seitentische auf ohne jedoch seinen Standort zu verändern, was Jan unbewußt veranlaßt auf ihn zuzugehen.

Direkt nach dem Einchecken am langen Tresen erklärte ihm der Rezeptionist in der Bar würde ihn ein Mann erwarten. Jan war über diese Ankündigung mehr als überrascht denn wer sollte ihn hier erwarten zumal außer Jürgen Bremer nur seine Frau Clara wußte, daß er nach Japan reisen würde und nur Jürgen hatte durch seine eigene Buchung Kenntnis von der Reservierung im Tokyo-Prinz-Hotel. Ist es vielleicht Jürgen Bremer?

„Ein Europäer?"

„Nein ein Koreaner."

„Mein Name ist Park Dong-Su. Ich bin ein Mitarbeiter des NIS (*National Intelligence Service South-Korea*) und suche Ihren Landsmann und Freund, Jürgen Bremer. Wo kann ich ihn finden? .... ich habe etwas mit ihm zu besprechen."

Seinem begleitenden Gesichtsausdruck nach sah dieses Ansinnen nicht nach einem freundlichen Begegnungswunsch aus. Der Ton wirkte fast drohend, was Jan zweifelsfrei zu erkennen glaubt und in seinem Kopf eine rote Lampe entzündet, die ihn zur Vorsicht mahnt. Andererseits war er sehr müde und wollte eigentlich nur noch auf sein Zimmer und sich nicht mit einem für ihn in diesem Augenblick unerklärbaren Problem auseinander setzen. Doch er spürt bei dieser unvorbereiteten Begegnung ein heftiges, jedoch gänzlich indifferentes Unwohlsein, ja fast eine Art Angst vor einer Gefahr für sich selbst, die er nicht zuordnen kann. Seine Reise nach Japan schien

von diesem Augenblick an eine unangenehme Richtung zu nehmen und er reagiert aus diesem spontanen Erkennen heraus instinktiv, indem er sich ahnungslos gibt:
„ Ich verstehe nicht was Sie von mir wollen, ich kenne keinen Jörg Brenner oder wie Ihr Gesuchter heißt. Da muß eine Verwechslung meiner Person vorliegen, denn ich bin als Tourist in Japan um mich als Architekt speziell dem Studium der historischen japanischen Holzbaukunst zu widmen. Insoweit verabschiede ich mich jetzt und wünsche Ihnen viel Erfolg bei Ihrer Suche."
Jan dreht sich um, wird jedoch von dem Koreaner am Ärmel seiner Jacke festgehalten was ihn wütend macht.
Sein Ton ist jetzt scharf als er den Mann auffordert die Hand sofort von seiner Jacke zu nehmen, mit dem Zusatz, was er sich erlaube ihn als Gast des Hauses in dieser Weise zu belästigen, er werde jetzt die Polizei rufen. Gleichzeitig streift er dessen Hand, die ihn noch immer hält, mit einer energischen Geste von seinem Ärmel.
Polizei - hatte der Koreaner wohl verstanden und sein Blick aus den schwarzen Augenschlitzen ist böse.
Ohne weitere Worte und ohne sich umzusehen verläßt Jan die Bar in Richtung Lobby. Auf dem Weg zu den mehrzähligen Aufzügen informiert ihn der Rezeptionist, daß sein Gepäck bereits auf dem Zimmer sei.

Jan van Boese wirft sich auf das üppige King-size- Bett und anstelle sich jetzt entspannen zu könne, breitet sich das aus der Bar mitgenommene ungute Gefühl in seinem ganzen Körper aus.
„Verdammt, auf was habe ich mich da eingelassen?"
Dann wählt er auf seinem Handy die eingespeichert Nummer die ihm Jürgen Bremer - nur für alle Fälle - gab, wie er betonte.
Erstaunlicherweise meldet sich dieser nach wenigen Klingeltönen mit:
„Ja?"
„Ich bin es - Jan van Boese....... soeben, direkt nach meiner Hotelankunft nach einem ätzend langen Flug und anschließender nicht minder überlanger Limousin-Bus-Fahrt vom *Narita-Airport* hierher ins

Tokyo-Prinz, erwartet mich ein Agent des Südkoreanischen Geheimdienstes und will von mir Deinen Aufenthaltsort wissen, um angeblich etwas mit Dir zu besprechen. Was soll ich denn davon halten?"

„*Shit*, das war keiner vom NIS, das war ein Nordkoreaner vom MSS dem Politbüro des Ministeriums für Staatssicherheit oder gar vom OGD, der "Abteilung für Organisation und Leitung", - besonders gefährliche Typen - die nach mir suchen, mich jedoch offensichtlich noch nicht gefunden haben. Ich kenne diese Obergeheimdienstler des *Kim-Chang-Sop*......jetzt kann es für mich sehr eng werden, es sei denn ich kann auf Dich zählen...............?

Hast Du etwas gesagt?"

„Nein, ich habe dich in Abrede gestellt."

„Guter Junge, bravo, bleibt die Frage:
Woher wußten diese Schweinepriester von Deiner Ankunft - und, daß ich in Japan bin........?
Hör zu - die werden Dir auf dem Weg zu mir folgen und wenn sie mich finden bekomme ich große Schwierigkeiten."

„In was reitest Du mich da hinein?"

„Sorry, ich habe nicht die geringste Ahnung wie diese Leute von Dir wissen konnten. Hast Du herumgequatscht, daß Du mich in Japan besuchst?"

„Halt die Luft an, sonst fliege ich morgen direkt wieder zurück.... was glaubst Du eigentlich wie blöd ich bin, daß Du mir dies unterstellst. Außer mit Clara habe ich mit niemandem über meine berufsbedingte Studienreise gesprochen, vielleicht weil ich schon ahnte, daß bei dieser Sache irgend etwas nicht regelgerecht läuft. Im Übrigen hat meine Schuldbegleichung Grenzen, das nehme von mir jetzt vorsorglich zur Kenntnis. *Compris?*"

„Entschuldige, ich wollte Dich nicht beleidigen, zumal ich Dich jetzt mehr denn je brauche. Ich bin erkannter Weise mit Leib und Leben in Gefahr. Irgendwie müssen die OGD-Leute mein Mobile angezapft und dabei herausgefunden haben, daß ich mich irgendwo in Japan aufhalte, deswegen muß ich es jetzt kurz machen bevor die mich wieder orten. Wie sie jedoch auf Dich und ganz kraß auf das

Tokyo-Prinz gekommen sind ist mir völlig schleierhaft. Sicher ist jedoch, daß sie noch nicht alles mitbekommen haben, sonst würden sie bereits bei mir hier auf der Matte stehen....im Übrigen habe ich mit dem Mobile niemals von meinem jetzigen Standort aus telefoniert, außer in diesem Moment, allerdings von Dir ausgehend, doch um so wichtiger ist es jetzt schnellstens das Gespräch zu beenden, bevor sie genug Zeit haben sich eventuell in unser Gespräch *einzuhacken.* Von hier habe ich stets das alte Bakelit Telefon des Pförtners benutzt, auch als ich Dich zuhause anrief........doch verdammt noch einmal.......Schluß mit dem Geschwafel........mache alles wie besprochen und rufe mich nicht mehr an. Ich überlasse es Deinem Einfallsreichtum die Burschen, wie auch immer sie Dir mit großer Wahrscheinlichkeit folgen werden, abzuschütteln. Du bist doch ein erfahrener Weltenbummler. Hab ich recht?"

„Mein lieber Freund, ich bin mir nicht so ganz sicher ob ich dieses für mich völlig undurchsichtige Spiel mitspielen werde. Ich habe das Gefühl, daß es meine Möglichkeiten und vielleicht auch meine Bereitschaft Deinen überhöhten Anspruch auf Einlösung meiner Schuld übersteigt. Bitte erkläre mir.........."

Den letzten Teil diese Satzes hatte Jürgen Bremer nicht mehr mitbekommen, denn er brach das Gespräch einfach ab.

„Paßt zu ihm, denkt Jan, doch jetzt will ich schlafen. Morgen sehen wir weiter."

5

Das Gesicht des großen Mannes verändert sich. Ich bemerke es mit Schrecken. Die Haut des wie in Stein gemeißelten asiatischen Gesichtes wird dunkler, Schweißperlen stehen darauf. Jetzt wachsen anderen Züge gleitend aus den verschwommenen Umrissen heraus, werden jedoch gleichmäßigere und ich erkenne plötzlich den Air-India Piloten, den Riesen aus dem sechsten Kontinent, mit dem kein Judoka trainieren, gar kämpfen will. Ich fühle mich klein, schaue nach oben und spüre wie die Schweißperlen aus dem jetzt ebenmäßigen Männergesicht auf mich heruntertropfen. Ich halte den großen Mann mit der rechten Hand am linken Rever seines weißen Judogis und links unter dessen rechtem Ärmel am Oberarmes, so wie er mich ebenso im Grundgriff des Judo hält und ich weiß, daß ich ihn besiegen muß, sonst wird er mich erdrücken. Fieberhaft erinnere ich mich an die Grundregel des Judo...........hast du einen stärkeren Mann als Gegner, der zwei Kraftanteile hat und du nur Eines, wende eine Judotechnik an mit der du ihm eines seiner Kraftanteile wegnimmst und dem Deinen zufügst. Dann hast du Zwei und besiegst ihn....... Diesem Prinzip folgend täusche ich einen O-utchi-gari (Große Innensichel) gegen das linke Bein des Riesen an, um dann mit einer schnellen Drehung dessen rechtes Bein, das im Ausweichen zum Standbeines geworden ist, unterhalb des Knies mit meinem rechten Bein, tief unter seinem Schwerpunkt, zu blockieren. Mit dem gleichzeitigen Zug meiner Hände, fällt er jetzt durch Tai-Otoshi (Körperwurf). Es klirrt und ich bemerke mit Entsetzen, daß seine gläsernen Beine zerbrochen sind. Der Riese liegt mit geschlossenen Augen vor mir, seine Beine zersplittert auf der Matte. Oh Gott, was hab ich getan......

Es klopft mehrmals laut und schreckt Jan aus seinem Traum, den er, die zerbrochene Glasbeine betreffend, unerklärlicherweise schon mehrmals, mit unterschiedlichen Protagonisten, geträumt hatte. In diesem Fall auf ein früheres, realen Erleben im Judo-Randori

(Übungskampf) mit einem ungewöhnlich großgewachsenen Air-India-Piloten im internationalen Budo-Zentrums *Kodokan Tokyo* (Halle des Weges), zurückführend, natürlich ohne Beinbrüche.
„Your Breakfast, Sir!“
Das gefüllte Wasserglas, das er stets vor dem Schlafen auf den Nachttisch neben sich bereit stellt, liegt zersplittert am Boden.
Gebratener Fisch mit Eierschaumstäbchen, Kraut mit geröstetem Speck, Kartoffel, Gemüse, Reis und künstlerisch geformter, unterschiedlicher roher Fisch, dazu Saucen in kleinen Schälchen, zuletzt Muschelsuppe mit Basilikumeinlagen und grüner Tee. Sein japanisches Frühstück füllt insgesamt acht Gefäße.
„Spannend – aber gewöhnungsbedürftig. Ich hätte doch besser ein *American Breakfast* bestellt, mit dem bekanntlich dünnem Kaffee, einer japanischen Croissant-Imitation, ein wenig *Ham and Eggs* und getoastetem weißem American *Non-Bread*.“
Dieser Alternativgedanke entstand bei Jan jedoch, nur aus der Situation heraus, hier in dieser so fremden Welt eigentlich noch nicht wirklich angekommen zu sein.
„Man lernt sich so immer wieder einmal selbst kennen“ denkt Jan, wobei er von seiner früheren Japanreise eigentlich hätte wissen müssen, was die Inselbewohner so umfänglich und differenziert zum Frühstück, in zweifelsfrei herausragende Qualität, als ersten Mahlzeit des japanischen Tages, verkosten.

Es nieselt.
Feine Regentropfen fallen vom grauen Himmel, wie ein feuchter Nebel der den schwarzen Asphalt zum glänzen bringt. Die bunten Fahnen – Fische, deren Körper sich sonst durch die aufgesperrten Mäuler im Wind aufblähen, kleben jetzt naß an hohen Masten vor dem *Shinto-Schrein* am Ende des Platzes, den er vor dem Hotel aus durchschreiten muß um zur U-Bahn Station *Ona Imom* zu gelangen.
Zuerst am Geldwechselautomat Kleingeld einwechseln, dann löst er direkt daneben am Fahrkartenautomaten ein Ticket, was trotz vielen japanischen Schriften nicht schwer ist, da die Stationen selbst

in lateinischen Buchstamen angegeben sind. Über ein Farbleitsystem auf dem gefliesten Boden, für seine Strecke in einem bereits abgelaufenem Grün, gelangt er über mehrere Treppen zum richtigen Bahnsteig. Auf der gegenüberliegenden Seite des Schienenkörpers sind die mit dieser U-Bahn anfahrbaren Stationen, wiederum in Lateinschrift, angezeigt und er liest zu seiner Befriedigung den Namen seines anvisierten Zieles, *Otamashi*, direkt am Hauptbahnhof - *Tokyo-Station*.

Im hell erleuchteten Waggon drängen sich Menschen dicht an dicht, so als bliebe keinerlei Raum für neu hinzu kommenden Fahrgäste. Doch in Japan sind enge Menschenansammlungen Standard und mit ein wenig Drücken und sanftem Schieben, ohne jedwede Aggression, findet auch Jan einen Stehplatz. Wie alle hält er sich an einem der vielzähligen Kunststoffbügel über den Köpfen fest und schaut in meist maskenhaft unbewegte Gesichter, die ihn nicht zu beachten scheinen. Und doch streift ihn hin und wieder ein Augenblitz, meist aus weiß gepuderten Frauengesichtern, mit scharf geschnittenen, schwarzumrandeten Liedern, darunter kleine japantypische, herzförmige Münder, leuchtend rot, die wie kleine blutige Wunden im aufgetragenen Weiß unbewegten Gesichter stehen. Diese erinnern Jan an die älteste und klassisch japanische Theaterkunst des NO, an die Holzmasken jener Schauspieler, deren Darstellungskunst mit mystischen Tanzeinlagen, neben den meist laut hervorgestoßenen Texten, nur von der Körpersprache und Gestik lebt. Dies zu erlernen - so erklärte ihm vor vielen Jahren der NO-Schauspieler, *Tsukada Yotaro*, bedarf es eines lebenslangen Studiums, wobei eine annähernde Perfektion in der Regel erst nach überschreiten des sechzigsten Lebensalter erreichbar ist. Er erklärte weiter, es gäbe 180 historische Theaterstücke, die jeweils unverändert den gleichen Inhalt hätten und sich stets wiederholen würden. Die Unterscheidung läge ausschließlich im individuellen Können der ausschließlich männlichen Schauspieler und deren jeweils ganz persönlichen, nur in Nuancen erkennbaren künstlerischen Ausdrucksweise. Liebhaber und Kenner des NO-Theaters würden diese feinen Unterschiede sehr genau wahrnehmen und bewerten, worin deren besonderer Genuß läge.

„NO muß man leben um die höchste Stufe der Darstellung zu erreichen" sagte er abschließend und NO würde und wird gelebt, oft über Generationen in den Schauspielerfamilien.

Tokyo Station - von außen unjapanisch, unasiatisch. Die Architektur zwar im eigenständigen Stil, jedoch vom europäischen Neoklassizismus der Bahnhöfen aus der Gründerzeit abgeleitet. Langestreckt, aus rotem Ziegelstein, reich verziert mit Vor-und Rücksprüngen, Lisenen, Quaderecken, Dachaufbauten, jedoch das Innere in krassem Kontrast. Wirbelnd von Menschen in japanischen Moderne, verwirrend vielteilig und kleinteilig zugleich, Läden, Imbißstände, Kioske, Restaurants, Gerüche, Lärm, großflächig über mehrere Ebenen zu den Gleisanlagen hinauf oder hinunter. Unübersehbare Menschenmengen hasten in unterschiedlichen Richtungen, bewegen sich auf breit angelegten Rolltreppen, zehn oder mehr an der Zahl nebeneinander, überall in schier undurchdringlicher Dichte. Jan bleibt einen Moment an die Brüstung des zentralen Treppenrondels gelehnt stehen, weil er glaubt in diesem wogenden Menschenmeer nicht weitergehen zu können, was sich gleich als Irrtum herausstellt denn der Strom teilt sich beim Weitergehen vor ihm, keiner berührt, rempelt oder stößt ihn an. Welch ein Wunder, dieses im japanischen Alltag anerzogene Verhalten von Höflichkeit oder wie man es nennen will, im Kontrast zu seinem Erlebens auf dem Flug. Dabei denkt er an China wo die menschliche Dichte mit stetigem anrempeln einher geht, nicht bösartig, nein üblich, gewohnt, toleriert, unbedeutend, ohne Aggression, aber für einen Europäer äußerst unangenehm.

Noch etwas fällt in diesem hin-und her Streben der Reisenden auf, nämlich, daß alle Gepäckstücke, sowie sie größer als eine Handtasche sind, gezogen werden. Japaner, so scheint es, benutzen fast ausnahmslos Rollgepäck in den unterschiedlichsten Ausführungen aber stets erkennbar praktisch. Warum tragen wenn es bequemer geht? Recht haben sie und sind den Europäern, die alternativ wieder den Rucksack als Kleingepäckbehälter entdeckt haben, in diesem Punkt, einen eleganten Schritt voraus.

Jans Blick geht durch das Oval des Treppenauges hinunter auf die lange Reihe der Ticketschalter. Plötzlich und unbewußt wendet er sich um, wie wenn man ihn doch berührt oder angestoßen hätte und seine Augen treffen sich für einen Sekundenbruchteil mit denen des Koreaners, der die Menge einige Meter von Jan entfernt, überragt und im gleichen Moment darin untertaucht.

Jan hat dessen Blick im Rücken gespürt, so wie er es in umgekehrter Weise vor vielen Jahrzehnten zusammen mit seiner Schwester, allsonntäglich von der Empore der Sankt-Martin-Kirche in Freiburg aus praktiziert hatte. Sie machten sich den Spaß einem unten im Kirchenschiff sitzenden Menschen solange konzentriert auf den Rücken zu blicken bis sich dieser unbewußt umdrehte. Dies funktionierte zu fünfundneunzig Prozent und sie freuten sich jeweils über ihren Erfolg, wenn sie auch die Wirkungsweise dieser telepathischen Suggestion nicht ergründen konnten.

Im Moment des Augenkontaktes mit dem Koreaner, war es für Jan klar, daß ihn dieser verfolgte, um herausfinden wohin er gehen oder welchen Zug er nehmen würde Jürgen Bremer zu treffen.
Jan überlegt fieberhaft was er jetzt tun könnte diesen unheimlichen Mann abzuschütteln.
Er nimmt eine der Rolltreppen nach unten auf die Ebene der Fahrkartenschalter über denen auf hinterleuchteten Tafeln die An-und Abfahrtszeiten der Züge, sowie die jeweiligen Zielbahnhöfe in Latein angezeigt sind. Dazwischen und daneben sind alle weiteren Angaben in japanischer Schrift, also für Jan unlesbar. Er weiß um nach EIHEI-JI zu kommen muß er einen Zug nach *Kyoto* nehmen, dort umsteigen in Richtung *Kanazawa* und auf halbem Weg in *Fukui* aussteigen, denn dort oben in den nahen Bergen liegt das Kloster in dem sich Jürgen Bremer verkrochen hat.
Jan stellt sich vor die Leuchttafeln den Kopf in den Nacken gelegt und erfährt daß sechs Minuten nach jeder vollen Stunde ein Zug nach *Kyoto* fährt - 6.06 Uhr beginnend bis 22.06 Uhr, davor und danach sind die Zeitabstände wesentlich größer. Weitere Züge fahren

in alle Richtungen zu Orten die er nicht oder nur dem Namen nach kennt. Dann liest er eine Linie nach *Utsunomiya, Fukushima* mit einem Hinweis auf japanisch, den er allerdings nicht lesen kann, außer dem Wort *Nikko*, das ihm bekannt ist, weil er und Clara vor Jahren diese Stadt besucht hatten um das Mausoleum des berühmten *Shogun Tokugawa* zu besichtigen. Dabei ist ihm das Wahrzeichen dieser Stadt, die drei berühmten Affen in Erinnerung geblieben, die – als Bestandteil der Lehre des buddhistischen Gottes *Vadjra*, körperlich und in ihrer Haltung und Gestik ausdrücken - „nichts (Böses) sehen, nichts (Böses) hören, nichts (Böses) sagen". *Nikko*, übersetzt „Sonnenschein-Stadt" ein glaubhaftes Touristenziel, würde seinen möglichen Verfolger nach Norden auf eine gänzlich andere Fährte locken, diametral zu seinem eigentlichen Ziel, das im Süd-Westen liegt.

Jan reiht sich in die Schlange der Menschen an einem der Ticketschalter ein, der etwa in der Mitte der Schalterreihe liegt und so von allen Seiten gut einsehbar ist.

„Soll er mich ruhig sehen" und wieder spürt er den Blick in seinem Rücken, ohne sich umzudrehen zu müssen.

Der Schalterbeamte ist freundlich und beantwortet geduldig seine Fragen. Er spricht Englisch. Jan erkundigt sich ein wenig umständlich wie er am günstigsten nach *Nikko* komme, ob er und wo er umsteigen müsse und erhält schließlich auf seinen *Rail-Pass*, den er direkt nach Ankunft am Flughafen für acht Tage freies Fahren mit öffentlichen Verkehrsmittel, zu einem sehr günstigen Preis erworben hatte, sein Ticket. Erster Klasse, versteht sich, für morgen nach *Nikko*, mit Sitzplatzreservierung, Abfahrt 11.16 Uhr.

Auf den ausgedruckten Fahrschein blickend geht er mit gesenktem Kopf zur nächsten Rolltreppe und wieder hinauf zum Rondell von dem aus er den mittleren Schalter beobachten kann an dem er gerade eben noch stand. Wenige Augenblicke später sieht er den Koreaner in der Schlange vor genau diesem Schalter. Nach wenigen Minuten löst sich der große Mann aus der Reihe, geht an allen vorbei direkt zum Schalter und zeigt dem Beamten offensichtlich einen Ausweis, was Jan nicht genau erkennen kann, beobachtet jedoch das Frage-

und Antwortspiel des Koreaners mit dem Schalterbeamten. Die anderen Wartenden haben nicht protestiert, als der Mann an ihnen vorbei gingt, sich praktisch vordrängte, was zum Beispiel in Deutschland zu heftigen Protesten geführt hätte.

Der beobachtete Dialog bricht abrupt ab, nachdem sich der Koreaner in ein kleines Buch, das er seiner Brusttasche entnahm, Notizen gemacht hatte. Jetzt löst er sich langsam gehend vom Schalter und entschwindet ohne Eile aus Jans Gesichtsfeld, ebenfalls mit gesenktem Kopf den Blick auf seine Notizen gerichtet.

Jan wendet sich vor dem Bahnhof nach links, nimmt die nächste Unterquerung der hochliegenden, nach Süden führenden Bahngleise und erreicht den *Ginza-Distrikts*, das brodelnden Geschäftszentrum *Tokyos*. An den breiten Straßenüberwegen kommen ihm, wenn die Ampel auf grün springt, eine Flut schwarzhaarigen Menschen entgegen durch die er hindurchschwimmt um, welch ein Wunder, wiederum ohne körperliche Berührungen ans andere Straßenufer zu gelangen.

Die aufragenden Gebäude könnten auch in New York oder in sonst einer Welt-Metropole stehen wenn sie nicht fast vollflächig mit zuckenden, blinkenden, sich ständig verändernden, bildhaft wechselnden japanischen Leuchtreklamen, bis hinauf zu den hohen Dachkanten bestückt wären. Einmal mehr erkennt Jan, daß Japan mit seiner relativ kleinen Landfläche unverhältnismäßig viele Einwohner hat, die, vor allem in den Großstädten, eine ungeheuer komprimierte Komplexität in allem was hier geschieht, erzeugen.

Und doch gibt es auch hier Oasen der Ruhe. Drei Stufen hinunter tritt er in eine kleine *Tempura-Bar* und wird von zwei Köchen in blütenweißen Jacken und geflochtenen Stirnbändern, gegen den Kopfschweiß, lautstark und mit lachenden Gesichtern begrüßt, so als hätten sie den ganzen Tag nur auf ihn gewartet. Sie machen es jedoch gleichermaßen bei allen Gästen, die das kleine Restaurant betreten, wie Jan später beobachten kann und wohl bedeutet:

„Willkommen, wir freuen uns über ihren Besuch, mag es ihnen schmecken, so daß sie uns bald wieder beehren."

Sichtbar für die Gäste wird hinter dem Tresen das Essen zubereitet und die Düfte die von dort herüber wehen sind verlockend. Jan bevorzugt Steingarnelen *Tempura*, mit der leichten, durchscheinenden Panade aus feinstem Reismehl, Eiweiß und Eiswasser zubereitet, meist mit geriebenen Pilzen gewürzt, begleitet von verschiedenen Gemüsesorten im gleichen Verfahren paniert. Er liebt die selektive japanische Küche, die in jeweils eigenständigen Lokalen angeboten wird, so *Yakitori*, Kleinigkeiten an Spießen mit Fleisch, Meeresfrüchten oder Gemüse, *Kabayaki* mit Allem vom Aal, *Shabu Shabu*, das japanische Brühfondue im Feuertopf mit allerlei Inhalt, vor allem Fleisch, Gemüse und Pilzen, dazu verschiedene Dipp-Saucen und natürlich die *Sushi-* und *Sashimi* Küche. Daneben die klassischen *Tepan*-Restaurants, wo im Angesicht der Gäste auf einer heiße Eisenplatte das Essen in hoher Kunstfertigkeit zubereitet und direkt mit artistischer Eleganz auf die Teller serviert wird, welche auf der umlaufenden Holz-Theke vor den Gästen stehen.

Original, japanische Küche exzellent zubereitet, hat Jan unter anderen auch in Paris, Vancouver und vor allem in London erlebt, jedoch bei aller Wertschätzung nicht vergleichbar mit der feinsinnigen Zubereitung, Darbietung und Atmosphäre des Ursprungslandes selbst.

Das *Kirin-Bier* mit dem einprägsamen Logo - dem Pferd das halb Drache ist -, hat Jan in eine wohlige Stimmung versetzt und so läßt er sich nach dem Essen durch das wirbelnde Leben der Stadt treiben, betritt da und dort ein Geschäft, Kaufhaus oder eine *MAL* wo er, wenn sein Abenteuer vorüber ist, für Clara etwas Hübsches einzukaufen gedenkt.

Im Hotel zurück legt er sich aufs Bett, denn die Nachwirkungen des *Jetlags*, der Zeitumstellung, mit acht Stunden Differenz, beschert ihm noch einige Probleme.

Nach einem kleinen Abendessen unten im Hotel-Restaurant bezahlt er seine Hotelrechnung, plus dem Mineralwasser das er für die Nacht noch aus der Minibar nehmen will, denn der Plan seines weiteren Vorgehens hat sich im Verlaufe des Tages manifestiert, was mit einem sehr frühes Aufstehen am kommenden Tag einher gehen würde.

6

Er sitzt im *Shinkansen*-Hochgeschwindigkeitszug, der um 7.06 Uhr
Tokyo-Station mit leisem Rauschen ohne den geringsten Anfahr-
ruck verläßt, so als würde er auf den Schienen schweben.
Auch hier führte ihn ein Farbstreifen im Boden eingelassen über
Hallen, Rolltreppen und langen Verbindungsgängen auf den richtigen Bahnsteig und zur Nummer 13, die auf ein Keramikplatte ge-
brannt, im Bahnsteig eingelassen ist.
Der fast lautlos hereinrauschende Zug hält mit absoluter Präzision,
so daß die Waggontüre seines Abteils, wie auf seinem Ticket vermerkt, genau vor der 13 zum Stillstand kommt. Der Lichtpunkt
neben der Türe steht auf Rot. Er ist der Vierte in der geordneten
Reihe von Passagieren die gleichermaßen das Abteil 13 gebucht
haben. Eine Putzkolonne in blau und weiß, gleich antiseptischem
Klinikpersonal, reinigt in Windeseile das Inneren des Waggons.
Nach wenigen Minuten springt das Licht auf Grün und der uniformierte Schaffner geleitet die Fahrgäste mit weißen Handschuhen
einladend, unter leichten Verbeugungen zu ihren vorreservierten
Plätzen.

Jan hatte am frühen Morgen, an den verwunderten Blicken der
Frühstücksköchen vorbei, das Hotel durch einen schon am Vorabend erkundeten Seitenausgang verlassen. Mit der U-Bahn zur
Tokyo-Station, wo er ein Ticket nach Kyoto löste. Auf dem Weg
zum Bahnhof drehte er sich immer wieder um, aber nirgends konnte
er den Koreaner oder eine andere verdächtige Person entdecken, die
ihn eventuell gefolgt wäre. Sein neuer Schatten würde mit Sicherheit
ein Ticket in der Hand um 11.16 Uhr den Zug nach Nikko besteigen
und seinen Kopf vergebens nach allen Seiten drehen um Jan zu entdecken.

Die Stadt mit all den konglomeraten, dicht nebeneinander stehenden Häuserwucherungen ziehen in abnehmenden Gebäudehöhen an ihm vorbei, schneller und schneller ohne, daß die zunehmende Geschwindigkeit und das leise, fast gespenstische Rauschen der Metallräder des *Shinkansen* auf den Stahlschienen im Inneren zu bemerken ist. Bis zu dreihundert Stundenkilometer, sagt man, würde der Zug beschleunigen und doch kann Jan die Teetasse, in der ersten Klasse in Porzellan serviert, auf dem schmale Fensterbrett abstellen ohne, daß die Gefahr des Herunterfallens besteht. Respekt denkt er, wenn man die unpünktlichen Rumpelzüge in anderen Ländern, so auch jene in Deutschland vergleicht.

Die japanischen Fahrgeäste blicken jetzt plötzlich nach rechts und laute Bemerkungen gehen durch die Bankreihen. Zeigefinger richten sich nach draußen und als Jan den Hinweisen folgt sieht er über einer nebelartige tiefhängenden Wolkenecke, die das weite Tiefland zum Himmel hin abgrenzt, den unwirklich hoch herausragenden, *Fujiyama*, Japans sagumwobener höchster Berg in unvergleichbar regelmäßiger, sanft geschwungener Kegelform, mit seinem ewig weißen, an der Spitze leicht abgeflachtem Haupt. Es ist als würde er über der grauen Wolkenbank schweben, der Erde entrückt und Jan versteht einmal mehr die von diesem Berg ausgehende Mystik die sich auch in vielen Abbildungen, speziell der mittelalterlichen Farbholzschnitte, wiederfindet. Auch er, Jan van Boese, früh von den Kunstwerken *Katsushika, Hokusai* oder *Utagawa Hiroshige* fasziniert, hatte in seiner Studienzeit deren Holzfarbschnitte oft mit dem *Fujiyama* im Hintergrund auf Bastmatten kopiert und verkauft, um seine magere Studentenkasse etwas aufzufüllen.

Die mit rundkrempigem kleinen Hut und schülerhafter Mädchenuniform bekleideten Stewardessen kommen in kurzen Zeitabständen durch die Automatiktüren der Waggons und bieten auf Tabletts neben Tee, Kleinigkeiten zum essen oder wie jetzt - Jan glaubt es kaum - Whisky in niederen Gläsern an, dem die japanischen Fahrgäste unerwartet freudig zusprechen.
Viele haben ihre Schuhe ausgezogen und die Füße auf die Teppich-

seite der am unteren Ende des Vordersitzes angebrachten, drehbaren Pedale gestellt. Sie genießen die Zugfahrt, anders als Europäer für die es meist mehr oder weniger ein notwendiges Übel ist sich per Eisenbahn von Punkt A nach B befördern zu lassen. Hier hat man offensichtlich Muse die Fahrt zu genießen, denn neben dem erweiterten Eßangebot der Zug-Küche in säuberlich verschnürten Kartons mit kalten und warme Speisen, hat man auch Eigenes mitgebracht, das fast fortlaufend verzehrt wird. Die leer gegessenen Kartons werden wieder sauber verschnürt und im Zug-Mittelteil ordnungsgemäß in Müllschluckern entsorgt. In dieser Zone sind auch die Toiletten, je eine Europäische und ein Japanische. Letztere ist ein Hockklosett über dem man steht oder, ohne Berührung der leicht erhöhten Schüssel, eine Hockstellungen einnimmt. Daneben eine Art Waschraum mit großem Spiegel, speziell von den Damen genutzt ihr Make-up aufzufrischen. Alle Bereiche sauber und hygienisch gehalten im Vergleich zu den schlichten Toilettenanlagen in westlichen Zügen, die meistens durch die Gleichgültigkeit der Benutzer ungepflegt, oft sehr schmutzig sind. Das Draußen zieht in langen Sequenzen, die Menschendichte dieses Landes, verdeutlichend in einer fast ununterbrochene Besiedlungskette vorbei. Jan freut sich, daß die vorbeihuschenden Wohnbauten meist in traditioneller Bauweise aus Holz und mit den typischen, an den Graden aufgeschwungenen Walmdächer, errichtet sind. Die Umgebung der Städte zeigen dann im Gegensatz die ganze häßliche Lieblosigkeit, ausschließlich auf Nutzung ausgerichteten Industrieanlagen, aus denen im unterschiedlichsten Weißgrau-über Gelb bis hin zu bedrohlichem Schwarz, Qualm in den Himmel steigt.

Kyoto-Station neu, läßt *Tokyo-Station* fast wie einen Vorstadtbahnhof erscheinen. Mann - haben die Planer, seit Jans früherem Besuch in den achtziger Jahren, einen superlativen Bahnhof gebaut. Eine verglaste Eisengitterkonstruktion überdeckt gewölbeartig, mit flügelartigen Dächern die teils- über, teils unter der umgebenden Erdgleiche angeordneten, gigantischen Einkaufs- und Restaurantmeilen, atemberaubend, für Jan in dieser Konzentration und scheinbar überquellender Fülle, abweisend.

Einmal mehr will er das noch immer völlig offene Abenteuer seiner
Verpflichtung aus der Vergangenheit zu Ende bringen und ergeht
sich in keinen weiteren Betrachtungen der, aus seiner Sicht überzo-
genen Gestaltungsverkrampfungen dieses neuen Bahnhofmons-
trums.

Wie gut erinnert er sich an die historischen Stadtteile des alten
Kyoto, in unvergleichlich formschöner, aus der Tradition gewach-
sener Holzarchitektur japanischer Zimmermannskunst, besonders
facettenreich an die Tempelbauten des *Nishi-Hongan-ji* und *Higashi Hongan-ji* zu beobachten. Dort hatte er sich damals zusammen mit Clara lange Zeit aufgehalten, um die genialen
Holverbindungen, ohne Metallteile, zu studieren. Würde er, wenn
der Zauber um Jürgen Bremer vorbei wäre, nochmals die Gelegenheit haben sich in die Tiefen dieser japanischer Baukunst der früheren Jahrhundert vertiefen zu können?
„Es sollte - müßte eigentlich möglich sein, wenn ich schon einmal
hier bin, aber......wer weiß?"

Er löst ohne Aufenthalt ein Ticket nach *Fukui*, für den nächsten Zug
am späteren Nachmittag. Ungeduldig wartet er in einem der kleinen
Lokale in der Bahnhofs-Mal bei einer *Miso*-Suppe, die durchaus
schmackhaft mit *Dashi*, *Tofu*-Stückchen, *Wakame* und Frühlings-
zwiebeln angereichert ist. Danach einige Häppchen *Sushi* und *Sashimi*- ein Genuß, der ihn ein wenig von seinen immer finsterer
werdenden Gedanken an das Bevorstehend, nicht zuletzt durch das
Auftauchen des Koreaners, ablenken sollte. Diesen großen kantigen
Mann, mit den hohen Backenknochen und dem schmalen lippenlosen Mund, hatte er seit dem gestrigen Tag am Ticketschalter in
Tokyo nicht mehr gesehen, was bedeuten könnte, daß sein Täuschungsmanöver, mit der falsch gelegten Fährte nach dem nördli-
chen *Nikko*, offensichtlich funktioniert hatte.

Fukui ist eine häßliche Stadt, zumindest nach Jans spontanem Empfinden als er den großen Bahnhofsvorplatz betritt, auf den eine sechs-spurige, autobahnartige Stadtstraße mit An-und Abfahrten in kreis-förmigen Schwüngen zuläuft.

Nach einer von amerikanischen Bombern verursachten gnadenlosen Terrorzerstörung im zweiten Weltkrieg, zeigt sich der Wiederauf-bau dieser Stadt, von Jans Standpunkt aus, in einem wilden Auf und Ab unterschiedlichster, niederer, mittlerer und hoher Gebäude, scheinbar wahl-und planlos nebeneinander aufgereiht.

Im kleinen Büro der Touristen-Info in der Bahnhofshalle läßt er sich Hotelangebote zeigen und entschließt sich für ein *Ryokan*, also für ein traditionelles Hotel in einem nördlich gelegenen kleinen Vor-stadtbereich, zumal er die im Stadtkern angezeigten und abgebilde-ten Hochhaushotels scheußlich findet, wenn diese Wertung auch ungeprüft, spontan und vielleicht voreingenommen erfolgt.

7

Mit freundlichem Lächeln und mehreren tiefen Verbeugungen bedeutet ihm die Empfangsdame, im dunkelviolett gemustertem Kimono, seine Schuhe auf dem großen flachen Stein auszuziehen, der den Schritt vom unreinen Draußen, als Stufe zum reinlichen Innen des blank gebohnerten Holzfußboden der kleinen Empfangshalle, markiert. In den dort bereitgestellten Reisstroh *Zoris* mit Ypsilon-Zehensteg, der ihm anfänglich Schwierigkeiten bereitet seine Strümpfe zwischen den großen und zweiten Zehen zu teilen, geleitet man ihn, unter weiteren lächelnden Verbeugungen und mit Worten die er nicht versteht, eine Halbetage hinauf in einen mit *Tatami*-Matten ausgelegten Raum. Davor muß er jedoch, gemäß den erneut unmißverständlichen Gesten der Hausdame auch die *Zoris* abstreifen, um nun in Strümpfen die *Igusa*-Gras Auflagen über dem Reisstrohkern der *Tatamis* des Wohn-Schlafraum zu betreten. Die Mitte des Raum bildet ein niederer rosenholzfarbener Tisch mit zwei gegenüberstehenden, bodengleichen Schalensitzen, während im hinteren Raumteil, als einzig ergänzende Möblierung, in einem leicht erhöhten Bereich, vor einem vertikalen Rollenbild mit japanischen Kaligraphien, eine hohe Vase steht, aus der dekorativ ein mehrästiger, frisch gebrochener Kirschblütenzweig herausragt. Das Badezimmer hinter einer *Shoji*-Schiebetüre, gleich der Raumeingangstüre, ebenfalls mit Reispapier bespannt, betritt man über eine tiefer liegende Stufe. Dort stehen direkt unterhalb der Schwelle zwei gesonderte fersenoffene Schuhe, dieses Mal allerdings aus Kunststoff, ausschließlich zum Tragen in der Naßzelle mit Toilette. Die Sauberkeit und Wahrung der Hygiene in diesem traditionellen Gästehaus ist beeindruckend.

Jan hat gut gewählt.

Das *Ryokan Mynoia Taiheikaku* in *Awara*, nördlich von *Fukui-Stadt* entspricht genau seiner Vorstellung eines entspannten Wohnens in Japan, weg von dem überall dichten Menschenstrom überfüllter Städte, eingebettet in einem gepflegten traditionellen japanischen Garten, auf den er jetzt, nach Aufschieben der transparenten raumhohen *Shoji*-Fenstertüre, hinaus blickt. Man hat ihm grünen Tee auf einem Rechaud und mildsüßes Gebäck serviert und ihn nach seinen Speisewünschen, Schlaf- und Weckzeiten gefragt. Ja er wolle auf dem Zimmer essen und den Schlaffuton könne man direkt danach ausrollen. Frühstück um achtuhrdreisig, danach benötige er ein Taxi nach EIHEI-JI.

Er hat diese Art des Wohnens vor vielen Jahren schon erlebt und nimmt sich vor die kurze Zeit seines Hierseins, so gut als es ihm vergönnt sein würde, zu genießen. Nur auf das heiße Bad im Untergeschoß wird er dieses Mal verzichten, weil ihm noch immer ein Schauer über den Rücken läuft, wenn er an jene Überwindung denkt, die ihm seine ganze Willenskraft abforderte schlußendlich mit dem ganzen Körper in das extrem heiße Wasser einzutauchen. Er hing damals minutenlang in der Ecke des Beckens, beide Armen noch außerhalb auf die Umrandung gelegt, um dann mit der Entschlossenheit eines selbst auferlegten -*Must*- in einer letzten Willensanstrengung auch die beiden Armen noch in das für ihn scheinbar kochende Wasser zu tauchen. Zum Glück war es damals noch früh am Abend und er der einzige Badegast, denn ein Japaner der dieses Ritual und die Hitze des Wassers gewöhnt ist, hätte das millimeterhafte Eintauchen des Europäers, trotz aller japanischer Höflichkeit, sicherlich belächelt.
Unerwartet, ja geradezu faszinierend, war jedoch sein damaliges Körpergefühl nach der anschließenden kalten Dusche auf seinen überhitzten Körper, als ihn unter der gesamten Hautoberfläche ein nie gekanntes wundersames Prickeln durchströmte, so als sprudelten dort tausende winziger Luftbläschen, die ihn leicht machten, fast so als könne er vom Boden abheben und er ahnte jetzt worin sich der gefühlte Reiz dieses traditionellen Badens für die Japaner begründete.

Als er die Augen öffnet schimmert der neue Tag durch das Reispapier der Schiebetüre. Er hatte sie am Abend zur Hälfte offen stehen lassen um draußen die blühenden Kirschbäume bis zu den letzten Reflexen der untergehenden Sonne sehen und mit deren zartem Duft einzuschlafen zu können. Jetzt im leichten Morgenwind schweben die Blüten vor dem geöffneten Spalt an seinen Augen vorbei, tänzeln wie Schmetterlinge im zartrosa Kleid, eine wenig wirbelnd, manchmal Sekundenbruchteile verharrend, um dann von einem plötzlichen Windstoß erfaßt hochgeweht über die Dächer der im Rund des Garten stehender Gebäudeteile zum Himmel hinauf zu entweichen. Andere folgen, endlos erscheinend und in diesem zarten Spiel kommen sie auch zu ihm in den Raum, setzten sich auf den Frühstückstisch, auf seine Schultern und Arme. Ein Spiel das jedoch unaufhaltsam eines nicht allzu fernen Tages enden würde, wenn die letzte Blüte gefallen ist um dem jungen Grün und den keimenden Früchten Raum zu geben.

Jan empfindet in diesen kurzen Momenten, im Beobachten eines immer wiederkehrenden Wunders der Natur, ein fast vergessenes unbeschwertes Glückgefühl, das er gerne festhalten möchte - für immer.

Ein leises Scharren an der Türe beendet seinen Traum des Davongleitens, dem entfliehen seines Gegenwärtigen, denn es ist das höfliche Zeichen, nach der am Vorabend vereinbarten Zeit, das Frühstück zu servieren.

Sie ist hübsch, maskenhaft weiß geschminkt mit einem kleinen vollippigen, nach oben und unten überschminkten Mund, wohl um die Herzform noch mehr zu betonen. Ein Tablett in der Hand nähert sie sich auf *Tabi-Strümpfen* mit den geteilten Zehen, nach dem sie die Zoris, nein es sind *Gatans*, die hölzernen Sandalen mit den aufgestelzten Solen, die er durch den Türspalt vor seinem Raum säuberlich nebeneinandergestellt sieht, abgestreift hatte. Sie ist klein, zierlich mit schmalen Porzellanhänden, deren rot lackierte Nägel wie Blutstropfen ihren Bewegungen beim servieren folgen, so als könnte sich aus ihnen jeden Moment ein Tropfen lösen.

Die weiten geradegeschnittenen Ärmel ihres *Sakura-Kimonos* hält sie beim Auftragen der vielen kleinen Speiseschüsselchen geschickt zurück, während wiederum hereinwehende zarte Blüten sich mit dem Kirschblütenmuster ihres Kimonos vermischen. Ihre Köperformen sind nur zu erahnen, denn die überbreite am Rücken aufgebauschte Gürtelschärpe *Otaiko-masuki* nivelliert den Körper in züchtiger Einebnung.

Es gibt traditionell Reis, eine schale Miso-Suppe, ein bißchen geräucherter Fisch, eingelegtes frisches Gemüse, dazu örtliche Spezialitäten, die Jan trotz einigem Bemühen und einer gewissen Erfahrung mit der japanischen Küche nicht eindeutig zuordnen kann. Nur eines erkennt er bei genauem Hinsehen sofort und das sind zu seiner Überraschung in dickflüssigem Sirup, wie in flüssigem Bernstein, eingestreute geröstete Bienen. Diese zu essen erfordert von ihm eine wenig Überwindung, die jedoch von Neugierde überdeckt, das Degoutieren nicht verhindert. Um so mehr dann die überraschend knusprige Süße, die im Mund wohlschmeckend, jeden Vorbehalt vergessen läßt. Dabei erinnert er sich spontan an den Fischmarkt im Hafen von *Agadir* in Marokko, wo ihn auch die Neugierde trieb die kleinen im Ganzen gegrillte Crevetten zu essen, die wohl vorher in eine Marinade eingelegt köstlich schmeckten und von den Fischhändlern zwischen ihren Geschäften handvollweise aus spitzen Papiertüten gegessen wurden. Dabei krachte es während des Sprechens mahlend in ihren Münden - mehr als bei den japanischen Bienen.

„Ich werde wohl noch mindestens einen oder gar zwei Tage hier bleiben," beantwortet er ihre Frage, die sie mit leicht schräg gehaltenem Kopf stellt als wolle sie ihm eines ihrer Ohren näher bringen.

Sie nicken ihm freundlich zu und verbeugen sich mehrfach, was er durch das Rückfenster des Taxis beobachten kann, bis sie - die Hausherrin und eine der Bediensteten hinter der Krümmung der Straße seinem Blick entschwinden.

Das Tal wird enger und enger und die bewaldeten Berge kommen näher und werden höher und höher.

Der Taxifahrer deutet auf einen hoch über die Waldgrenze aufragendes Bergmassiv mit weißen Schneekappen und als er dessen Namen „*Dainichigatake*" nennt, schwingt im abgesenkten Ton sei-

ner Stimme etwas Ehrfürchtiges, Respektvolles mit.
Plötzlich weitet sich das Tal wieder und an den begleitenden jetzt schroff in die Höhe ragenden Hängen zeigen sich kleine Schneereste in schattigen Nischen tief eingeschnitten Felsrinnen.
„Dort ist das Kloster!"
Der Fahrer mit Gesicht eines Samurai-Kriegers, dessen braune Haut sich über den Backenknochen spannt, deutet durch die Frontscheibe auf den Berg am Ende des Tales, an dem sich viele, scheinbar ineinander verwobene Gebäude in japanisch traditioneller Bauweise mit geschwungenen Doppel-Dächern zwischen knorrigen Zedern den Hang hinauf staffeln. Flachgedeckte Gänge verbinden die vielzähligen Gebäude, holzfarben, dunkel, beeindruckend für ein fremdes doch wissendes Auge, als sichtbar gemachte Inkarnation des frühsten *Soto-Shu-Zen-Budismus*, den der Mönch *Eihei Dogen* 1227 aus dem Kaiserlichen China nach Japan brachte. Jan kennt die Geschichte, hat sich schon früh mit dem Buddhismus auseinander gesetzt, später während seiner ersten Reise durch Japan, ganz speziell mit dem des *Soto-Shu* der im Klosters EIHEI-JI gelehrt und praktiziert wird.

„Nicht das offen Tor durchschreiten. Das ist nur den Neuankommenden vorbehalten die sich als Novizen verdingen wollen und denen, die das Kloster wieder endgültig verlassen. Daneben die kleine Treppe hinauf, dann kommen sie zur Halle der Gäste. Wenn Sie das Kloster besuchen möchten müssen sie sich beim *Sensei*, dem Lehrer der unteren Klasse, melden. Er gibt Ihnen einen Novizen zur Seite der sie durch die Häuser führt welche die Gästen, die von außen kommen, betreten dürfen. Die meisten Häuser sind jedoch ausschließlich den Mönchen vorbehalten. Werden Sie bleiben?"
Und ohne eine Antwort abzuwarten fährt er in seinen Erklärungen fort:
„Ich habe schon viele Herren mit strengen Gesichtern hierher gefahren und nach unterschiedlich langer Zeit wieder abgeholt. Ihre Gesichter waren dann meist freundlicher."

„Danke für diese Informationen, aber ich möchte nur jemanden besuchen der hier lebt."

„Oh, dann wird man vielleicht sogar den *Zensi*, den obersten Priester, den direkten Vertreter des *Upadbaja*, dem Abt *Ekiho Mihasaki*, um Erlaubnis bitten müssen. Ein über 90 Jahre alter, sehr kluger Mann, wie man sagt.

Rufen Sie mich an wenn ich Sie wieder abholen soll-hier meine Karte."

„Ich kann die japanischen Schriftzeichen nicht lesen!"

„Aber die Telefonnummer."

„Natürlich."

8

„Ein Europäer - Deutscher der schon einige Zeit hier im Kloster lebt
- Jürgen Bremer - ich möchte ihn besuchen - würden Sie ihn bitte
rufen?"
„Ich kenne ihn nicht!"
Der Mönch spricht ein verstümmeltes, jedoch im Wesentlichen ver-
ständliches Englisch, mit starkem japanischen Akzent.
„Jürgen Bremer nennt sich hier, so viel ich weiß – Kaito -."
Der Mann mit dem kahlgeschorenen Kopf dreht sich wortlos um,
wobei er mit seiner rechten Hand eine kleine Geste vollführt die
wohl bedeuten soll – folgen Sie mir.
Über der rechte Schulter seines dunklen, farbunspezifischen Gewan-
des trägt der schweigsam Begleiter einen langer brauner Schal und
an seinen nackten, überraschend gepflegten Füssen mit auffallend
gleichmäßig, gerade geschnittenen Zehennägeln, die bei jedem
Schritt unübersehbar unter dem knöchelkurzen Gewand sichtbar
werden, *Tatami-Zoris* aus Reisstroh.
Am Zugang zur Gästehalle folgt eine weitere sparsam stumme
Geste, die jedoch ebenso unmißverständlich bedeutet - Jan möge
seine Schuhe auszuziehen.
Der Geruch der ihm jetzt aus der Halle entgegen strömt ist für ihn
so unvergleichlich fremd, wie nie und nirgendwo vorher empfunden.
Menschliche Ausdünstung vermischt sich mit dem des getrockneten
Igusa-Grases der bodenbedeckenden Tatami-Matten, geht von dem
vollflächig umgebenden Naturfasergeflecht der Wände aus und nu-
anciert sich überaschenderweise in einem kaum wahrnehmbarer, jedoch erkennbaren Duft feiner Natur-Seife, der allen Wand-und
Bodenflächen zu entströmen scheint.
Unter der hohen Decke schweben fast unbeweglich, weißgraue
Rauchfahnen, die im Herabgleiten entlang der Wände, an denen sie
sich stoßen, dem Geruch des Weihrauches christlicher Kirchen äh-
neln. Jan blickt sich um und entdeckt die Quelle des sanften Rauches
der aus einer kaum wahrnehmbar kleinen fensterartigen Öffnung in

einer der Seitenwände in die Halle strömt. Im Bildausschnitt dahinter erkennt er an der Kopfseite eines halbdunklen Raumes eine weiße Buddha-Figur, die lächelnd ihre Hände über dem gewölbten Bauch gefaltet, auf einer Art Altar sitzt. Davor brennende Kerzen, die Quelle jenes dünnen Rauches, von dem die aromatisierten Gerüche in durchsichtigen Schleiern in die Halle ziehen.

Jan fühlt sich unvermittelt in eine ihn mystisch anmutende Welt versetzt, die in ihm spontan eine unbestimmbare Beklemmung auslöst, ja ihn innerlich förmlich zusammen preßt, eine Empfindung die ihn nur mit Mühe an diesem Ort hält. Instinktiv glaubt er zu spüren, daß ihm der Zugang zu dem Geist der hier wohnt verwehrt ist oder sein tiefstes Innere sich instinktiv gegen den spürbaren Einfluß, eines für ihn unfaßbares Mysteriums, sträubt?

Er bleibt stehen, doch der Mönch mit den zu schmalen dunklen Schlitzen verengten Augen, der offensichtlich Jans spontanen Gemütszustand erkennt, bedeutet ihm sich gegenüber dem Eingang neben der lichtdurchlässigen Fensterwand auf den Tatamiboden zu setzten.

„Kaito arbeitet." Fragmente eines jetzt kaum verständlichem Englisch, verlassen den lippenlosen Mund des Mönchs, dann entfernt er sich, ohne weiter Erklärungen mit leise schleifenden Schritten, die seine Zoris auf den Tatamimatten erzeugen.

Es vergehen Minuten, dann kommt er mit einer Futonrolle unter dem Arm zurück, die er im rechten Winkel zur Wand ausrollt. Er bedeutet Jan sich darauf zu legen, das Gesicht nach unten in die Armbeugen, um zu ruhen. So würde er sich bald wohl fühlen, vermerkt er in seinem verstümmelten Englisch und Jan folgt dieser Empfehlung, oder ist es eine Weisung die ihn nahezu entmündigt. Er begreift seine unreflektierte Unterordnung nicht.

Der Geruch des *Igusa*-Grases, das aus dem Geflecht über dem Reisstroh-Mattenkern aufsteigt, ist jetzt ganz intensiv und nach einigen Minuten des stillen Verharrens, in einer lautlosen Umgebung, beginnt sich ihn ihm eine ungewöhnliche Ruhe auszubreiten. Seine Beklemmung verläßt ihn. Friedvolles scheint sich um und in ihm auszubreiten, wie ein Schleier der ihn nach und nach bedeckt und in ihm fast unbemerkt, eine Bereitschaft wachsen läßt, das Gegebene anzunehmen.

Zeit vergeht. Hat er geschlafen? Er weiß es nicht - ist sich nicht sicher. Er fragt sich was mit ihm geschehen ist, seit er die Halle betrat und seinen Verstand auf eine, für ihn in diesen Minuten nicht erklärbare Weise, verwirrt.

„Warum befolge ich ohne Widerspruch den Anordnungen eines mir völlig fremden Menschen, warum lasse ich dies zu? Beruflich Jahrzehnte weisungsgebend, folge ich widerstandslos den mit ungewöhnlicher Bestimmtheit ausgedrückten Vorgaben, welche offensichtlich die Verwirrung des Neuankömmlings, den das Mysterium des Ortes erfaßt hat, auslöst?"

Jan ist Realist, der im Verlaufe seines Lebens in vielen plötzlich auftretenden Situationen meist folgerichtig handelte, jedoch nicht an diesem Ort. Hier schien er übergangslos von der Außenwelt kommend, wenn diese auch nicht gerade seiner Gewohnheit entsprach, einem Einfluß ausgesetzt zu sein dem er sich, aus welchen Gründen auch immer, nicht entziehen kann, ihn quasi für Bruchteile des Seins entmündigte und aus seiner inneren Mitte führt.

Diffuses Licht fällt durch die mit Reispapier bespannte, in kleinteilige, horizontal-rechteckige Felder aufgeteilt, Fensterwand.

Eine leichte Berührung an der Schulter bringt ihn zurück. Der Mönch bedeutet ihm sich aufrecht zu setzen und mit einem weiteren Zeichen, der geöffnete rechte Hand, die von oben nach unten bewegt, sich zu gedulden.

Am anderen Ende der Halle bemerkt Jan jetzt zwei Männer, die offensichtlich nach ihm kamen. Sie sitzen sich mit untergeschlagenen Beinen gegenüber, der eine in Mönchskleidung, der Andere im dunklen Anzug. Sie sprechen leise miteinander, ohne Gesten, ruhig in einem fast lautlosen Dialog bei dem im Wechsel immer nur der eine spricht und der andere zuhört.

Jan nimmt jetzt aufrecht sitzend, mit dem Rücken an die Wand gelehnt, diesen Raum, dessen Mysterium er sich so ohne eigene Ein-
flußnahme untergeordnet hatte, genauer an. Jeweils im Viertel der
Fläche stehen dunkle, braun-rot lackierte Holzsäulen, welche die
Decke mit wiederum je vier geschwungenen Jochen tragen. Darüber
gliedert sich die Untersicht in feine Holzraster, deren Feldöffnungen
mit stilisierten, ineinander verschlungenen Blattgeflechten belegt
sind.

Alles in diesem Raum scheint der Natur entnommen, zu ihr hin zu
führen, in ihrer Wahrnehmung einer inneren Klausur zu dienen und
Jan beginnt in ersten Ansätzen die Wirkung des Hierseins zu spüren,
so wie er vom Sinn des heilenden Verweilens an diesem Ort bereits
vor Jahren vernommen hat. Geschaffen für Menschen deren Res-
sourcen fühlbar verbraucht sind und hier in der Entbindung aller
Verpflichtungen, Hilfe zur neuen Kraft erfahren können. Ein ge-
schützter Platz des Loslassens und gleichzeitig des Wiederfindens
von Verlorenem, Verschüttetem, zugedeckt vom Leben des Draußen, dort wo die Wildnis der Unzulänglichkeit des Menschen in
allen ihren Facetten herrscht. Verzehrend, wenn die Kraft zum Wi-
derstandes verloren geht und der Mensch wehrlos geworden, über
den Draht seiner eigenen Schwäche, seines vermeintlichen Unver-
mögens stolpert und fällt, sich nicht mehr aufrichten kann, zu der
Größe, die er vielleicht versteckt noch immer in sich trägt, aber die
Treppe dort hinauf morsch geworden ist.

Jan, noch im Ergründen seiner Gedanken gefangen, wendet seinen
Blick einem leisen schabenden, sich näherndem Geräusch zu und
blickt, als er den Kopf hebt, unvermittelt in das hagere Gesicht eines
Mannes, der fast geräuschlos durch eine seitliche Schiebetüre den
Raum betreten hat.
Er trägt die gleiche dunkle weitgeschnittenen Mönchskleidung mit
dem braunen Schultertuch, ist kahlköpfig und bartlos. Ein sehniger
Hals ragt aus der weiten Öffnung seines Umhangs und das auf und
abgleiten des hervorstehenden Adamsapfels deutet auf eine innere
Erregung hin, die durch das ständigem Schlucken des Speichels

sichtbar wird.

Die beiden Männer sehen sich sekundenlang an und die in den Gesichtern eingeschnittenen Zeichen des Lebens der vergangenen Jahre, werden unleugbar bloß gelegt, verglichen mit dem Bild das jeder vom Anderen aus der vergangenen Zeit noch für Bruchteile von Sekunden in sich trägt, bevor es von dem der Gegenwart überdeckt und für immer gelöscht wird.

„Jürgen Bremer?"

„Ja - Jan van Boese, ich bin es, wenn auch ein wenig gereift."

Und dann folgt übergangslos Bremers hastig hervorgestoßene Frage:

„Wo ist der Koreaner...........?"

„Ganz langsam mein Junge, keine Aufregung, den habe ich in den Norden nach *Nikko* geschickt und er wird lange brauchen meine Spur wiederzufinden."

„Gut!"

Und in dieses Wort schwingt eine spürbare Erleichterung.

„Doch jetzt - Jürgen Bremer - sage mir was Du von mir erwartest, was wichtig genug ist mir diese weite Reise und das Drumherum zuzumuten?"

„Du wirst es verstehen wenn ich Dir meine Geschichte erzählt habe. Vielleicht wirst Du mich danach auch verfluchen, was ich jedoch riskieren muß, denn ich habe ein erhebliches Problem, nein ich sitze vielmehr in einer Klemme aus der ich ohne Deine Hilfe nicht mehr heraus komme."

„Sprich!"

„Nicht jetzt.

Gleich ertönt die Glocke und ich muß zur zweiten *Zazen-Stunde*. Danach können wir sprechen.

Geh mit! Du bist doch soviel ich weiß Judoka, sogar Sho-Dan Träger und kennst Euer *Mokuso*, die Konzentrations-Übung vor dem Kampf – die Ruhezeit des Loslösens von Allem was zurück liegt, um Dich nur auf das Eine, das Kommende, nämlich beim Judo den Kampf vorzubereiten. *Zazen* ist ähnlich nur weiträumiger, auf das Leben vor der Zuwendung zu Zen gerichtet, dieses Vorleben zu reinigen, Deinen Geist von Belastendem zu befreien, um Dich für die Zeit danach, dem Guten zuzuwenden, Kraft zu schöpfen – Deinen neuen eigenen Weg - Dein *Do* -zu finden. Dies ist der Sinn und Zweck der Stunden des *Zazen.*"

Wieder fehlt Jan der Wille zum Widerstand, sich dem, nun von Jürgen Bremer Vorgegeben, zu widersetzen, indem er zum Beispiel sagen würde - "mach Du mal Dein Ritual und danach sehen wir weiter" - nein nichts von dem geschieht, er folgt Kaito dem Novizen, vielleicht jetzt auch mit einem winzigen, noch unbemerkten Funken Neugierde im Ergründen des Mysteriums dieses ihn so unvorbereitet gefangen nehmenden Ortes. Es war in seinem Leben immer wieder geschehen, daß er sich, eines gewissen Risikos bewußt, auf Entdeckungen in gänzlich unbekanntem Terrain einließ. Dieses manchmal auch auf einen gefühlt schmalen Grad.

Sie gehen auf glänzenden Holzböden durch lange Gänge mit beidseitig durchgehenden Fensterbänder, unzählige flache, tief gestellte Stufen hinauf, vorbei an Gruppen von Novizen die auf den Knien die Böden reinigen und mit extremer Akribie polieren. Jan erkennt hier den Geruch jenes Reinigungsmittels wieder, den er auch beim Betreten der Halle, unter anderen Nuancen, wahrgenommen hatte.

Sie stehen im Vorraum des *Zazendo* und blicken von dort in den halbdunklen Andachtsraum. Nur ein dünner streifiger Lichtschein fällt von irgendwo her auf die lange Reihe der *Zazenso-Plätze* entlang einer schmucklosen Holzwand, vor der Mönche in dichter Reihe im Kniesitz verharren, das Gesicht zur Wand gerichtet. Sie starren unbewegt auf den, in Augenhöhe vor ihnen mit einem Pinselstrich aufgemalten, nicht vollständig geschlossen weißen Kreis.

„Es ist der *Enso-Kreis*, das Symbol des Zen, das oberflächlich betrachtet den Eindruck erweckt, als wäre dem Maler dieses magischen Zeichens, kurz vor Vollendung, die Farbe am Pinsel ausgegangen"- so erklärt Jürgen Bremer flüsternd.

„Du mußt den Kreis in Deinen Gedanken schließen, so wie Du Dein Lebensziel zur Vollständigkeit und damit zum inneren Friedens füh-

ren sollst."
Bremer und Jan stehen als zuletzt Gekommene am Zugang und warten auf das Zeichen des *Zazen*-Meisters, einem alten Mönch mit erstarrten Gesichtszügen, so als wären sie eingefroren. Er hält eine lange Route aus einem vorne abgeflachten Stock in der Hand mit dem er, so erklärt Jürgen Bremer wiederum im Flüsterton, hin und wieder einem der Sitzenden, hinter denen er während der gesamten *Zasen-Stunde* auf und ab geht, auf die Schulter schlägt, was bei nachlassender Konzentration der Ermahnung dient. Mit dem nächsten halblaut gesprochenen Satz stellt Bremer, in fliesendem Japanisch, seinen Freund Jan dem Meister vor, wobei die Worte *Judo* und *Sho-Dan*, fallen.

Im Gesicht des alten Mönches regt sich nichts, auch wenn er erkennbar aufmerksam Bremers Worten folgt und Jan dabei unentwegt in die Augen blickt. Dann weist er die beiden mit strenger Geste, durch zweimaliges Öffnen und Schließen seiner rechten Faust an, zu warten. Vielleicht bedeutet das Handzeichen mit dem Ausstrecken der fünf Fingern, zehn Minuten, wer weiß?

Jan ist von dem Moment an, als er die Gästehalle betrat, in einer für ihn völlig ungewohnten Weise paralysiert, so als hätte man ihm seinen eigenen Entscheidungswillen beschnitten, gar entzogen, zumal es doch das Einfachste und nahezu Selbstverständliche gewesen wäre, jenen Mönch zu bitten Jürgen Bremer zu rufen und vor der Halle auf ihn zu warten – aber nein. Jan fühlte sich ohne Alternativgedanken in den zunehmend spürbarer werdenden, für ihn unerklärlichen Einfluß, dieses Kloster hineingezogen.

Was dieses unterordnen bei Jan ausgelöst hat, bleibt für ihn jetzt im fortlaufenden, scheinbar unaufhaltsamen Geschehen, unbeantwortet, als er sich nun, wiederum fremdbestimmt, im Vorraum des *Zazendo* wiederfindet.

Sie trinken Tee aus flachen Tontassen, den man ihnen im Vorraum aus einer kleinen irdenen Kanne, von einem Kerzenrechaud warm gehalten, serviert.

„Die Wartezeit kann ich nutzen, Dich ein wenig vorzubereiten, was Dir nachher helfen kann Deine innere Erforschung im Angesicht des

Enso-Kreises zu versuchen. Ich sage – versuchen- weil Du die Gründe, welche mich und die anderen hierher getrieben hat, nicht kennst, kennen kannst, sie für Dich wahrscheinlich überhaupt nicht zutreffen. Die dort Sitzenden sind in der Mehrzahl keine wirklichen Mönche, die hier im Kloster leben und bleiben wollen, es sind Novizen wie ich, meist Geschäftsleute, höherer Chargen, Bankiers oder hohe Beamte, die nach westlichem Sprachgebrauch, einen sogenannten „Burn out" erfahren haben, ihre Kraft verloren ging, um den Anforderungen des brutal zu nennenden japanischen Geschäftslebens standzuhalten. Dort draußen in deren Öffentlichkeit, bei den Arbeitskollegen, speziell den Untergebenen dürfen sie nie ihr Gesicht verlieren, müssen immer beherrscht und äußerlich stark erscheinen. Diesen Eindruck stets aufrecht zu erhalten, nutzt die innere Kraft immens ab. Bevor sie zusammenbrechen und sich für alle sichtbar ihre Schwäche offenbart, ziehen sie sich mit einem förmlichen Antrag bei Ihren Vorgesetzten oder Auftraggebern für eine begrenzte Zeit hier her zurück, was in der Regel akzeptiert wird, da die Obrigkeiten genau wissen, daß auch für sie selbst ein solcher Moment kommen kann. Man akzeptiert also eine Auszeit, manchmal bis zu einem Jahr, im Bewußtsein, daß der Betreffende, mit an Sicherheit grenzender Wahrscheinlichkeit, gestärkt zurück kommt und eine vielfach bessere Arbeit leisten wird. Dabei wird er gleichzeitig eine verpflichtende Dankbarkeit mitbringen, die mit einer bedingungslosen Treue zur Firma einhergeht.

Im *Enso* des *Zen* - diesem mit einem Pinselstrich, fast flüchtig hingemalten unvollständig auslaufenden Kreis liegt eine tiefe symbolische Bedeutung, die auch Dir - Jan- nachher, einziger Blick- und damit Konzentrationspunkt sein soll, aus dem Du in der Besinnung auf dem Weg in Dein eigenes Innere, Kraft und Erleuchtung schöpfen kannst. *Enso* steht für die Ergründung des wahren Selbst, das Erfahren der eigenen Grenzen im Absoluten das unser Sein ausmacht, begründet und rechtfertigt. Nur wer bereit ist vorausgegangenes Schweres auszublenden, um eine innere reine Tiefe zu ergründen, kann diesem Symbol folgend zu einem neuen, starken seelischen Gleichgewicht finden. Die Kreisform bedeutet auch Symbol der Wiederkehr, des sich selbst neu Entdeckens und versteht sich als Zeichen dafür die Natur in Allem zu erkennen, beginnend mit dem Lauf der Gestirne, über die Beobachtung der Entstehung organischen Lebens auf der Erde in all seinen Gesetzmäßigkeiten, bis hin zum Wissen der Endlichkeit des menschlichen Lebens und darüber hinaus."

Jan blickt Jürgen Bremer erstaunt an:

„Du hast Dich offensichtlich vom Abenteurer zum Philosophen entwickelt. Ich bin einigermaßen erstaunt und ehrlich gesagt, kann ich Dir nicht in Allem, eigentlich nur in Wenigem folgen, was Du mir soeben zu erklären versuchst."

Bremer setzt seinen Monolog fort, ohne auf Jans Anmerkung zu reagieren:

„Ich habe es meinem Schicksal zu verdanken, daß es mich hier her nach EIHEI-JI geführt hat, was mir zum Einen die Unzulänglichkeiten meines bisherigen Lebens offenbarte und zum Andern eine Weg aufzeigt, den ich als den einzig möglichen für meine Zukunft sehe, der überhaupt noch einen Sinn macht weiter zu leben. Um dies jedoch zu realisieren, den Startpunkt einzuleiten, brauche ich Deine Hilfe. Für Dich im Grunde der Federstrich einer Handlung, allerdings mit einigen möglichen Folgekomplikationen verknüpft, worüber wir später sprechen werden, wenn ich Dir die entscheidenden Fragmente meines bisherigen Lebens erzählt habe die auch mein jetziges Sein erklären. Ich hege in dieser, meiner kommenden Lebensbeichte, eine spekulative Hoffnung bei Dir, trotz der darin wahrscheinlich für Dich nicht akzeptablen, jedoch nicht mehr änderbarer Details, ein gewisses Verständnis zu finden, das für Dich ausreicht, meiner Bitte zu entsprechen.

Der *Zazen-Meister* mit dem steinernen Gesicht, dessen schwarze Pupillen in den schmalen Liedschlitzen sein menschliches Fenster zur Seele verbergen, ist unbemerkt neben sie getreten und weist ihnen nun mit der Route zwei weit auseinander liegende Plätze zu, welche die letzten Lücken in der Reihe der Männer mit den kahlen Köpfen, die regungslos auf die Holzwand vor ihnen starren, schlie-

ßen.
Jan ist von einem fast panischen Gefühl des Fremdseins erfüllt, gegen das er sich immer weniger wehren kann. Alles das was sich unvorbereitet in so kurzer Zeit, in zunehmender Verdichtung um und in ihm ereignet, bringt ihn an die Grenze seiner Widerstandskraft und obwohl jede Faser seines Körpers ihn von dieser unfreiwilligen Umklammerung hinweg zieht, hält ihn etwas Unerklärliches an diesem Ort fest.

Er nimmt den Knie-Sitz ein, den er mit zaghaftem Seitenblick, seinen Nachbarn nachahmt und nutzt gleichermaßen das bereitliegenden runde, schwarze *Kabok*-Kissen zur Sitzstabilisierung, das man, wie er später erfährt, *Zafu* nennt.

Wie oft saß er in der Kniehocke am Rand der Tatami-Judo-Matten, die Knie zwei Faustbreit voneinander gespreizt, die großen Zehen der nach hinten abgewinkelten Füße übereinander gelegt und die Hände mit den Handflächen nach unten auf den gespannten Oberschenkeln. Dort gab es kein *Zafu-Kissen* das den Sitz hätte bequemer machen können, was auch für die kurze Zeit des *Mokuso*, der Kampf-oder Trainingsvorbereitung nicht erforderlich war. Er beobachtet jedoch hier, daß die Männer neben ihm eine andere Sitzhaltung einnehmen, indem sie die Füße der verschränkten Beine jeweils auf den gegenüber liegenden Oberschenkel legen. Auch Jan probiert diese Verschränkung, aber es mißglückte, seine Beine sind nicht mehr beweglich genug.

Jetzt ertönt eine Glocke, drei Mal, so auch in folgenden kleinen Zeitabständen.

Dann ist es wieder still.

Jan erhält einen Schlag auf die Schulter und er versteht automatisch was der Meister damit ausdrücken will:

Erkenne Enso. Führe die Erfahrung des unveränderbar Vergangenen in die Schöpfung der daraus wachsenden Weisheit über. Öffne Dein Inneres vor Dir selbst und werte. Konzentriere Dich dabei nur auf Deine Sitzhaltung, auch wenn diese dem Soto-Zen nicht genau entspricht, aber Dir hilft Deine Gedanken nur auf das Eine auszu-

richten und so das Andere von Dir abfällt.
Es ist still.
Jan hört nur das leise atmen seiner beiden Nachbarn. Dies ist alles was Leben im Raum vermittelt. Kein Scharren, kein Räuspern, nichts was das Denken, an was auch immer, stören könnte. Die fühlaber nicht hörbaren Schritte des Meisters mit der Route hinter der Reihe der knienden Männer sind allgegenwärtig. Er trägt jene Stoffschuhe mit der Zehenspalte, die ihm beim Verlassen des Raumes problemlos ermöglicht in die Y-Stege der Zoris zu schlüpfen.
Und jetzt?
An was soll Jan denken, kann er sich überhaupt von den ihn umgebenden, so unendlich fremden Eindrücken lösen und in sich hineinhören, um dort nach etwas zu suchen, das vielleicht unverarbeitet in ihm schlummert, es aufzubereiten und zu einem besseren Fühlen zu führen.
Ja, da gab es ganz tief in ihm Geschehnisse in seinem früheren Leben, die ihn nie wirklich verlassen haben, auch wenn er sie mit seinem Verstand längst auf eine Parkplatz seiner Seele abgelegt glaubt. Plötzlich blicken sie ihn unbedacht aus *Enso*, dem unvollendeten Kreis, heraus an und ein heftiger Schmerz erfüllt ihn bei den Worten seiner Mutter:

„Geh dahin wo der Pfeffer wächst!"

Bei diesen Worten erstarrte er für einen Moment - fassungslos, denn diese sprichwörtliche Aussage bedeutet - verschwinde - oder ausführlicher ausgedrückt, von mir hast Du nichts mehr zu erwarten - gehe - wohin Du willst, aber weg von mir.
„Mutter, bist Du Dir bewußt, was Du mit diesen Satz zu mir ausdrückst, was deine Worte für mich bedeuten? Ist das tatsächlich Dein Ernst?
Wenn dem so ist, was ich nicht glauben kann - dann wiederhole ihn?" -
Und sie wiederholt diesen Satz, der bedeutet, er könne gehen, habe von ihr kein Verständnis, keine Unterstützung zu erwarten und sie sagt es das zweite Mal, ohne sich vom Herd umzuwenden auf dem

sie gerade das Essen für den Vater zubereitet und bemerkt nicht, daß sie genau in dieser Sekunde im Herz ihres Sohnes stirbt, der in letzter Instanz, bei ihr, seiner Mutter, Hilfe und Beistand zum Ertragen seiner Verzweiflung, seiner inneren Verletzungen, sucht. Doch sein unausgesprochener Hilferuf verklingt brüskierend in bequemem Egoismus. Seine schlingernde Lebensbahn wird einmal mehr bestraft, anstelle bedacht den Ursachen folgend, Verständnis zu finden.

Seine Gedanken gehen Jahrzehnte zurück als Mutter stirbt und er keine Trauer empfindet, was ihn erschreckt und seine späteren Versuche an ihrem Grab zu verzeihen, ihm trotz allem Bemühen sein Innerstes darauf auszurichten, nie gelingt. Ja es waren davor schon eine Vielzahl kleiner und größerer Schmerzen, die er in den Jugendjahren durch Mutters Verhalten erfahren hatte, durch sie, die er als Kind so sehr liebte, sie immer beschützen wollte, im Krieg und in der schweren Zeit danach als er ihr noch nicht bis zur Taille reichte. Seine Liebe zur Mutter starb ohne, daß er dies zunächst bemerkte, ganz langsam, mit kleineren und größeren Enttäuschungen, die sich aufaddierten und die Mutter offensichtlich selbst nie erkannte, nicht berührte, da sie gerne neben aller pflichtgemäßen und geordneten Wahrnehmung mütterlicher und häuslicher Pflichten, oft über Unbequemes unbedacht hinweg ging.
Da war die Sache mit seinem kleinen Hund, den er mit dem Geld seiner Patentante und unermeßlicher Freude aus dem Tierheim holte und den er über alles liebte, Wochen, vielleicht Monate, bis zu jenem mehrtägige Klassenausflug. Zurück - war der Hund nicht mehr da. - Er mache ihr zu viel Arbeit, außerdem habe er eine eitrige Ohrenentzündung gehabt und so habe sie ihn ins Tierheim zurückgebracht-. Den Schmerz dieses Verlustes war in seinem jungen Leben mehr als ein Einschnitt in seine Seele. Er durchlebte untröstliche Wochen und diese Erfahrung hinterließ eine tiefe Wunde in ihm.
Und später als er in den ersten Semesterferien voll Freude nach Hause kam, war sein Zimmer geräumt und fremd vermietet. Er

schlief von da an auf der Couch im Wohnzimmer und war zu tiefst betroffen, hatte ihn doch niemand darauf vorbereitet. Er wußte, daß er ab jetzt in der elterlichen Wohnung nicht mehr zu Hause war und ein Riß ging durch sein Herz.

Zuletzt nach der zerbrochenen ersten Ehe, in der ihm juristisch übertragenen Verantwortung für sein Kind, implizierte sie, seine Mutter, in ihm einen schuldhaftes Versagen und sie schickte ihn, in jener Nacht, als er mit seinem Kind auf dem Arm voller Verzweiflung im Elternhaus Trost und Aufnahme suchte, zurück in sein Zuhause, das es schon längst nicht mehr gab. So starb seine Mutter unwiderruflich in ihm, als sie ihn „ins Pfefferland" verwies.

Der Schlag mit dem Holzstab läßt ihn den Kopf heben der ihm auf die Brust gesunken war.

„Warum überfällt mich gerade jetzt und hier, nach Jahrzehnten, der Verlust an Mutterliebe? Kann ich mich noch immer nicht versöhnen? Muß ich nach Japan reisen um diesen Schmerzpunkt wieder zu beleben, kann ich nicht wenigstens hier an diesem angeblich heilenden Ort Frieden finden? Mit dem Verstand sicherlich - dies ging schon lange - aber mit dem Herzen, das schaffe ich nicht oder gibt es noch eine Chance?

Der innere Tod seiner so starken Mutterliebe setzte sich in den Jahren des mehr und mehr Bewußt- werdens aus vielen Mosaiksteinchen zu einem Ornament des Unverzeihlichen zusammen. Vergeblich versuchte er all die Zeit über Mutters Tod hinaus wieder zu einem versöhnlichen Denken zu gelangen, doch die erstorbene Liebe hatte sich hoffnungslos in ihn eingegraben und würde ihn sicherlich bis zum Tag der Erlösung im eigenen Tod begleiten.

Und der Kreis des *Enso* läßt ihn nicht los, zieht wiederum, fast magisch zwingend seinen Blick an und Merkwürdiges geschieht.

Plötzlich sieht er vor seinem inneren Auge eine Fotographie von sich selbst, das er aus dem alten Familienalbum kennt und ihn als siebenjährigen Jungen neben seiner drei Jahre älteren Schwester vor der

Türe des Bauernhauses zeigt, welches die Familie nach der Bombenzerstörung Ihres Hauses in der Stadt aufgenommen hat. *Doch er sieht nicht nur die Fotographie, sondern er blickt plötzlich aus dieser heraus – ungewollt - vor sich die Mutter, den Fotoapparat am Auge leicht vorgebeugt, hinter ihr der Bauerngarten ihres Evakuierungsheimes mit grauen, angespitzten Holzlatten umzäunt, dahinter die Kuhweide den Berg hinauf bis zum Waldrand. Nichts davon ist auf dem Foto zu sehen, aber er sieht es ganz plötzlich und deutlich, so als stünde er wieder vor der grau verwitterten Holztür. Wie ist dies möglich und er versucht es in Gedanken mit einem anderen Foto aus jener frühen Zeit als er wiederum in die Kamera blickt und auch dort ist es Mutter mit den Fotoapparat und dahinter der Blick über die Wiese hinunter ins Tal, das in einem dunklen Wald zusammenläuft. Wie kann dies sein? Natürlich hatte er damals vor über sechzig Jahren all dies auf dem Foto Verborgene in Wirklichkeit gesehen, als man ihn, das Kind, für das Bild hinstellte, aber daß jetzt der aus seinem Gedächtnis verloren geglaubte Blick wieder sichtbar wird, den er damals am Fotoapparat vorbei bis weit hinaus ins Land vor Augen hatte, erschreckt ihn. „Was geschieht mit mir, jetzt und hier an diesem ungewöhnlichen Ort, den ich freiwillig nicht aufgesucht habe und der mich in ungewollt in so großen Sprüngen in meine Vergangenheit zurück führt, an Einzelheiten erinnert die ich vergessen glaubte, abgelegt, ausgelöscht?"*
Enso beginnt vor ihm zu kreisen, es wird ganz hell um ihn - er fühlt sich befreit, alles Belastende, Rätselhafte und die schmerzenden Gedanken fallen von ihm ab. Es ist gut so.

Jan liegt in der *Shidoden-Halle*, der Gedächtnishalle für Laien. Jürgen Bremers Gesicht ist ganz nahe über ihm. Er lächelt und es ist nicht das unbeschwert fröhliche Lächeln der früheren Zeit. Seine Zähne sind braun und feine Falten zeichnen der Haut seiner Wangen unzählige Kerben. Den Kopf glattrasiert, so ist auch der blonde Vollbart seiner jungen Jahre auf dem verschlungenen Pfad seines Lebens verschwunden. Was blieb ist ein Anschein von Angst hinter den

Augen.

„Du bist mal eben weggetreten. Wie fühlst Du Dich jetzt?"

Jan braucht Minuten um zurückzukommen in eine Umgebung, die ihm den Atem genommen hat. Er hat keine Erklärung für seine kurzzeitige Bewußtlosigkeit, nur eines ist ihm genau erinnerlich, daß er jedwede Angst verlor als es hinter seinen Augen plötzlich hell wurde und er sich gut fühlte, bevor ein dunkler Vorhang ihn bedeckte.

Der Wunsch zurück zu kommen war zögerlich.

Was für ein Ort?

„Es ist jetzt spät, willst Du hierbleiben und mit uns essen?"

„Nein!"

Jan richte sich mit dem Gedanken auf: „Ich muß ganz schnell weg - hinaus an die Luft – die gewachsene Natur sehen.

„Erzähle mir deine Geschichte morgen. Ich komme nach der ersten *Zazenstunde* hierher, vor die *Sanshokaku* - nicht hinein!"

„Oh, Du kennst den japanischen Begriff für die Gast- und Übungshalle der Laien."

„Vergesse nicht - ich war vor einigen Jahren schon einmal hier, allerdings nur als Besucher, um diesen ganz besonderen Ort des Zen-Buddhismus kennen zu lernen, damals jedoch vor Allem der außergewöhnlichen Architektur wegen.

Jan will gehen. Er ist sehr müde - doch für den entscheidenden Schritt, fehlt ihm unerklärt noch immer die Kraft.

„Was ist nur mit mir geschehen?"

„*Enso* hält dich noch ein wenig in seinem Bann." Jürgen Bremer, der offensichtlich die Schwäche seines Gegenübers spürt, lächelt jetzt wieder sein unfröhliches Lächeln.

„Ich möchte hinaus die Bäume und die Berge sehen."

Jan erhebt sich mühsam, mit einem Gefühl als würden ihn Bleigewichte festhalten.

Er geht den Gang hinunter und tritt an der nächsten Türe ins Freie.

Die Luft mit der er nun bewußt seine Lungen füllt und hörbar ausatmet ist klar, unschuldig rein könnte man meinen. Er geht einige

Schritte und setzt sich erneut, dieses Mal auf den Rand eines Brunnens an dem von einem Joch mit Seilwinde ein Eimer darauf wartet hinuntergelassen zu werden das frisches Bergwasser zu schöpfen, das zwischen den Gesteinsschichten gefiltert unter der Erdoberfläche stetig zu Tal fliest.

Es zieht ihn, wie von einem Magnet ausgelöst, dem Wasserlauf folgend, weg von diesem Ort seines inneren Erschrecken und er will aus seinem jetzigen Gefühl heraus nie mehr hierher zurück, in spürbarer Angst erneut in vergessene Schrecken hineingezogen zu werden.

Bremer steht jetzt neben Jan und schaut schweigend auf den in seinen Gedanken verhafteten Freund hinunter, der zu sich selbst sagt: „Nein, ich habe keinen *„Burn out"*, so gehöre ich auch nicht zu den anderen Kreaturen die im Büßergewand vor dem *Enso-Kreis* sitzen und Hilfe und neue Stärke suchen. Ich bin stark, zumindest glaubte ich es bisher zu sein, bevor mich dieses merkwürdige – für mich nicht erklärliches Syndrom, das diesem Ort anhaftet, zurück holte auf eine vergessen geglaubte Ebene. Nein, nicht noch einmal. Schluß mit dem was vielleicht für die ausgebrannten japanischen Geschäftsleute, ja sogar für den mit seiner Vergangenheit hadernde Jürgen Bremer gut ist, aber nicht für mich, der ich die unguten Erlebnisse meines früheren Lebens längst hinter mir gelassen habe und nicht mehr zum Nachdenken erwecken möchte. Was sollte dies auch bewirken? Nochmals die vielen schlaflosen Nächte und die Verzweiflung meiner Gedanken hervorrufen, wie ich das damalige Leben meistern sollte. Vielleicht den menschlichen Terror meiner ersten Ehe nochmals aushalten, den ich mit versiegender Kraft, ausschließlichen zum Wohle meines Kindes, zu bewältigen suchte. Nein, schon beim gedankliche Wiederholungen des langjährigen inneren Schmerzes erfährt mein seelisches Ich Schwankungen, bis hin zur Panik - nein und abermals nein - ich habe Bremer versprochen zu helfen, was ich auch zu tun gedenke, wenn es im Rahmen meiner verkraftbaren Möglichkeiten bleibt, aber auch kein Jota darüber hinaus."

Mönche oder Novizen, wer auch immer sie sind, gehen vorüber und verbeugen sich.

Kaito sagt:

„Sie bewundern Dich, daß Du bereits beim ersten *Zasen* die Erfahrung gemacht hast, nach der sie lange suchten oder es noch immer tun.

Ich hole dir Tee, der dich munter machen wird und dann stehst Du wieder sicher auf Deinen Beinen. Erzähle mir dann von Deiner Erfahrung mit Gott, wie Du, respektive ihr Christen, die ihr Zen nicht kennt, ihn nennt."

Jan versteht sich selbst nicht als er diesem Ansinnen Folge leistet, anstelle mit dem Handy das Taxi zu rufen dessen Visitenkarte ihm der Fahrer zugesteckt hatte, zu fliehen in sein wirkliches Sein, hinaus zu den blühenden Kirschbäumen.

„Ich habe mich schon ganz früh mit der TAO-Philosophie beschäftigt, die den Weg sucht den Sinn des Lebens der Menschen auf dieser Erde zu ergründen. Das Denken in Tao, vor Jahrhunderten in Indien entstanden, kam über China zum japanischen DO, wobei die Worte TAO und DO die einzig kalligraphisch identischen Schriftzeichen aufweisen, die sowohl im chinesischen Mandarin, als auch im klassischen japanischen *Kanji* gleich geschrieben werden. Dabei wird eine übereinstimmenden Definition von Gott oder dem was wir als solchen bezeichnen, erklärt - ihn - in der Natur und in Dir selbst zu suchen und zu finden. Diese Auslegung basiert auf dem was die Schöpfung in uns implantiert hat, nämlich eine unbeeinflußbare Glaubenssehnsucht, die uns zur steten Suche nach Gott, nach Aufklärung, nach dem wahren Ursprung, dem Sinn des Lebens und der Bestimmung der Endlichkeit oder eines Weiterleben danach, forschen läßt. Diese Suche beginnt damit uns selbst zu erkennen, danach unseren eigenen Lebensweg zu finden, unser Lebensverständnis zu definieren, innerhalb der uns von der Schöpfung gegebenen menschlichen Unterschiedlichkeit und diese den eigenen Möglichkeiten entsprechend, in freier Entscheidung zum Positiven oder Negativen zu steuern. Dabei sollten wir die Grenzen des eigenen Machbaren ergründen und dieses in wissender Selbstbescheidung praktizieren.

Von lebensprägender Erkenntnis steht für mich, der Zusammenhang, der Lehren des TAO, deckungsgleich mit denen Buddhas. Er ist aus meiner Sicht der einzigem Religionsphilosoph der seinen Anhängern empfiehlt - nicht einem von anderen vorgegeben Götzen zu dienen, sondern selbst zu suchen und zu werten. Nicht blind einem menschgemachten Glauben zu folgen - nicht einer Überlieferung nach dem Hörensagen oder den Behauptungen einer von Menschen verfaßten Schrift zu trauen. Weder den methodischen Ableitungen, noch auf einem dem Augenschein oder anerzogenen, gewohnten Vorstellungen beruhenden Vorgaben Anderer ungeprüft, ohne eigenes Ermessen, zu folgen. Buddha sagt: „Wenn ihr durch unbeeinflußtes Denken erkennt, daß die Lehren eurer Kirchenväter Zweifel oder Mißtrauen in Euch erzeugen, unvollständig oder erkennbar von Menschen ohne wirklich nachweisbares Wissen erdacht, aufgeschrieben und interpretiert, gar zur Religion erhoben werden, die Gehorsam und blindes Folgen verlangt, dann bleibt eurem eigenen Verstand treu. Dieser sagt Euch was richtig oder falsch ist, wenn ihr ihm Gehör schenkt und dem guten Geist in Euch selbst folgt. Niemand, keine Wesen auf unserer Erde weiß was uns geschaffen hat, aus welchem Grund wir eine unbestimmte, jedoch endliche Zeit, leben und diejenigen welche sich anmaßen darüber Kenntnis zu haben, sind Scharlatane oder einfältig. Der Drang unserem Glaubensimpuls zu folgend ist für jeden und zwar ohne Ausnahme spürbar, was man als Gottbeweis werten kann, es sei denn man denkt ausschließlich in der Ratio - nämlich was ich nicht fassen, sehen, beweisen oder im irdischem Handeln erklären kann - gibt es nicht - ergo verkrieche ich mich im sogenannten Atheismus, den es jedoch in Wirklichkeit nicht gibt. Jeder Atheist unterdrückt jene innere Gaubenssehnsucht mit der vorgenannten Ratio des Verstandes, weil ihm kein irdischer Beweis zur Verfügung steht. Dabei hat jeder Mensch die Chance sein „Do" zu finden, wenn er ernsthaft danach sucht und sich den Weg dahin nicht durch einen selbst ausgehobenen, immer tiefer werdenden, Graben verbaut, den er irgendwann nicht mehr überwinden kann, schlußendlich als Verlorener hineinstürzt und ihn der Aushub des Zweifels bedeckt."

Jürgen Bremer schaut Jan lange erstaunt an, dann sagt er:

„Zuerst trittst du ohne Vorwarnung und unerklärt in der *Zazen-*

Stunde von der Bühne des realen Bewußtseins ab, um direkt danach, kaum wieder unter den Lebenden weilend, einen mehr als beachtlichen Vortrag zu halten, an dem ich beeindruckt und völlig unerwartet teilhaben konnte, was ich mir aus Deinem Mund nicht hätte träumen lassen, als ich Dich bat hier her zu kommen. *Zazen* hat dich offensichtlich auf eine erstaunliche Weise geöffnet, denn alles was du soeben gesagt hast scheint mir zutreffend, deckungsgleich mit dem was ich hier im Kloster erfahren habe und um so mehr schäme ich mich dich zu meinem Zweck benutzen zu wollen."

Jan, der eigentlich mehrheitlich als Schweiger gilt, empfindet sich, wie auch immer durch das Erleben im Angesicht des *Enso* ausgelöst, das ihn ungewollt in eine schmerzliche Tiefe seiner Vergangenheit geführt hat, zum Plauderer mutiert. Ein Geschehen das er nun jedoch schnell beenden möchte in dem er sagt: „Laß es gut sein, was ich soeben gesagt habe ist die Quintessenz meiner ganz persönlichen Gedanken, all die vergangenen Jahre über den Sinn des Seins und Nichtsein und Du, Jürgen Bremer, wirst mir morgen von Deinem –DO – erzählen, was mir vielleicht Aufschluß über Dein Ansinnen an mich gibt "

Auf dem Rücken liegend, den Geruch seines von Reisstroh umschlossenen Raumes im *Ryokan Minoya Taiheikaku* in der Nase, fragt sich Jan nun mit einem zeitlich und räumlichen Abstand zu EIHEI-JI erneut, was mit ihm, in - oder durch diese unvorbereitete *Zazen*-Stunde geschehen ist. Warum wurde er so unvermittelt mit Erinnerungen an seine Mutter konfrontiert. Was hat dies ausgelöst, zumal dieses Erleben, Jahrzehnte zurück liegt und einiges völlig irreal aus Fotographien heraus im Kindesalter stattfand. War es das, was Jürgen Bremer meinte, als er davon sprach EIHEI-JI sei der Ort sein eigenes Ich zu erforschen, Belastendes aus der Vergangenheit aufzuspüren, um die Seele davon zu befreien und daraus die notwendige Kraft zu schöpfen ein zweites, besseres, Leben führen zu können?

Leise huschen die Damen des Hauses durch den Raum, servieren ihm das Abendessen, rollen den Schlaf-Futon aus und stellen ihm schlußendlich mit einem bezeichnenden Lächeln, als wüßten sie um seine Gemütsverfassung, eine Tee auf einem Rechaud bereit, mit dem Hinweis – den Inhalt des kleinen Porzellankännchen unter allen Umständen, für einen guten Schlaf vollständig auszutrinken.

Nach dem letzten Tropfen vom Boden der Tasse breitet sich in ihm tatsächlich ein entspannendes Loslassens aus und er schläft mit einem bisher unbekannt wohligem Gefühl, wie das eines nach langen Krankheit genesenden, zärtlich umsorgten Kindes, ein.

9

„Wie Du vielleicht weißt, bin ich nach meine abgebrochenen Weltreise, als Bauzeichner durch eine vielfältige Welt bekannter Architekten getingelt. Ich habe die großen Namen jener Zeit geradezu aufgesammelt und damit jeweils bei meiner nächsten Stelle Eindruck erzielt, ehrlich gesagt am meisten bei mir selbst. Ich war in Frankreich, der USA, Finnland, England und lange Zeit in Japan tätig. Dabei habe ich auch mein Talent, schnell die Landessprache zu erlernen, weidlich genutzt, manchmal mit Unterstützung hübscher Frauen die auf meinen falschversprechenden Charme hereingefallen sind. Hin und wieder war ich dabei auch ein Schwein, wobei ich eigentlich den Namen dieses guten Tieres nicht mit mir und meinen Handlungen in Verbindung bringen sollte.

Dann kam der Schnitt und das Ende mit dem Flattern von Land zu Land, von Blüte zu Blüte als mich meine Mutter über das Handy anrief um mir mitzuteilte den Mörder meines Vaters gefunden zu haben."

„Der Mörder Deines Vaters von dem Du mir vor vielen Jahren, als wir Deine Mutter besuchten, berichtet hast?"

„Ja, und diese Ereignisse welche dazu führten, daß mein Vater am 21.April 1944 so plötzlich sterben mußte, gehören zu meinem Leben und dem was jetzt ist und vielleicht sein wird, solange mein Herzschlag in mir pocht, mein Herz es in meinem Körper aushält. Damals erzählte ich Dir eine Kurzfassung jener besagten Ereignisse die zum Tod meines ehrenwerten Vaters führten, doch Heute werde ich Dir die ganze Geschichte erzählen - erzählen müssen, damit Du mich vielleicht ein wenig verstehst."

„Mein Vater Eberhard Friederich Bremer, Major der Infanterie in der ehemaligen deutschen Wehrmacht, war nach der Genesung von schweren Verwundungen, frontuntauglich. Er hatte erhebliche Erfrierungen an Füßen und Händen erlitten und man mußte ihm einen Fuß und mehrere Finger seiner rechten Hand amputieren.

Mit einer kleinen Abteilung zusammengewürfelter Infanterie-Einheiten hatte er in der Tiefe Rußlands, im eisigen Winter 1941-1942 einen kleinen Bahnhof, gegen eine Übermacht russischer Truppen, erfolgreich verteidigt, um den mit mehreren hundert verwunderter Deutscher Landser belegte Eisenbahnzug in letzter Minuten den Abtransport zu sichern. Beim darauf folgenden Rückzug hinter die eigene, mehr und mehr zurückweichende Front, erfroren ihm in der eisigen Kälte der linke Fuß und mehrere Finger seiner rechten Hand. Wie durch eine Wunder überlebte er trotzdem und brachte auch seine Kameraden, von Erfrierungen abgesehen, fast vollzählig hinter die eigenen Linien zurück. Dafür erhielt er später in der Heimat das „Ritterkreuz mit Eichenlaub zu Schwertern", das er im Hof des OKW (Oberkommando der Wehrmacht) in Berlin mit unbewegtem Gesicht entgegen nahm, denn er hatte sich, wie mir Mutter später erzählte, innerlich längst vom Nationalsozialismus und deren Macher und Schergen abgewandt.

Als er mit einer Fußprothese wieder einigermaßen gehen konnte, wurde er, auf eigenen Wunsch, in den Stab des General der Infanterie Friedrich Olbricht ins OKW nach Berlin versetzt. Wie bekannt war General Olbricht am Wiederstand gegen Adolf Hitler und dem Attentat durch den Grafen von Staufenberg am 20.April 1944 maßgeblich beteiligt und wurde fast zeitgleich mit meinem Vater, jedoch unter anderen Umständen, hingerichtet. Meinen Vater erschoß ein SS-Offizier vor meinen Augen und denen meiner Mutter, ohne Verfahren oder einer anderen Form rechtlich fundierter Verurteilung, an der Gartentüre vor unserem Haus in Friedenau mit Genickschuß. Ich stand mit Mutter oben am Fenster und habe das Gesicht des Mörders genau gesehen, da er in einer Art Reflex, direkt nach dem tödlichen Schuß, den Kopf wendete und zu uns herauf sah, obwohl er uns sicherlich nicht sehen konnte, da die Wohnung im unbeleuchtet Dunklen lag. Warum er dies tat weiß ich nicht – war es der winzige Rest eines schlechten Gewissens oder Angst bei seiner schlimmen Tat beobachtet zu werden? Wir haben es nie erfahren. Doch ich begegnete ihm Jahrzehnte später, nachdem mir Mutter in großer Aufregung von dessen Auftauchen nach über vierzig Jahren berichtete. Was danach geschah veränderte mein Leben einmal mehr und brachte mich, neben anderem nicht sonderlich rühmlichen Handeln, schlußendlich hier her nach EIHEI-JI und zur Widerbegegnung mit Dir.

Wie mein langer Weg in diesem Zeitabschnitt aussah, will ich Dir erzählen damit Du meine Beweggründe Dich zu behelligen eventuell begreifen kannst."

10

Jürgen Bremer war gerade einmal sieben Jahre alt, als man den Vater vor seinen Augen erschoß- ihn-zu dem er voll Liebe aufblickte, den er über alles bewunderte, von dem er in den wenigen Monaten, Tagen, Stunden in denen der im Kriegsgeschehen eingebundene Vater zu Hause sein konnte, unendlich viel erfuhr, was ihn sein Leben lang begleiten sollte. Wenn er auch Vieles nicht verstand oder zuordnen konnte, weil es auf eine noch nicht erlebte Zukunft ausgerichtet war, so spürte er doch das Wichtige was Vater ihm auf den Lebensweg mitgeben wollte, im Wissen, daß für ihn, den Frontoffizier das Ende jederzeit und unvermittelt kommen konnte und so jeder Satz der ihm zu seinem kleinen Sohn vergönnt war, kostbar sein konnte. Manchmal war es ein fast verzweifeltes Bemühen des Vaters so viel wie möglich an Inhalt zu vermitteln und der kleine Jürgen spürte instinktiv die Ernsthaftigkeit des Gesagten, zumal er in Vaters Augen, was er erst viel später wirklich deuten konnte, die Angst einer nicht bestimmbaren Endlichkeit ihres Zusammenseins sah. Er sah auch die zärtliche Liebe die sein Vater, dieser so große und stark erscheinende Mann, seiner Frau, Jürgens Mutter, entgegenbrachte, aber er hörte auch gleichzeitig die sorgenvollen Sätze die über ihn hinweg am Tisch gesprochen wurden. Dabei streifte ihn meist ein fast ängstlicher Blick seiner Mutter, den er nach und nach zu verstehen glaubte, vor Allem nach einer fast beschwörenden Ansprache des Vaters mit dem außergewöhnlich strengen Hinweis, das Gesprochene diene zwar uneingeschränkt dem Guten, dürfe jedoch ihr Zuhause nicht verlassen, es sei nicht für andere Ohren bestimmt.

Nach Vaters Genesung waren sie von Berlin Mitte, das zunehmend von Bombenangriffen heimgesucht wurde, nach Friedenau im Süden Berlins in ein Mehrfamilienwohnhaus, Ecke Stubenrauch- und Odenwaldstraße gezogen, in ein Haus in dem mehrere Wohnung leer standen, was Jürgen nicht begriff, da doch durch die Terrorangriffe, in der Stadtmitte viel Wohnraum verlorengegangen war. Wo waren die Leute hingezogen. Auf den Namensschilder der leeren Wohnungen standen Namen, wie Dr. Rothenstein oder Kommerzienrat Professor Berggrün, sicherlich wohlsituierte und auch wohlhabende Menschen, die wahrscheinlich wegen der Bomben weggezogen waren.

„Nein, aus Angst," sagte eines Tages sein Vater auf diese Frage.

„Vor was?

Vater verstummte, dann sagte er:

„ Vielleicht sind sie auch abgeholt worden, ich weiß es nicht?

Diese unvollständigen Antworten verstören den kleinen Jungen zutiefst – umsomehr als Vater hinzufügte „und wir Deutsche müssen daran etwas ändern, worum ich mich bemühe."

Mutter hatte bei diesen Worten erschreckt aufgeblickt und einen vielsagenden Blick auf Jürgen geworfen.

Vater nahm Jürgens Hand blickte ihm in die Augen als er sagte: „Wenn du jetzt auch noch nicht alles verstehst was du von uns hörst, so sei doch gewiß, daß es, wie ich Dir schon einmal sagte, dem Guten dient und wenn dein Vater einmal nicht mehr sein sollte, dann sei gewiß, daß er in allem was er tat stets das Beste wollte, für Mutter, dich und für unser Vaterland."

Jürgen spürte, daß etwas geschah was er nicht begreifen, jedoch nach Vaters Worten nichts Schlechtes sein konnte und vielleicht das Ende der Bombenangriffe, der allgegenwärtigen Todesangst der Erwachsenen, bedeuten könnte.

Eine Angst die er selbst spürte, besonders dann wenn die schrecklichen Sirenen zum Fliegeralarm aufheulten, er sein kleines Köfferchen ergriff, das von Mutter gepackt stets bereit stand, sie ihren Rucksack schulterte und man zusammen mit anderen Menschen in großer Hast die steinernen Treppen hinunter in das als besonders stabilen geltende Kellergeschoß des Nachbarhauses eilte. Dessen Decken waren zusätzlich mit mächtigen Pfosten aus zurechtgesägten, alten Telefonmasten unterstützt und so verstärkt im umgebenden Häuserblock als zentraler Luftschutzraum ausgewiesen. Weiße auf die Hausfaßaden aufgemalte Zeichen, zum Beispiel ein Ring in dessen Mitte Hof geschrieben stand, signalisierte, falls ein Haus getroffen wurde und man verschüttete Menschen in den Kellern vermutete, daß der Luftschutzraum auf der Hofseite lag und damit die Suche erleichterte. Es gab auch weiße Linien, senkrecht auf die Straßenfassade gemalt, mit einem geraden oder schräg nach unten weisenden Pfeilende, der die Lage des Schutzraumes an der Straßenseite anzeigte. Diese Hinweise retteten oft Menschen das Leben, die in zusammengestürzten Häusern an sonst dem Erstickungstod zum Opfer gefallen wären.

Während die menschenverachtende Todeswelle englischer oder amerikanischer Bomberverbände, hoch oben in ihren gepanzerten Fluggeräten geschützt, sich unerreichbar am nachtschwarzen Himmel mit tödlicher Last feige ihrem schutzlosen Ziel nähern, sitzen die wehrlosen Menschen in jenen unterirdischen Räumen meist auf lehnen losen Holzbänke, die mitgebrachte Habe an sich gepreßt. Sie hören - die Motoren von hunderten anfliegender Todbringer - durch alle Wände und Decken hindurch, ein tiefes fast gleichmäßig anschwellendes Dröhnen, dem unmittelbar die Bombendetonationen folgen, nah, fern oder mitten unter ihnen, sodaß sie, die Todgeweihten das abschwellende Brausen der bombenentleerten Ungetüme nicht mehr hören können.
Diejenigen die es in dieser Nacht nicht trifft, erleben den Schrecken des Ungewissen nicht nur durch das Beben der Wände und Decken, sondern es dringt tief in sie hinein und löst dort panische Ängste des hilflosen ausgeliefert seins aus.

Nahe Bombeneinschläge lassen den Raum erzittern und bringen die Luft zum vibrieren. Rauch und feiner Staub dringt durch kleine Ritzen, die sich durch die Luftschläge im Mauerwerk oder den Decken bilden und manche Menschen schreien ohne aufzuhören. Andere weinen, ihre Köpfe in den Schoß oder an die Brust ihrer Nachbarn gelehnt.
Die Einschläge kommen jetzt näher. Rauch und beißender Gestank von Verbranntem, dringt in den Raum. Mutter hält ihm ein nasses

Taschentuch vor Mund und Nase und drückt dabei seine Kopf in ihren Schoß. Menschenstimmen die laut schreien umgeben ihn, aber Mutter schützt ihn und er weiß, daß Vater dafür sorgt, daß all dieses Böse bald zu Ende geht. Er ist Mutter so nahe wie nie, er riecht sie und dieser Geruch wird ihn ein Leben lang begleiten, es ist der Schoß der Geborgenheit in dem er sich sicher fühlt.

Auch als er längst erwachsen ist, legte er manchmal seinen Kopf in ihren Schoß und für Sekunden ist alles gut. Mutter streicht über seine wilden Haare und fragt ihn, ob er Sorgen habe, ob alles in Ordnung sei und er konnte ihr nie sagen, daß es nur die Nähe ihres Schoßes und der Geruch ihres Körpers war der ihn festhielt, ihn zurückführte in jene Zeit, vielleicht zurück bis vor seiner Geburt in den Mutterschoß.

Vater war meist nicht da und Mutter betete in diesen Momenten laut um sein Leben, denn die meisten Bomben, zumindest am Anfang des Terrors, fielen im Stadtzentrum, wo sich auch sein Büro im OKW befand.

Dann flüstert sie in diesen Schreckensmomenten im Wechsel mit ihren Gebeten ihrem Kind zu - es würde bald aufhören, Vater sorge dafür - und Jürgen war im Stillen stolz, daß sein Vater eine so wichtige Arbeit verrichtete, daß er sogar bald das Abwerfen von Bomben verhindern konnte, aber wann würde es denn tatsächlich sein?

Einmal sah Jürgen eine Frau, die aus Kerzenwachs kleine Kügelchen formte und sich diese in Ihre Ohren steckte, um nichts mehr von den schrecklichen Geräuschen, draußen und drinnen im Keller zu vernehmen. Sie lehnte sich mit dem Rücken zur Kellerwand und ihre Augen starrten in ein scheinbar leeres Nichts.

Dann kam der Abend des 21.April 1944, der alles veränderte. Draußen war es bereits Nacht. Es herrschte eine fast absolute Dunkelheit, denn Mond und Sterne hatten sich hinter einem dunklen Schleier verborgen, so als wollten sie nicht mit ansehen was sich hier auf der Erde ereignete. Die Straßenlaternen waren längst erloschen um den Bombenflieger keine Markierung zu geben. Auch aus den

Fenstern der Wohnungen, die Straße hinauf und hinunter, drang kein Lichtstrahl nach draußen in eine scheinbar sterbende Welt. Gemäß Vorschrift hatte man an allen Fenstern sogenannte Verdunklung-Rollos aus starkem schwarzem Papier angebracht und diese abends vorschriftsgemäß herunter gezogen.

Jürgen Bremer wird sich sein ganzes Leben lang an alles, auch nur an die kleinste Kleinigkeit was an jenem Abends geschah, erinnern, was er sah, hörte, ja sogar was er roch, so den Zigarrengeruch, welcher der Uniform des Vaters anhaftete, obwohl dieser selbst nicht rauchte, jedoch die letzten Stunden offensichtlich in einem Raum verbrachte, wo viele Zigarren und Zigaretten geraucht wurden.

Es war ungewöhnlich spät als sie Vaters Wagen vorfahren hörten. Die Autotüren öffneten sich und schlugen bei noch laufendem Motor, drei mal zu, hinter dem Chauffeur als dieser ausstieg, um dem Vater den Schlag zu öffnen, er diesen wieder schloß und zuletzt als er sich danach selbst wieder auf den Fahrersitz setzte. Das in tiefen Frequenzen surrende Motorengeräusch der großen Horchlimousine entfernte sich in ungewöhnlich langsamem Tempo. Vaters Stiefelschritte auf den Holzstufen schienen heute schwerer als gewohnt. Dann stand er in der Türe, die obersten Knöpfe der Uniformjacke geöffnet, wobei das Ritterkreuz unkorrekt seitlich hing.

Als Mutter auf ihn zuging, wehrte er sie mit zwei ausgestreckten Handflächen ab, ungewöhnlich im Gegensatz zu den sonst so innigen Begrüßungen. Jürgen erschrakt zutiefst, als er diese abweisende Geste seines Vaters sah, verstand aber sofort, daß etwas Schreckliches passiert sein mußte.

An der Hand der Mutter, die wie erstarrt in der Diele stehen blieb, hörten sie Vater in der Küche den Wasserhahn öffnen und gleich darauf seine hastigen Schluckgeräusche. Er trank offensichtlich mehrere Gläser Wasser hintereinander.

Mit dem leeren Wasserglas in der Hand ging er dann noch immer ohne Worte, gefolgt von seiner kleinen Familie, die für Minuten ebenfalls die Sprache verloren zu haben schien, in das Wohnzimmer.

Dann fragt Mutter mit einem Zittern in der Stimme.

„Was ist geschehen?"
Im dämmrigen Licht nur einer einzigen Glühbirne am Leuchter
über dem Ecktisch nimmt Vater aus dem Mittelfach des dunkelbrau-
nen Vertikos, dessen facettenartig geschliffenen Glasscheiben, einen
Moment im matten Licht spiegeln, die Kristallkaraffe mit dem als
besonders gut bezeichneten französischen Cognac und füllt damit
das Wasserglas, das er noch immer in der Hand hält. Er setzt sich
ans Kopfende des Tisches und trinkt das Glas in kleinen Schlucken
leer, dann gießt erneut ein, jedoch nur bis zur Hälfte.
Jetzt sagt er zur Mutter gewandt:
„Es ist mißglückt! Wir sind verloren - alles ist verloren. Den Grafen
haben sie bereits erschossen. Der SD und die SS hatten wir schon
ausgeschaltet, jetzt wüten sie unter uns!"
Sein Gesicht ist aschfahl.
Dann rötet es sich ein wenig, vielleicht unter der Wirkung des Alko-
hols und fängt plötzlich im Schweiß der ihm anscheinend ohne körperliche Anstrengung aus den Poren dringt, zu glänzen
„Der Verbrecher hat überlebt. Die Vorsehung habe ihn gerettet?
Wo ist Gott der uns vor dem Bösen bewahrt?"
„Und jetzt?"
Mutters entsetzte Frage steht hilflos im Raum und der Junge verliert, genau in diesem Moment, wenn er auch die Zusammenhänge
und die Tragweite dessen was geschehen ist nicht versteht, ganz
plötzlich das Gefühl hier, in ihrer eigenen Wohnung, zu Hause zu
sein. Alles scheint auf einmal fremd, von ihm abzurücken, nicht mehr
zu ihm, zu seinen Eltern zu gehören ohne, daß sich tatsächlich im
Raum, mit Ausnahme der offenen mittleren Vertikotüre, etwas verändert hat.
„Ihr müßt sofort weg, abreisen. Sie werden kommen und mich holen
und wahrscheinlich auch euch!"

Fast genau mit dem Ende dieses Satzes, waren sie, da.
Zuerst das Motorgeräusche eines Lastwagens vermischt mit denen
von Personenwagen, schlagende Türen, Kommandos, genagelte
Stiefeltritte auf dem Asphalt und dann in einem schrecklichen Pol-

tern die Treppe herauf.

Vater steht vom Tisch auf schließt seine Uniformjacke, umarmt Mutter sekundenlang, dann preßt er den kleinen Jürgen an sich, küßt ihn ohne Worte auf die Haare.

Er öffnet die Wohnungstüre zum Treppenhaus und die tödlich Macht betritt stampfend das einstmals behütete Heim. Sie sind überall, in allen Räumen, die SS mit den silbernen Doppel-Runen auf den Kragenspiegeln ihrer Uniformen, SD-Leute in Polizeigrün, meist niedere Ränge, mit dem SD auf schwarzer Grund am linken unteren Ärmel. Was suchen sie? Etwas Verborgenes, das es in ihrem Heim nicht gibt? Ein untersetzter SS-Untersturmführer mit drei Sternen auf dem linken Kragenspiegel, hat sich vor Vater, der regungslos an der Wand des Flures lehnt, aufgebaut und streckt ihm fordernd die rechte Hand entgegen:

„Pistole!"

Vater öffnet langsam die Pistolentasche an seinem Koppel, nimmt die kurzläufige Waffe heraus, läßt das Magazin auf den Boden fallen und legt die Pistole auf die Kommode unter dem Spiegel ohne die ausgestreckte Hand des SS-Mannes zu beachten.

Erneut Schritte auf der Treppe, dann tritt der Teufel in Schwarz persönlich ein, zumindest empfindet es Jürgen so und klammert sich noch fester an Mutters Körper.

Um dessen silberne Achselklappen windet sich ein schwarzes Band auf dem zwei verschnörkelte Buchstaben, ein A und ein H ineinander geflochten sind und um den linken Unterarm seiner Uniformjacke, ein schwarzes Band mit dem silbernen Schriftzug -Adolf Hitler-. Dieses Bild und was dann geschieht mit allen kleinen und kleinsten Details brennt sich unauslöschlich in des Gedächtnis des Jungen ein. Der Mann trägt Handschuhe, die er dem Vater gegenüber stehend langsam auszieht, in einer Hand bündelt und damit Vater ins Gesicht schlägt. Vaters Gesichtsausdruck der den diskriminierenden Schlag ohne die kleinster körperliche Reaktion, hinnimmt ist jetzt von einer unsäglichen Verachtung geprägt, die den SS-Obersturmbannführer mit dem spitzen Vogelgesicht und den auffallend weit auseinander stehende Augen, unwillkürlich einen kleinen Schritt zurücktreten läßt. Sein Blick, aus Augen die wie poliertes Chrom glänzen, ist böse. Er greift nach Vaters Ritterkreuz und reißt es mit einem Ruck ab. Das Gleiche vollzieht er mit den Achselklappen, so daß die Uniform an den Schultern aufreißt.

„Ich bin Obersturmbannführer Bernhard Stölke, Leibstandarte Adolf Hitler und verhafte sie im Namen des Führers und des Deutschen Volkes wegen Hochverrats und Beteiligung an einer Verschwörung gegen die Reichsführung - und an seine Schergen gewandt - festnehmen!"

Die Hände mit Handschellen auf dem Rücken zusammengezurrt führen zwei SS-Männer Vater an den Armen hinaus und hinunter auf die Straße zu den dort wartenden Fahrzeugen. Mutter die Vater festhalten will wird brutal zurückgerissen und Jürgen fällt dabei zu Boden.

Mutter hat das Licht im Wohnzimmer ausgeschaltet, das Verdunklungsrollo hochgezogen und sie stehen jetzt eng umschlungen, jedweder Handlungsfähigkeit enthoben, am Fenster des Erkers im ersten Obergeschoß.

Zwei SS-Männer versuchen Vater mit roher Gewalt auf die Pritsche des LKWs zu stoßen, doch dessen Resignation und Hingabe in das Unausweichliche scheint in diesem Augenblick zu enden, denn er wehrt sich mit wilden Ellenbogenstößen gegen die brutalen Haltegriffe, so daß einer der Uniformierten zu Boden geht. Dann fallen sie über den durch die Handschellen behinderten Mann her, schlagen und treten ihn, noch als er schon auf dem Gehsteig liegt. Der Teufel in Uniform gibt einen Befehl, den man am Fenster nicht verstehen kann, jedoch hilflos zuschauen muß, wie sie dem nun knienden Vater den Kopf nach unten drücken.

Der Teufel setzt seine Pistole in Vaters Nacken und es gibt einen dumpfen Knall.

Mutters Schrei ist so laut, daß er wohl unten auf der Straße zu hören ist. Der Mörder dreht sich um und blickt nach oben. Der Mond hat in diesem Moment ein Fenster in die dunklen Wolken gerissen und beleuchtet für einen Sekundenbruchteil dessen verzerrtes Gesicht, in dem sich neben dem Bösen, so könnte man meinen, ein versteckter

Ausdruck von Erschrecken wiederspiegelt. Dieses Gesicht brennt sich im Gehirn des Jungen fest - für immer.
Jetzt ist die Straße leer.

Noch immer stehen die beiden verzweifelten Zurückgebliebenen hinter dem Fenster und starren, nicht wirklich begreifend, was da soeben geschehen ist auf den dunklen Blutfleck drunten auf dem Gehsteig, der im Mondschein spiegelnd träge auseinander fliest.
Kein Mensch ist zu sehen, auch die Nachbarn scheinen sich ängstlich in das abgedunkelte Innere ihrer Wohnungen zurückgezogen zu haben, nachdem sie vielleicht das mörderische Geschehen, hinter ihren Vorhängen versteckt, beobachtet konnten.

Ein Wagen kommt aus der Dunkelheit, langsam, fast geräuschlos. Es ist Vaters Wagen aus dem der korpulente Fahrer, Unteroffizier Karl Brotmann, aussteigt, sich nach allen Seiten umsieht und als er Mutter und Jürgen, die nun ganz nahe der Glasscheibe oben am Fenster entdeckt, ihnen mit der Hand zu verstehen gibt sie sollen ihm die Haustüre öffnen.

Nach Atemluft ringend steht Karl jetzt in der Diele und Tränen laufen ihm über die Wangen.

„Ich habe alles gesehen. Ich stand mit dem Wagen im Dunkeln. Der Herr Major wußte was geschehen würde und hat mich beauftragt, wenn dem so wäre, sie, sehr geehrte Frau Major und den Jungen sofort aus Berlin herauszubringen, sie in einen Zug nach Süden zu setzten. Und er sagte noch - sie Frau Major - sollten ihren BDM-Ausweis mit ihrem Mädchennamen mitnehmen und bei eventuellen Kontrolle nur diesen Ausweis vorzuzeigen, mit der Erklärung, ihre eigentliche Kennkarte sei bei einem Bombenangriff verbrannt und Sie sollen, falls gefragt würde, woher sie kämen als Wohnort ihren Heimatort in Ostpreußen angeben, dort würden jetzt, nachdem Adolf Hitler weiter lebe, ohnehin bald die Russen einmarschieren und dann gäbe es keine Überprüfungsmöglichkeit mehr.

Packen sie jetzt schnell das Notwendigste, ich warte unten, fahre jedoch den Wagen wieder ins Dunkle, ein Stück die Straße hinunter bis unter die Bäumen.

Karl übergibt Mutter eine flache Ledertasche.

„Der Herr Major hat diese für sie gerichtet. Darin ist ausreichend Geld und Anlauf-Adressen zuverlässiger Freunde, wie er sich ausdrückte, auf dem Weg nach Süden, Endziel Schopfheim am Hochrhein. Die Namen und Anschriften sollten sie auswendig lernen und die Papiere danach vernichten. Ich bringe Sie jetzt zum Bahnhof nach Zossen-Berlin Süd. Von dort gehen die Züge nach Dresden. Die Weiterfahrt müssen sie dann selbst organisieren. Wahrscheinlich gibt es auf dem Weg nach Süden Streckenunterbrechungen durch Bombenzerstörungen, was sie möglicherweise zu Umwegen zwingen wird."

Er schweigt einen Moment und trotz der Kühle der Nacht glänzt Schweiß auf seiner Oberlippe. Dann sagt er:

„Werfen sie ihre Kennkarte weg, besser sie verbrennen das Papier, denn ich fürchte man wird sie, so wie alle anderen Angehörigen der Beteiligten suchen und ihnen Schlimmes antun. Zeigen sie immer den BDM-Ausweis, wie ich schon sagte."

Mutter fragt Karl:

„Und was geschieht mit Ihnen, was machen Sie jetzt?"

„Ich bin nur der Fahrer des Herrn Majors. Ich denke man wird mich verhören und ich sage, daß ich nichts weiß. Man wird mir, wenn ich Glück habe glauben, denn wo sollte ich hin. Ich habe keine Fluchtmöglichkeiten, kein Versteck und zum Glück leben meine Eltern in Bayern, weit weg, so daß man sie sicher nicht in irgend einen Zusammenhang bringen kann. Meine Frau ist vor zwei Jahren an Krebs erkrankt und ganz schnell gestorben, Gott habe sie selig."

Unteroffizier Karl, der treue Weggefährte des Majors, lenkt den großen Wagen durch das abgedunkelte Berlin nach Süden. Die OKW-Standarte flattert über dem linken Kotflügel, so daß keine der mehrzähligen Straßenkontrollen den Wagen anhält. Noch scheint die ganze Brutalität der Vergeltungsmaschinerie gegen die Beteiligten des Attentates auf Adolf Hitler, nicht voll zu greifen. Der Major hatte vorausschauend für den Fall des Scheiterns des Attentats, das jetzt so unvermittelten eingetreten ist, Maßnahmen getroffen, seine kleine Familie unbeschadet aus der Gefahrenzone zu bringen.

II

Jürgen erzählt jetzt weiter, als sei er noch immer das Kind jener schrecklichen Tage:

„Überall sind Menschen, die mich schieben und drängen. Ich habe Angst Mutter zu verlieren, aber ihre Hand hält mich fest, so daß es mir manchmal weh tut, was ich jedoch nicht wirklich bemerke, weil ich dabei ihren unabdinglichen Schutz spüre.
Ein Mann hebt mich in das Gepäcknetz. Ich schreie, denn Mutter ist nicht mehr neben mir. Ich bin hilflos über allen Köpfen. Dann sehe ich ihr Gesicht neben, ja ein wenig unter mir und bin beruhigt. Sie streichelt mich, spricht mit mir ohne daß ich sie verstehen kann weil es so laut ist.

Wir stehen in einem großer Bahnhof dessen gewölbtes Stahlgitterdach zum Teil eingestürzt ist. Um uns viele Menschen die auch auf einen Zug warten. Es ist brüllend laut. Ich versteh nicht was mir Mutter sagen will.
Auf dem zweiten Gleis fährt ein Güterzug ein und hält schwerfällig mit kreischenden Eisenrädern. Die Lokomotive stößt weißen Dampf aus, der auch zwischen den Rädern herausströmt und mir die Sicht nimmt.
Ich bin klein.
Weiter vorne auf unserem Bahnsteig sehe ich, zwischen den hin und her hastenden Erwachsenen hindurch, eine eng beieinander stehende Gruppe von sonderbaren Leuten, Männer und Frauen, fast alle dunkel oder ganz schwarz gekleidet, mit gelben Sternen auf den Revers. Manche Männer tragen schwarze Hüte. Sie sehen ungepflegt aus, sind unrasiert. Alle diese Leute tragen ein Gepäckstücke, einen Koffer, andere Rucksäcke. Frauen weinen - warum?
Mutter preßt mich an sich.
Zwischen uns, die wir mitten unter den vielen Wartenden stehen und nahe der sonderbaren Gruppe, steht ein SS-Mann mit einer Ma-

schinenpistole. *Er brüllt hin und wieder etwas, was ich nicht verstehen kann, denn der ganze Bahnhofsbereich ist von den unterschiedlichsten Geräuschen erfüllt, von denen nur wenig durch die zerborstenen Gläser der Dachkonstruktion in den freien Himmel entweichen können.*

Der SS-Mann stößt mit dem Kolben seiner Waffe eine kleine Frau zu Boden und brüllt sie dabei ununterbrochen an. Jetzt stößt er die liegende Frau nochmals mit dem Lauf der Maschinepistole in den Leib. Sie schreit auf und krümmt sich.

Ein Mann mit einem schwarzen Hut auf dem Kopf löst sich aus der eng zusammenstehenden Gruppe, geht auf den SS-Mann zu, der gerade seine Waffe nochmals zum Stoß auf die Frau anhebt und schlägt diesem mit der Faust ins Gesicht, so daß der Getroffene zu Boden fällt. Blut quillt ihm aus Mund und Nase. Der SS-Mann hat seine Waffe fallen gelassen und greift mit beiden Händen ins Gesicht. Blut läuft zwischen seinen Fingern heraus. Der Mann im schwarzen Mantel, auf dessen Rever auch ein gelber Stern aufgenäht ist, nimmt die Maschinenpistole vom Boden auf, richtet sie auf den SS-Mann und ich höre mehrere Schüsse. Der Mann zuckt mit den Beinen, dann liegt er still.

Jetzt gibt es eine große Unruhe, Schreie, Menschen werfen sich auf den Boden, andere laufen ziellos weg, dann sehe ich einen anderen SS-Mann vom vorderen Teil der Gruppe entlang der Bahnsteigkante herbei eilen. Er hält den Kopf seitlich zu den Gleisen hin, um an den Leuten vorbei, besser in unsere Richtung sehen zu können. Als er ganz nahe ist sieht er seinen Kameraden reglos am Boden liegen, hebt seine Waffe, schaut sich mit wilden Blicken um, da treffen ihn die Kugeln des Mannes mit dem Hut. Im gleichen Augenblick fährt der Zug ein. Der Mann der geschossen hatte, gibt dem toten SS-Mann, der nahe am Bahnsteigkante liegt einen Fußtritt, so daß er auf das Gleis fällt und in der nächsten Sekunde vom einfahrenden Zug überrollt wird.

Dann geht er mit schnellen Schritten durch die Gruppe der Menschen, welche alle diesen merkwürdigen Sternen an der Kleidung tragen hindurch. Sie weichen auseinander, so daß sich eine Gasse bildet an dessen Ende ein weitere SS-Posten steht, der den Kopf hochgereckt hält, um zu sehen was am anderen Ende vor sich geht. Aber auch er kann nicht mehr reagieren als er den schwarz Gekleideten mit der Maschinenpistole sieht. Wieder peitschen Schüsse und ich kann durch die Gasse der Menschen genau sehen, daß der Mann mit dem schwarzen Hut jetzt die Waffe auf die Gleise wirft und sich den Stern vom Mantel reißt. Er sagt etwas zu den andern Menschen mit den gelben Sternen, was jedoch viel zu weit weg ist als daß ich es verstehen könnte, zumal jetzt eine große Aufregung unter den Menschen am Bahnsteig herrscht und viele Stimmen ganz laut geworden sind. Leute rennen zum Bahnhofsgebäude andere haben sich auf den Boden gelegt die Hände schützend über dem Kopf. Es herrscht ein wildes Durcheinander Schreie und lautes Rufen vermischen sich mit den anderen Bahnhofsgeräuschen und dröhnen wie ein Orkan in meinen Ohren. Der Mann mit dem Hut steht noch immer bei den Menschen mit den gelben Sternen und macht dabei immer widerkehrende komische Bewegungen mit den Armen, als wolle er unsichtbare Hühner verscheuchen.

Jetzt sehe ich ihn auf die Gleise hinter dem Zug hinunter springen und hinter dem letzten Waggon verschwinden.

12

Was danach geschah war für den kleinen Jürgen Bremer wie eine häßlicher, nicht endend wollender Traum, ineinander laufender, verschwimmender Bilder.

Andere Bahnhöfe, Menschen dicht an dicht, Schreie, brüllende Kommandos, das Heulen von Sirenen, die den Anflug feindlicher Flieger signalisieren.

Sie liegen unter den Waggons, Borwaffen schlagen mit metallischem Sirren in die Schottersteine des Bahndamms, Steine spritzen auf, reißen Wunden in weiches Fleisch und immer wieder Mutters Hand und ihr Köper der ihn schützt.

„Dort drüben, siehst du die Berge, bald sind wir da!"

Schlaf rettet ihn hinüber in ein anderes Land das er an der Hand des Vaters betritt, der zu ihm herunter lächelt und ihm viele Dinge sagt die er nicht versteht, aber die Wort einen wunderschönen Klang haben, wie Musik die in sanften Tönen von sehr weit her kommt.

Die Sonne scheint jetzt plötzlich gleisend hell, blendet ihn, tut ihm in den Augen weh. Er wendet sich ab und blickt ist das böse Vogelgesicht mit den Chromaugen.

Er schreit.

Dann riecht er den Schoß der Mutter in dem er eingeschlafen ist und alles ist gut.

„Ich wuchs in Schopfheim, an den Ausläufern des Südschwarzwaldes auf, an einem Fluß den sie die „Kleine Wiese" nennen. Geschützt vom Wald der ansteigenden Berghängen, hatte ich nach den Schrecknissen des Krieges eine lebenswerte Jugendzeit, eingebettet in ländlichem Umfeld. Niemand hat uns belästigt oder uns mit den unsäglichen Berliner Geschehnissen in Verbindung gebracht.

Vater Geld reichte uns bis zum Kriegsende, zumal wir kostenfrei im großen Haus von Leuten wohnen konnten, die mit Vaters Familie verwandt waren.

Das imposante dritte Reich brach in dieser Zeit kläglich zusammen und die französische Besatzung beherrschten den Alltag. Jetzt wurde Mutter geehrt, unseres Vaters wegen und man umsorgte uns einige Zeit, so daß wir keinen Hunger leiden mußten. Die Zukunft schien gesichert. Mutter erhielt für Vaters Tod eine sogenannte Ausgleichszahlung, und nachfolgend Rente bis zu ihrem Tod 1992. Man sagte ihr in all dieser Zeit immer wieder, dann nach und nach weniger und schlußendlich nicht mehr:

„Ja, wir werden die, vielmehr den Mörder Ihres Mannes finden und zur Rechenschaft ziehen."

„Jahre vergingen. Vieles wurde Vergangenheit, rückte ab, wurde zur Erinnerung und begann zu verblassen. Nicht bei Mutter und nicht bei mir, der ich erwachsen wurde. Ich behielt die Unruhe jenes Erlebens auf schalem Grad in mir, all die Jahre, und dieses stete, wie auf dem Sprung leben, immer plötzliche Veränderungen erwartend, hat meinen Lebensweg bestimmt – meist nicht zum Besten.

Doch jetzt bin ich hier und glaube mein letztes Kapitel aufschlagen zu können, mit großer Anstrengung und wahrer Besinnung in EIHEI-JI, das mich aufnahm und reinigte. Doch um zu einem tragbaren, von nichts mehr verletzbaren Ziel der inneren Ruhe zu kommen, benötige ich, mit dem Wissen etwas Unlautere in Anspruch zu nehmen, Deine Hilfe als letzter Kompromiß meines geläuterten Ichs.

Damit Du mich ein wenig verstehst und vielleicht verzeihst, erzähle ich Dir jetzt meinen weiteren Weg und das Geschehene darin, das, in dem was ich bisher berichtete, noch lange nicht ausgebreitet ist.

Komme morgen wieder, dann bin bereit das dunkelste Kapitel meiner selbstgestrickten Lebensgeschichte aufzuschlagen, das mich schlußendlich nach EIHEI-JI führte."

13

Es ist viel was in diesen Stunden an einem so fremden Ort auf Jan van Boese einströmt, in sein geordnetes Leben so unvermittelt eindringt, nicht alleine durch Jürgen Bremers Lebensbeichte ausgelöst. „Ich muß denken, Distanz schaffen.".

„Empfehlen Sie mir ein Lokal."

Der Fahrer mit dem gemeißelten Samurai-Gesicht dreht sich um und meint, „so wie ich Ihre augenblickliche Verfassung einschätze - anmaßender Kerl - denkt Jan - empfehle ich Ihnen das *Shunmi Teihei*, drunten am *Kuzuryü-Gawa*-Fluß. Eine traditionelle *Fukui*-Küche, aber es werden auch die meisten anderen japanischen Spezialitäten serviert - exzellent, vor Allem bei Meeresfrüchten. Dort bedienen sie *Geishas* die ihnen jeden Wunsch von den Lippen ablesen, denen Sie jedoch niemals zu nahe kommen dürfen. Sehr entspannend - und keine Touristen."

„Fahren Sie mich hin, doch noch eine Frage zuvor. Wie kommt es, daß stets Sie der Fahrer sind, wenn ich mit Ihrer Geschäftskarte ein Taxi bestelle?"

Ein schmales Lächeln zieht die fast unsichtbaren Lippen ein wenig in die Breite und auf beiden Wangen entstehen dabei sichelartig gebogene Faltenmeere, als er antwortet:

„Es ist meine Firma und ich bin der Chef, aber auch der einzige Fahrer." Lacht jetzt hörbar mit einem leisen Meckern, das direkt aus dem Zwerchfell zu kommen scheint.

Das wahrhaftig exzellentes Essen mit herausragenden Einzelgerichten, so unter anderem, gedämpfte Seezungenstreifen über Zitronengras, oder in Yoghurt mariniertes Lamm, *Sashimi* vom Lachs mit geriebenem Rettich, Rote Beete Essenz mit Steinbutt-*Sushi* auf Radieschen-Keimlingen und andere köstlichen Kleinigkeiten lassen ihn staunen. Dazu *Sake*, den traditionell lauwarm servierten Reiswein, den ihm seine persönlich zugewiesene *Geisha* mit unnachahmlichen Lächeln pausenlos nachschenkt, was in ihm, im Zusammenspiel mit dem köstlichen Eßgenusses, eine tatsächlich fühlbaren Entspannung, ja fast euphorische Leichtigkeit des Seins, erzeugt.

Noch im Traum der darauf folgenden Nacht, mit viel zu üppig gefüllten Magen, kommt ihm das weiß geschminkte Gesicht seiner *Geisha* mit dem kleinen blutrot geschminkten Mund und den schwarzen Augenschlitzen ganz nahe, löst jedoch bei ihm unerwartete plötzliche Ängste aus, in denen er versucht dieses Gesicht von sich wegzuschieben, was ihm nicht gelingt. Im Gegenteil, das asiatisch monalisaische Lächeln verzerrt sich mehr und mehr zu einer Fratze, die ihn höhnisch angrinst. Schweißgebadet erlöst ihn ein plötzliche Erwachen vor diesem Schreckensgesicht.

Das erste Tageslicht schimmert durch das Shoji-Reispapier des Schiebefensters und frühlingshaftes Zwitschern des kleinen olivgrünen Brillenvogels, mit seinen weiß umrandeten Augen, den er schon Tags zuvor draußen auf den Mandelbäumen beobachten konnte, bringt ihn mit sanftem Sperlingsgesang zurück in den neuen Tag.

14

Sein Standart-Taxifahrer, den Jan inzwischen mit dessen Vornamen
- Tagashi - anspricht fragt:
„Hat es Ihnen gestern im *Shunmi Teihei* gefallen, haben Sie gut ge-
gessen?"
„Sehr gut gegessen, danke für die Empfehlung, nur bei den freund-
lichen Geishas kann man das Weibliche ihrer Körper unter ihren
Susokiki- Kimonos mit dem breiten *Obi*-Gürtel, leider nicht erkennen, weder Busen, noch ob sie eine Birnen-oder Apfel-Po haben."
Tagashi lacht und dieses Mal nicht jenes ziegenartige Meckern, sondern aus vollem Hals. Er schnappt noch nach Luft als er sagt:
„Das habe ich jetzt so noch nie gehört und ich fahre doch seit Jahrzehnten alle möglichen Gäste durch die Landschaft - erstklassig -
Birnen-oder Apfel-Po - nach diesem Kriterium habe ich bisher weibliche Körper noch gar nicht betrachtet, vielleicht wegen der Kimonos oder vielleicht haben die Japanerinnen gar keine Apfel-oder
Birnen- sondern Pfirsich-Pos und wieder lacht er bis er sich an seinem eigenen Speichel verschluckt und krampfhaft zu husten beginnt.

Jan van Boese sitzt mit Jürgen Bremer alias Kaito im Garten zwischen den talseitigen Häusern und sein Blick, wohin er auch geht,
kann sich auf harmonisch Schönem, sowohl der Natur, als auch auf
dem von Menschen Geschaffenen, ausruhen. Die beeindruckende,
traditionelle japanische Garten - und Hausarchitektur umgibt sie
und ein Wasserschwall, der aus einem halbierten Bambusrohr in den
kleinen Seerosenbedeckten Teich plätschert, tut das Übrige, ein un-
gestörtes Gespräch führen zu können. Nein, es ist kein Gespräch, es
ist ein Monolog der in langen immer wieder unterbrochenen Sätzen
Jürgen Bremers Mund verläßt.

„Nach meiner Odyssee durch die Büros einiger der bekanntesten Architekten dieser Welt, blieb ich längere Zeit in Japan bei dem damals
noch jungen *Tadao Ando* hängen. Seine minimalistische Architek-
ursprache hat mich tief beeindruckt, so auch deren Umsetzung in

nacktem Beton.
„Natur in einer räumlichen Struktur auf der Grundlage transparenter Logik auszudrücken" -

- war eines seiner immer wiederkehrenden Zitate, die ich allerdings im Angesicht seiner strengen Formensprach, mit seinem bevorzugten Ausdrucksmittel dem Sichtbeton, nicht so ganz und nicht in allen Ausformungen nachvollziehen konnte. Noch weniger seine Aussage:

„Architektur zu schaffen bedeutet, repräsentative Aspekte der realen Welt - wie Geschichte, Tradition und Gesellschaft - in einer räumlichen, das heißt in einem abstrakten strukturellen Konzept zu vereinen!"

Von Geschichte ja, jedoch von Tradition war in seiner Sichtbetonbauweise wenig wiederzufinden, gerade bei einigen seiner besonders anerkannten Projekten, wie in seinem berühmten Wohnhaus *Azuma* in *Osaka*, das mit seinem extremen Minimalismus, nach meine Empfinden, ein nicht mehr vertretbares Maß, menschlichen Wohnens, gegenläufig zu Wohlbefinden, aufwies.
Aber ich lernte die japanisch Sprache, nicht die Schrift, daran habe ich mich erst gar nicht versucht, weil meine Schnellebigkeit hierfür keinen Raum ließ, zumal ich mich in der Kommunikation als ausschließlichen Phonetiker sehe. Ich saugte diese Sprache geradezu in mich hinein, was mir mein Talent der Nachahmung in allen akustischen Bereichen ermöglichte. Immerhin beherrschte ich inzwischen die englische, französische, niederländische und italienische Sprache fliesend und hatte Freude sie zu nutzen, wo immer es dazu die Gelegenheit gab.

Wir bekamen einen Auftrag in Seoul – der Hauptstadt Süd-Koreas, einen Museumsneubau für zeitgenössische koreanische Kunst zu planen und zu bauen. Wobei der Auftrag trotz Wettbewerbsgewinn nur äußerst zögerlich nach Japan ging, da zwischen den Ländern, ein historisch begründetes, nahezu feindliches Verhältnis bestand.

„Geh rüber, man mag dort die Deutschen und lerne mit deinem Talent Koreanisch, dann kannst Du unsere Interessen wirkungsvoll vertreten," sagte Tadao zu mir und schickte mich nach Seoul. „Ich lernte im Zeitraffer, es dauerte sechs Monate auch die koreanische Sprache relativ flüssig zu sprechen und ich lernte täglich dazu. Während dessen lief in unserem Büro in Japan die Planung auf Hochtouren und wir waren im Zeitlimit. Zunächst in Englisch, dann zunehmend in koreanisch führte ich in dieser Zeit die Verhandlungen mit unseren koreanischen Auftraggeber. Ich war glücklich über Tadao Andos Vertrauen, das er in mich setzte und wuchs an meiner Aufgabe.

Plötzlich veränderte sich die bisherige fast harmonische Zusammenarbeit zwischen den Japanern und den Südkoreanern, warum weiß ich nicht und hab es auch nie erfahren und in Seoul wurde mir ein koreanisches Bauleitungsbüro vor die Nase gesetzt, dem man mich unterstellte. Dies gefiel mir überhaupt nicht, zumal die Koreaner Tadao Andos meisterlicher Entwurf gleichzeitig ohne dessen Zustimmung modifizierten, was letztlich dazu führte, daß Tadao sich von der Identifikation mit dieser veränderten Architekturaussage distanzierte und dieser Museumsbau auch später nie mit ihm in Verbindung gebracht werden durfte. Doch ich blieb zunächst im Geschäft. Die Koreaner mochten mich, vielleicht weil sie sich nach kurzer Zeit mit mir in ihrer Landessprache unterhalten konnten und wir in den abendliche Vergnügungen gemeinsamen Spaß hatten. Meist gingen wir ins *Korea House Nr.1.* in der *Toegye-Ro* am herrlichen *Yejang-Dong-Park* mit Blick auf den *Seoul Tower*. Dort gab es neben hervorragend variantenreichem koreanischen Essen, Vorführungen aller Art, meist Motiv-Tänze schöner maskenhaft geschminkter Koreanerinnen in Nationaltrachten.

Eines abends lernte ich in diesem Lokal einen Europäer kennen, den ich an seinem Akzent sofort als Schweizer erkannte, da mein Heimatort Schopfheim in der Hochrheinregion nur wenige Kilometer von der Schweizer Grenze entfernt liegt. Mutter und ich waren oft drüben zum Einkaufen, so daß ich das sogenannte Schweizer-

Deutsch jederzeit sofort heraushören konnte, umsomehr als ich diese vergröberte, oft verstümmelte Ausdrucksweise der Deutschen Sprache überhaupt nicht mochte. Auch der Schopfheimer Dialekt hat da und dort schon eine leichte schweizerische Einfärbung, die jedoch auf mich nie abfärbte, weil Mutter ein reines Schriftdeutsch sprach, manchmal mit leichtem Berliner Akzent und ich ihre Ausdrucksweise von Kindesbeinen annahm.

Der Schweizer hieß Stukki, wie jener früher berühmte Sternekoch in Basel. Eigentlich mochte ich ihn vom ersten Augenblick an nicht, doch was er so nach und nach von sich gab erschien mir interessant, insbesondere weil er mir zunächst ganz vage, später konkret, einen lukrativen Job in Aussicht stellte. Dies kam mir nicht ungelegen, denn unter dem Kommando der Koreanischen Bauleiter, die bei der Arbeit alles andere als verbindlich auftraten und deren Anweisungen an mich meist im Befehlston ergingen, hatte ich bald keine Freude mehr an meiner Arbeit.

Stukki erklärte, zunächst ins Allgemeine hinein, er sein Händler im internationalen Warengeschäft, was sich nach mehreren Gesprächen, brutal und ausschließlich als Waffenhandel entpuppte.

„Du bist doch ein Sprachgenie" - wir duzten uns eines Abends nach mehreren Flaschen *Sojo* dem koreanischen Schnaps aus Reis, Kartoffel, Weizen oder Gerste und immerhin 20 % Alkohol – „Dich könnte ich als „Anmacher" gut gebrauchen und Du würdest viel Geld verdienen."

„Anmacher - was soll das bedeuten?"

„Du vermittelst weltweit Geschäfte mit interessierten Käufern und erhältst beim Zustandekommen des Handels, also im Erfolgsfalle, einen noch zu vereinbarenden Prozentsatz von meinen Provision und das ist nicht wenig. Du würdest staunen was da abgeht und mit wem du es dabei zu tun bekommst, von ganz unten bis ganz oben und alle haben ihre Finger im Geschäft.

Wie das Ganze abläuft wissen nur die wenigsten in der Kette der Geschäftsabwicklung, jeder macht seine Part und zockt seinen Reibach ab, so auch ich oder in der Zukunft vielleicht wir beide gemeinsam?"

„Weitere Einzelheiten hörte ich an zwei aufeinander folgenden Abenden, jeweils bei mehreren Flaschen *Sojo* ohne, daß ich jemals den Eindruck hatte Stukki würde unter Alkohol ungenau oder in Übertreibungen berichten. Nein, im Gegenteil, alles was er sagte klang durchaus realistisch, wenn auch in einzelnen Phasen für einen „Notmalverbraucher" mehr als abenteuerlich. Dann wurde er noch deutlicher.

„Ich sage dir jetzt unter dem Siegel der Verschwiegenheit mit welchen Institutionen ich es bei meinen Geschäften zu tun habe, ohne zunächst die sehr unterschiedlichen Beteiligten oder Handelspartner direkt zu benennen, das kommt später, solltest du einsteigen. Zunächst vertrete ich in erster Linie die Interessen von Schweizer und Deutschen Waffenherstellern, so wie es in anderen waffenproduzierenden Staaten deren eigene Anmacher gleichermaßen tun. Um ins Geschäft zu kommen muß ich meist amtliche Bestimmungen umgehen, respektive diese austricksen, so zum Beispiel die vorgegebene Ausfuhrsperren in Krisengebiete. Wie das im Einzelnen funktioniert erzähle ich Dir auch später. Fürs erste im Grobtext, beginnt es mit untergeordneten Sachbearbeitern als erste Helfer, dann aber geht es rapide hinauf bis in die Verwaltungsspitzen von Ämtern und Ministerien, unter Mitwirkung einer von Dir sicherlich nicht vermutete Anzahl korrupter Amtsträger. Dabei sind durchaus auch hohe Verantwortungs-und Entscheidungsträger beteiligt, zum Beispiel im Bundesausfuhramt, Wirtschaftsministerium, Beschaffungsamt, ja auch im Verteidigungsministerium und sogar bis in den Bundessicherheitsrat. Letzterer ist das eigentlich zuständige Gremium für die Genehmigungen des Kriegswaffenexportes, wohin auch immer. Der Militärischen Abschirmdienst der BRD, ja sogar der MAL-Liquidation Abt. 7, deren Aufgabe es ist die Weitergabe geheimer Informationen von Waffenlieferungen zu verhindern, ist mitunter, durch Informanten oder Zuträger aus den deutschen Bundesämter für Wirtschaft und Technologie involviert. In allen Institutionen, sowohl im legalen als illegalen Waffenhandel, auch innerhalb des Außenministeriums, sind einzelne käufliche Mitarbeiter, besser gesagt, Einzelpersonen mit Entscheidungsbefugnissen beteiligt, deren eigentliche Aufgabe es ist, gerade das zu verhindern was ich tue, nämlich an kriegsführende Nationen oder radikale Gruppierungen Waffen zu liefern, so auch an Länder die wegen Menschenrechtsvergehen am Pranger stehen. Diese amtlichen Schummeleien, um es einmal milde auszudrücken, gelten trotz aller Beschränkungen in erster Linie den wirtschaftlichen Interessen der Industrie und natürlich in zweiter Linie dem persönlichen Gewinn der Macher. Es sind eingesessener Lobbyisten, welche unter anderen Manipulationen die Liefer-Umwege über weniger bedenkliche Staats-Regionen nutzen und sich so auch teilweise die legale Zustimmung der beteiligten Ämter erschleichen. Dies, und Du wirst es nicht glauben wollen, wie bereits gesagt, reicht bis in den geheim tagenden und in den meisten Waffengeschäften letztlich entscheidenden Bundessicherheitsrat hinein. Involviert ist partiell, was Du ebenfalls nicht vermuten würdest, länderübergreifend auch der Amerikanische NSA (National Security Agency) der ohnehin seine „Schmutzfinger" in vielen unerkannten Schweinereien hat.

Das maximale Gewinnstreben der Waffenindustrie und ihren Zulieferfirmen steht im Vordergrund und erfolgt meist mit offiziellen Worthülsen pseudo-ehrenhafter Argumentationen, dem Allgemeinwohl dienend, nämlich Arbeitsplätze zu erhalten oder Neue zu schaffen. Daneben geht es in kleineren Dimensionen natürlich um die Bereicherung gieriger Kaufleute, Amtsträger und deren internationalen Helfern, denen Ihre, eigentlich mehr als auskömmliche Diäten, nicht ausreichen oder sie ein Hobby betreiben das viel Geld kostet. Motive auf unterster Schiene gibt es für den Verrat, Betrug und die Unehrlichkeit ohne Ende und da kannst Du mich ruhig dazu zählen.

Im Übrigen, ob man es wahr haben will oder nicht, sind diese Deals oft stillschweigend von ganz oben gedeckt, weil die Weltwirtschaft in ihrer globalen Vernetzung längst der Politik sagt wo es lang geht. Wachstumsraten, Nachhaltigkeit, dieses wohlfeile Modewort, Sicherung von Arbeitsplätzen, wie bereits erwähnt, ist das Credo der Politspitzen, die als Lobbyisten der Industrie fungieren und bei jedem Staatsbesuch, unter dem Deckmäntelchen vorgeschobener hehrer Ziele, die Gewinn bringenden Abschlüsse tätigen. Ich, vielleicht in Zukunft wir beide, sind kleine Zuträger dieser Wirtschaftsmaschinerie und mit diesem Wissen können wir, nach meinem Dafürhalten, neben den Oberschmutzfinken, unbedenklich und jederzeit unsere Hände in Unschuld waschen.

Das Gleiche läuft auch in anderen Ländern, so bei den Schweden, Tschechen, Franzosen, Holländer, Russen, den scheinheiligen Saubermänner der Schweiz etc. und Du, respektive ich, kümmern uns um die Abnehmer-Nigger, Araber, asiatischen Schlitzaugen, Mittel-und Südamerikaner, und so weiter.

Ach übrigens, solltest du schnellstens Arabisch und Philippinisch lernen, denn da sitzen wichtige Abnehmer zu Hauf, oppositionelle Rebellen, potentielle Putschisten und religiös motivierte Fanatiker, denen derzeit die Ostfritzen fleißig ihre AK 47 Kalaschnikows verkaufen, was unserem Handel mit europäischen, speziell Deutschen Kleinwaffen immens schadet. Mit den Niggern in Schwarzafrika kannst du englisch oder französisch sprechen, das sind meist Leute aus den früheren Kolonien, auch in Nordafrika bis in den Tschad, Sudan und Eritrea......"

Dann unterbricht Jan:
„Jetzt halt mal die Luft an, bevor du mich total zulabberst."
Doch Jans Intervention bleibt ungehört indem Bremer seinen Redefluß ungebremst fortsetzt:
„Ich, Jürgen Bremer habe über dieses schillernde Angebot nachgedacht, ohne Wissen ob das was Stukki mir erzählte auch den Tatsachen entspricht, was ich auch später nie wirklich und umfänglich schlüssig ergründen konnte, denn ich arbeitete lange am unteren Ende der mitunter gefährlichen Handelskette, einerseits mit den direkten Auftraggebern und späteren dann mit den Zieladressen der Waffenexporte, wo nicht die feinsten Leute zugange waren und sind. Aber ich hatte die Bündel von 500 Euroscheine und Dollarnoten, mit denen Stukki nur so um sich warf im Auge und mich, nicht zu-

letzt durch dieses wohlfeile Lockmittel, auf eine risikoreiche, für mich in den Anfängen nicht durchschaubaren Mitarbeit eingelassen. Von diesem Moment an wurde ich ein fest eingebautes Rädchen, im perfiden Räderwerk, eines im wahrsten Sinne des Wortes geldgeschmierten amoralischen Getriebes, in einem hochprozentigen Schmutzgeschäft mit atemberaubender Korruption, wo man diese teilweise niemals vermutet hätte und ich habe das Rad zu meinen Gunsten mitgedreht, bis mir, bei einem Deal der meine Kompetenz weit überschritt, ein verhängnisvoller Fehler unterlief."

15

„Zuvor jedoch die Einblendung eines einschneidenden Ereignisses, das mich zweitweise aus meiner inneren Mitte riß."

Öfters in der Schweiz durch meinen neuen Geschäftspartner, besuchte ich auch meine Mutter im nahen Schopfheim. Gerade war ich nach einem gemeinsam verlebten Wochenende weggefahren, um Stukki in Zürich zu treffen, rief sie mich in höchster Aufregung auf dem Handy an und berichtete mit stockenden Stimme sie habe den Mörder meines Vaters gesehen

Wo?

Im Fernsehen bei einer *Talk-Show* an dem auch der Manager eines Chemie-Großkonzerns aus Ludwigshafen zugegen war – nämlich unverwechselbar der ehemalige SS-Obersturmbannführer Sigurd Stölke, der Vater erschoß und offensichtlich nach dem Krieg einen Doktortitel, studienhalber erworben, oder sich anderweitig zugelegt habe.

Ihre letzten Worte des Telefongespräches waren:

„Wir müssen sprechen!"

Ich hatte sofort dessen Gesicht wieder vor mir, insbesondere den Blick von der Straße herauf nach dem tödlichen Schuß und ich sah auch ganz deutlich Vaters verächtlichen und doch so unglaublich stolzer Blick, als dieser SS-Teufel ihm zuvor das Ritterkreuz und die Achselklappen an seiner Uniform abriß, und mit diesen Bildern stieg in mir eine bisher in dieser Intensität nicht empfundenen kalte Wut hoch, wie eine dunkle Wolke des abgrundtiefen Hasses.

Ich wendete den Wagen kurz vor Bad Säckingen in Wallbach, den Rhein rechts der Straße und fuhr zurück. Unterwegs verständigte ich Stukki, der ungehalten reagierte, aber den Mund hielt als ich ihm erklärte - er könne mich im Arsch lecken - es gäbe auch noch Wichtigeres als seine „Geschäftskacke". Später habe ich mich für meine vulgären Worte entschuldigt und so das Klima zwischen uns wieder einigermaßen ins Lot gebracht.

In - TV - *Sendung verpaßt* - sah ich mir im Internet die besagte Talk-Show mit dem Thema - Auswirkungen der Globalisierung auf die Deutsche Wirtschaft im internationalen Handel - an und erkannte ohne jeden Zweifel jenen Sigurd Stölke, den Mörder meines Vaters wieder. Dies trotz seines gewachsenen Leibesumfangs, seiner Stirnglatze, seines Doppelkinns, das ihm hin und wieder auf dem gestärkten Hemdkragen die Luft zu nehmen schien und vor Allem seine Chromaugen, die den gleichen metallischen erbarmungslosen Glanz behalten hatten, jetzt gefüllt von Gier, Selbstgefälligkeit und anmaßender Überheblichkeit den anderen Gesprächspartnern gegenüber.

„Was erwartest Du von mir Mutter?"
„Führe ihn einer gerechten Strafe zu!"
Mehr sagte sie nicht, und ich wußte im selben Moment was sie damit meinte und was für sie, trotz der Ungeheuerlichkeit dieser Anforderung, eine gerechte Strafe bedeutete, auch wenn mein folgendes Handeln von Mutter später niemals kommentiert wurde, ausgenommen einem Blick in meine Augen der mich in ungekannter Härte durchdrang.
„Ich erschrak, doch ich sagte:
„Es ist gut"; und im gleichen Augenblick wußte ich was mir bevorstand, was ich unausweichlich tun mußte und in meinem Kopf begann sich ein kompromisloser Plan zu konstituieren.

Ich nahm eine Auszeit um mich auf etwas vorzubereiten, das nach und nach, wenn auch anfangs nur zögerlich, Gestalt annahm, sich jedoch dann auf ein einziges Ziel hin verfestigte.
Fast täglich stieg ich zum „Entegast", unserem Hausberg hinauf, ging vor bis zum Binsenmättle von wo ich einen Rundblick über die Bergkuppe den Fluß Wiese hinauf nach Hausen und an der anderen Seite hinunter nach Langenau hatte. Dort schlängelt sich ein liebliches Flüßchen, welches sie die kleine Wiese nennen, hinunter um, wenig später in die große Wiese zu münden. Vorbei an den malerischen Örtchen Maulburg, Steinen und den östlichen Vorstädten von Lörrach nimmt schließlich der behäbig fliesende Rheins das frische

Wasser der munteren Bergflüsse auf.

An meinem Ausguck hoch oben gab es einen Sitzplatz in einer gerodeten Lichtung auf einem Baumstumpf, an dem wie eine Rückenlehne ein kräftiger Splitterfetzen aufragte, der beim Fällen aus dem stürzenden Stamm gerissen wurde. Die Kettensäge hatte offensichtlich den Rest des Stammes nicht mehr durchtrennen können, als sich der Baum mit seiner schweren Tannenkrone neigte und dann fiel.

Ich hatte mein Laptop mit angeklipstem Internet-Stick und Notizpapier dabei und in meinen Gedanken formierte sich ein Plan dessen Realisierung sich jedoch anfänglich noch im frei schwebenden Raum bewegte, zumal zunächst nichts wirklich Schlüssiges vorherbestimmbar schien.

Zuhause ging alles seinen gewohnten Gang unter völliger Aussparung des den Raum spürbar füllenden Themas. Mutters Filter-Kaffee, besser als aus jedem Kaffeeautomaten, mit unnachahmlichem Aroma und die frischen Brötchen, die der Nachbarjunge gegen ein paar Euro im Monat im Leinensäckchen an die Haustürklinke hing, erhellten ein wenig die morgendlichen Gefühle, nach den belastenden Gedanken der Nacht und tauchten so die ersten wachen Minuten des neuen Tages in ein mildes Licht.

16

Dann war es soweit.

Mutter stand an der Haustüre, hob ein wenig die Hand, als ich mich in der Morgendämmerung ein letztes Mal zu ihr umwand.

Ich hatte ihr gesagt, sie solle den Nachbarn sagen und dies in der kommenden Woche für mindestens weitere acht Tage wiederholen - ich sei krank, bettlägerig, hätte mir oben beim Studieren am „Binsenmättle" eine böse Erkältung geholt und - bitte, geh in die Apotheke und kaufe nach und nach alles Mögliche gegen Husten, Halsweh und dergleichen.

Mit der Regionalbahn Linie S6 fuhr ich, in der frühmorgentlichen Dunkelheit unerkannt, versteckt unter der Kapuze eines grauen Sweatshirts, nach Basel, Badischer Bahnhof und von dort mit dem IC nach Freiburg, wo ich mich im häßlich, roten Intercity-Hotel, direkt neben den Bahnsteigen einquartierte.

Die Zimmer waren scheußliche eingerichtet - jedoch das Meine immerhin ganz oben, mit Blick nach Süden hinüber zum Schönberg und ein wenig seitlich über die Südstadt zu den beiden spitz herausragenden Türmen der Johannis-Kirche, im Hintergrund schemenhaft die Vorbergen des Schwarzwaldes-

„Wieviel Tag bleiben Sie?"

„Einige Tage, ich weiß jedoch heute noch nicht wie viele, denn ich bin in geschäftlichen Verhandlungen deren Länge ich nicht vorbestimmen kann."

„Selbstverständlich, ich verstehe. Sie geben uns frühzeitig Bescheid," und das geflissentliche Weichgesicht hinter dem schmucklosen Tresen ringt sich mühsam ein Routinelächeln ab - so Bremers Beschreibung dieses Momentes.

„Ich kaufte mir bei Herren-Kaiser in der Kaiser-Joseph-Straße einen unauffällig grauen Anzug, einige weiße Hemden, zwei Krawatten, Unterwäsche und Strümpfe, da ich keines der Stücke waschen würde. Beim Schuhhaus Lücke in der Schusterstraße, schwarze Biedermanns-Schnürschuhe, einen mittelgrauen Hut nebenan bei Hut-Dickens und noch ein Stück die Straße hinunter, bei Leder Rees ein paar feinste, aus dünnem Leder gefertigte, Handschuhe, die ich während meiner kommenden Aktionen ständig trug. Schlußendlich erwarb ich kurz vor der querenden Hauptstraße, den Namen des Geschäftes habe ich als einziges vergessen, einen billigen schwarzen Koffer, Format Bordcase. Ich habe mir, mit dieser einen Ausnahme, warum auch immer, alle besuchten Geschäfts- und Straßennahmen gemerkt, als wäre dies für mein Vorhaben von Bedeutung und ich müsse sie eines Tages auswendig heruntersagen, was völliger Unsinn war, jedoch scheinbar meinen aufs Äußerte angespannten Zustand, vor einem außergewöhnlich gearteten Vorhaben, geschuldet. Hätte mich jemand beobachtet wie ich einkaufend durch Freiburgs Straßen ging, in beiden Händen unterschiedlich gemusterte Plastiktüten, die dann später im Koffer verschwanden, könnte er den Eindruck gewinnen, da sei ein Mensch dem manischen Kaufrausch verfallen. Dies um so mehr, als ich nach einem Zwischenaufenthalt im Hotel, nun nach Stadtbahn- und Busfahrt einen Fahrradgroßhändler an der westlichen Stadtperipherie aufsuchte und eine komplette Rennradkleidung, mit langer eng anliegender Hose, buntem Trikot, Regenblouson, Klipp-Rennschuhen, einen Sturzhelm und eine dunkel getönten Rennbrille, erwarb. Außergewöhnlich für den Verkäufer war mein Wunsch eine jener flachen Rad-Rucksacktaschen zu erwerben, wie sie von den Kurier-Boten-Radlern benutzt werden. Als ich den Laden, mit der großen Plastiktüte in die auch jener merkwürdige Rucksack Platz fand, verließ wiederspiegelte sich in seinem letzter Blick das Rätsel, welches sich während des Kaugeschehens in seinen Gehirnzellen unbeantwortet aufgebaut hatte und in ihm sicherlich noch mindestens bis zur nächsten Kundenberatung nachklang.

17

Jürgen Bremer wechselt jetzt beim weiteren Erzählen unvermittelt immer wieder von der Vergangenheit in die Gegenwart, so als stünde das folgende Geschehen noch einmal vor ihm. In seiner Erinnerung scheint dieser Zeitenwechsel emotional ausgelöst hin und her zu springen:

„Um 7.53 Uhr nahm ich im neuen, mäßig eleganten Outfit, den Intercity nach Mannheim, stieg dort in den Regionalzug nach Ludwigshafen/ Rheingönheim, um dann nach wenigen Minuten Fahrt mit der Straßenbahn, den Ludwigshafener Hauptbahnhof zu erreichen.

Von der Tieflage der Straßenbahn wieder auf ebener Erde, wirkt die gesichtslose Häßlichkeit dieser Bahnhofs-Nachkriegsgeburt ganz besonders negativ auf mich. Das einzig Interessante ist die Schrägseilbrücke, die sich elegant, fast schwebend transparent über den Mittelpylon nach zwei Seiten über den Bahnhofhorizont spannt.

Auf der Toilette wechsle ich die Kleider und verstaue den Koffer mit meiner Biedermannsmontur in einem Schließfach, das günstiger weise ohne Schlüssel, mit eigenem vier stelligen Nummerncode verschlossen und wieder geöffnet werden kann.

Aus er Toilette tritt dann ein Mann in der Kleidung eines Fahrrad-Kuriers, dem jedoch das Wichtigste fehlte, nämlich ein Fahrrad.

Auf dem Navi meines Mini-Tabletts ortete ich den nächstgelegenen Fahrradgroßhandel und erstand dort zum Erstaunen des Verkäufers, der sich in umfänglichen technischen Erklärungen erging kurzerhand ein Mountainbike mit dünneren Reifen als gewöhnlich und radelte davon, ohne meine Sonnenschutz-Fahrradbrille währen des Kaufes abgenommen zu haben. Niemand sollte mich später identifizieren können, wie auch immer mein Plan gelingen sollte.

Die Luft in dieser, aus meiner Empfindung heraus, ungastlichen, harschen, gesichtslosen Stadt, roch nach Chemie, vielleicht nur für den Außenstehenden, weil sich die Bewohner wohl längst an den geschwängerten Beigeschmack gewöhnt haben.

Die BASF (Badische Anelin & Soda-Fabrik), Deutschlands größter Chemiekonzern ist der Verursacher der unangenehmen Luftbeimischung, aber auch andere gleichgeschaltete Betriebe, so die GCC (German Chemie Consulting), wo mein Objekt den Vizevorsitz inne hat, leisteten ihren Geruchsbeitrag.

Ich stehe am NATO Zaun und blicke durch das scharf gezahnte Gitterwerk auf ein Konglomerat unzähliger, unterschiedlich großer Kesseln, Boilern, verbunden mit einem Wirrwarr von Röhren und anderer für mich nicht identifizierbarer Technik, dazwischen hohe qualmende Kamine.

Ein optischer Alptraum.

Der verkleidete Fahrradbote schwingt ein leeres Kuvert in die Luft und fragt den Pförtner nach Herrn Direktor Stölke.

„Der ist nicht hier im Werk. Er hat sein Büro in unserem Verwaltungsgebäude in der Innenstadt in der Gartenstraße, nähe Prinzregentenstraße."

Danke, dann radle ich eben dorthin, vielleicht ist die Luft dort besser?"

Der Pförtner mit vernarbten Gesicht grinst und sagt:

"Wer´s glaubt wird selig."

Mein Navi bringt mich vor Ort, sicherlich unauffällig, von niemandem wirklich wahrgenommen, im Rennanzug, Helm, Brille eines quasi uniformierten Fahrradboten, der auch noch zum Schutz vor schlechten Gerüchen ein Halstuch bis zur Nase hochgezogen hat, an den sich sicher für den flüchtigen Moment des Vorbeihuschens kein Mensch erinnern wird, zumal diese Art der Schellzustellung, außerhalb des Postweges alltäglich ist.

Ich warte.

Um nicht aufzufallen fahre ich immer wieder die Straße hinauf und hinunter, dann, so als würde ich eine Adresse suchen, aber ich fahre nur soweit, daß ich den Hauptzugang des Bürohauses im Auge behalten kann. Allzulange kann ich jedoch dieses Spiel nicht treiben ohne von irgend jemandem registriert zu werden.

Es ist 13.15 Uhr als Stölke das Haus verläßt, nicht mit dem Auto aus der dunklen Mündung der Tiefgarage heraus, sondern zu Fuß, krampft sich mein Herz zusammen. Sein Mantel ist geöffnet und ein beachtlicher Bauch quillt über der Hose unter dem Mittelknopf seines Jacketts hervor.

Er ist es – zweifelsfrei - denn das Gesicht, wenn auch fettgepolstert, ist mit dem in meinem Gehirn, wie auf einer Fotographie, eingebrannten Gesicht identisch.

Er kommt über die Straße direkt auf mich zu.

Einen Sekundenbruchteil treffen sich unsere Blicke und seine Metallaugen durchdringen mich. Ein kalter Hauch überzieht meinen Rücken und ich bin einen Moment lang nicht in der Lage mich zu rühren.

„Ich hab ihn."

Dann wende ich mich dem Klingeltableau an der Haustüre neben mir zu und spüre, wie er mit einem Hauch Eau de Toilette von Versace, Boss oder sonst einem andern teuren Kosmetikduft hinter mir vorbei geht.

Drei Häuser weiter betritt er ein Lokal, sicherlich um sein Mittagessen einzunehmen.

Mein Herz hämmert mir bis zum Hals hinauf und ich muß gegen jene Angst ankämpfen, die ich damals an Mutters Körper gepreßt, empfand, als dieser Mensch meinen Vater demütigte und danach tötete.

„Jetzt töte ich Dich. Du hast nur noch wenige Zeit Dich in Deinem unverdienten Wohlstand zu suhlen! Wo wohnst Du?"

Ich surfe im Telefonbuch, eigentlich ohne Hoffnung ihn darin ausfindig zu machen, aber welch Überraschung, da gab es neben einem Hans-Dieter Stölke und einen Stanislaus Stölke in Ludwigshafen Stadt, noch eine Margarete Stölke in Rheingönheim, was seine Frau sein könnte, denn so sehr viel mehr Stölkes würde es im Raum Ludwigshafen sicher nicht geben, es sei denn, er hätte seine Telefonnummer verdeckt.

Ich schwinge mich aufs Rad und der Chemie-Wind pfeift mir um die Ohren als ich nach Rheingönheim fahre, so als sei der Teufel hinter mir her. Straße und Hausnummer waren im Telefonbuch angeben.

Da stand ich nun innerlich zitternd mit der Frage ob dieses verklinkerte Einfamilien-Haus, in einem großen Garten gelegenen, das Seine sei?

Gegenüber gab es einen kleinen buschigen Park, besser gesagt Kinderspielplatz, wo sich jedoch derzeit niemand aufhielt, weil es leicht zu regen begonnen hatte. Ich stellte mich unter den hohen Teil der Rutschbahn und wartete.

Eine mittelblonde Frau unbestimmbaren Alters verließ das Haus und kehrte nach ein guten Stunde mit zwei gefüllten Plastiktüten zurück.

„Margarete, Stölke, seine Frau?"

Die Nacht brach herein. Mir war kalt.

Ich mußte den letzten Zug um 21.53 Uhr bekommen, an sonst bis 5.47 Uhr warten.

Ohne Ergebnis, zurück zum Bahnhof. Kleiderwechsel und auf die letzte Minute in den Zug. Ich war erschöpft und doch mit diesem ersten Tag zufrieden, denn ich hatte den Mörder gefunden ohne auch nur den geringsten Zweifel an seiner Identität und alles weiter sollte jetzt nicht mehr unter Zeitdruck geschehen. Nichts drängte mich außer ich mich selbst und dies ließ sich regulieren.

Ich schlief tief, doch gegen morgen bekam ich panische Träume, schreckliche Szenarien verfolgten mich, denen ich mit meinem Fahrrad, das in Wirklichkeit, am Ludwigshafener Bahnhof mit einem Bügelschloß angekettet stand, entfliehen wollte, jedoch nicht von der Stelle kam, obwohl ich wie ein Besessener in die Pedalen trat.

Das Tageslicht, welches durch die nicht ganz geschlossenen Verdunklungsvorhänge fiel, erlöste mich.

Ich frühstückte nicht im Hotel, sondern in einem Café in der großen Bahnhofshalle, weil sich, wenn auch in Freiburg, weit weg von Ludwigshafen, möglichst niemand an mich, den biederen Geschäftsmann im grauen Zweireiher und dem tief in das Gesicht gezogenem Hut, erinnern sollte.

Ich nahm einen späteren Zug.

Ab 17.00 Uhr stand der Fahrrad-Kurier wieder auf dem Spielplatz und blickte zwischen wenigen licht stehen Bäumen hinüber zu dem Klinkerhaus. Es war spät und alle Kinder bereits zu Hause, man hatte sie gerufen oder abgeholt und so dem einsamen Fahrradfahrer den Platz überlassen, den er erst betrat als alle gegangen waren. Heute würde er auf seinem Posten bleiben und wenn es die ganze Nacht sein müßte und er erst den Frühzug nehmen könnte. Er mußte Gewißheit bekommen, ob die Adresse richtig war oder er andere Wege gehen mußte, um an sein Ziel zu kommen.

19.15 Uhr fährt ein dunkelblauer Aston Martin vor das Gartentor und Dr. Sigurd Stölke quält sich schwerfällig aus der Beengung des Fahrersitzes. Langsam geht er zum Haus und bedient das Sicherheitstableau, das ihm die Haustüre öffnet.

„Ich starre wie gebannt durch das einzige Fenster, das zwar wie alle Fenster mit einem Ziergitter geschützt ist, jedoch kein Vorhang den Innenraum verhüllt, in diesem Falle die hell erleuchtete Küche. Sie umarmt ihn."

„Es vergeht eine Stunde in der sich das Leben in jenem Haus in anderen Räumen abspielt und mir hinter Gardienen verborgen bleibt. Ich will meinen Posten schon verlassen, da öffnet sich die Haustüre und ein hellblonder Golden Retriever springt zum Gartentor gefolgt von Stölke in einer dicken Wolljacke. Wieder kommt er über die Straße auf mich zu, sicherlich im Bestreben seine Hund in der Grünanlage sein Bedürfnis erledigen zu lassen.

Ich fliehe rückwärts bis zur hinteren Querstraße behalte den Mann, jedoch stets abgedeckt durch Bäume oder Büsche im Auge. Es geschieht wie erwartet, der Hund erledigt das was ihn drückt und rast dann durch den Park, um die Spielgeräte herum, in den Sandkasten, den er auch noch mit einem kurzen Heben des rechten hinteren Beines markiert, während sich sein Herr ein Zigarette anzündet.

Das Licht der Feuerzeugflamme erhellt für einen Sekundenbruchteil, das gehaßte Gesicht und genau in diesem Moment, weiß ich den Ablauf des letzten Teiles dieser erbarmungslosen Geschichte."

18

„Ich legte in Freiburg einen Ruhetag ein ohne mein Zimmer zu verlassen. Man klopfte mehrmals und ich rief jeweils ganz laut „Ruhe".
Dann klingelte das Telefon und der Rezeptionist frägt ziemlich ein-
geschüchtert, warum es sich so anhört weiß ich nicht, ob ich krank
sei.
Ich denke - nicht auffallen - warum habe ich die Zimmermädchen
nicht eingelassen? Entschuldigen Sie, aber ich habe starke Migräne und wollte ungestört bleiben. Sie können das Zimmer gegen Abend herrichten, ich
werde um fünf Uhr zum Essen gehen."
Jetzt entschuldigt er sich für die Störung, heuchelt Verständnis und
alles hat wieder seine Ordnung, nur nicht die in meinem Inneren."

Gegen 19.30 Uhr ist der Fahrrad-Kurier wieder am Park in Rheingönheim, fährt unruhig durch den Ort, geht hin und wieder an eine
Haustüre, als suche er eine Anschrift um etwas abzugeben. Er ist
aufs Äußerste angespannt, denn er kann nicht noch weitere Tage
hier in diesem doch nicht allzugroßen Vorort von Ludwigshafen he-
rumirren ohne, daß er irgend einem müßiggehenden Rentner oder
einer stets aus dem Fenster lehnenden neugierigen alte Frau auffällt.
„Heute muß es geschehen.
Gott sei dank wird es jetzt schnell dunkel.
Ich hatte wiederum gewartet bis alle Menschen die Grünanlage ver-
lassen haben und dann meinen Beobachtungsposten hinter der
Rutschbahn bezogen.
Ich hoffte der Hundegang gehörte zur steten Gewohnheit nach dem
Essen und tatsächlich kam Stölke pünktlich um 19.30 Uhr über die
Straße zum Park, doch der Hund machte nicht zuerst sein Geschäft
sondern kam schwanzwedelnd direkt zu mir und schnüffelte an mei-
nen Beinen. Ich war entdeckt, denn sein Herrchen, das inzwischen
auch den Platz betreten hatte näherte sich mir.
Ich beugte mich zum Hund hinunter streichelte über seinen Kopfe

und flüsterte ihm ins Ohr:
„Wenn du bellst, erschieß ich dich!" Dann ging ich dem Mann entgegen meine kurzläufige Beretta Jetfire, mit aufgesetztem Schalldämpfer, auf seine Brust gerichtet. Stölke blieb jetzt wie angewurzelt stehen:
„Was wollen Sie von mir, ich habe kein Geld bei mir, ich führe nur den Hund aus!"
In diesem Moment bellte der Hund und ich schieße ihm in den Kopf.
„Sind sie wahnsinnig meinen guten Malbert zu töten, ich rufe die Polizei!"
„Das mit dem Hund tut mir leid, ich habe ihn gewarnt, aber er hat nicht verstanden, daß es nicht um ihn, sondern um seinen Herr geht, den Mörder meines Vaters, um Sie, den ehemaligen SS-Obersturmbannführer Sigurd Stölke ."
„Ich war nie bei er SS, ich war bei der Wehrmacht an der Ostfront!"
„Zieh die Jacke aus!"
„Sind sie verrückt bei dieser Kälte soll ich die Jacke auszuziehen, warum?"
„Ausziehen!" Jürgen Bremer schreit.
Stölke befolgte jetzt zögern die Anweisung und sucht mit den Augen einen Platz seine Jacke auf einen sauberen Untergrund legen zu können.
„Laß sie fallen – und zieh dein Hemd aus!"
„ Sind Sie wirklich übergeschnappt, warum soll ich mein Hemd ausziehen?"
„Ausziehen oder ich schieß dir ins Knie!" Dabei senkt Bremer die Pistole.
„Um Gottes Willen, nein!"
„Laß Gott aus dem Spiel, der ist nicht mit Dir!"
„Linker Arm hoch – und was sagt mir die kleine fein verheilte Narbe – da war deine Blutgruppe eintätowiert, wie bei der SS üblich."
Stölke starrt entsetzt in Bremers Gesicht.
„Zugegeben ich war zeitweise bei der Waffen-SS im Fronteinsatz."
„Lügner, Feigling, du warst bei der SS-Leibstandarte Adolf Hitler

und hast am 21.April 1944 vor den Augen meiner Mutter und mir, als Kind, meinen Vater Major Bernhard Friedrich Bremer, Ritterkreuzträger, erschossen – gib es zu oder ich schieße dir tatsächlich in dein Knie."

„Das ist nicht wahr, bitte, hier scheint es sich um eine Verwechslung zu handeln."

„Mit einem leichten Plopp-Geräusch verläßt das Geschoß den Lauf der Beretta und zertrümmert Stölkes linkes Knie. Er schreit und fällt zu Boden. Stölke winselt jetzt wie ein geschlagene Hund und umklammert sein Knie aus dem Blut herausquillt und die Hose durchdringt.

„Bitte nicht, es tut mir leid aber ich war es nicht."

„Gestehe, daß du meinen Vater den ehrenhafte Major vor unserem Haus in der Stubenrauchstraße ohne Notwendigkeit mit Genickschuß getötet hast, oder soll ich dir jetzt in die Schulter schießen?"

Weinend wie ein Kind gesteht er die Tat und versucht sie zu beschönigen, insofern der Major ihn angegriffen habe und er quasi aus Notwehr handeln mußte.

„Feiger Lump, nicht einmal jetzt hast du den Mut zu deiner schlimmen Tat zu stehen. Abschaum, menschlicher Dreck," und dann schießt Jürgen Bremer in eines der Metallaugen und das Hohlspitzgeschoß reißt dem Getroffenen die halbe hintere Gehirnschale aus dem Kopf.

Eigentlich wollte er ihn mit Genickschuß töten, wie dies seinem Vater geschah, aber dann sah er nur noch diese kalten Chromaugen und mußte sie für immer auslöschen.

Jürgen Bremer steht Minuten, wie gelähmt, von einem inneren Druck befreit, jedoch in einer paralysierenden Panik über sein eigenes Handeln, das so weit entfernt seines eigentlichen Lebens stattfand und doch so langfristig vorbereitet, nun so unmittelbar geschah.

Er nimmt jetzt das Schild, auf dem „SS-Mörder" steht aus der Kuriertasche, steckt den 12 cm langen Zimmermannsnagel, den er seit Tagen ständig mit sich trägt, durch das vorbereitete Loch und rammt ihn mit dem Handballen in die Brust des Toten. Es gibt ein häßliches Geräusch als der Nagel in die Lunge sticht und Bremer erschrickt.

„Was geht hier vor?"

Diese Frage kommt aus dem Dunkel des Parkzugangs in dem ein Mann im dunklen Mantel mit einem kleinen Hund auf dem Arm stehen geblieben ist.

„Verflucht, auch jetzt ein Zeuge, wie damals seine Mutter und er?" Bremer reagiert ohne Zögern, denn nach all seinen bedachten Handlungen dieses Geschehen ohne nachvollziehbaren Bezug zu ihm auszuführen, entstand jetzt eine unmittelbarer Gefahr entdeckt zu werden.

Laut befiehlt er:

„Drehen Sie sich um und gehen bis zur Bank hinter Ihnen. Dort bleiben Sie stehen, ohne sich umzuschauen, bis ich es Ihnen erlaube, sonst erschieße ich sie, so wie diesen SS-Mörder."

Der Mann befolgt Bremers Anweisung und fängt dabei an um sein Leben zu flehen.

„Bitte nicht schießen, ich werde gleich wieder verschwinden, wenn sie erlauben."

„Ihr Name!"

„Maximilian Schwarz, ich bin der Nachbar von Herrn Dr. Stölke."

„Wenn ich Ihnen nachher erlaube zu gehen, merken sie sich genau was ich ihnen jetzt sage:

„Kein einziges Wort zu irgend jemanden, gar zur Polizei von dem was Sie hier gesehen habe, an sonst komme ich eines Tages zu Ihnen und töte Sie, ebenso wie diesen verbrecherischen ehemaligen SS-Obersturmbannführer Sigurd Stölke, den Mörder ehrenhafter Männer."

„Niemals, Sie könne sich auf mich verlassen, ich habe nichts gesehen, nur meine Hund ausgeführt."

Jetzt ist es im Park ganz still, nur das Motorgeräusch eines einzelnen vorbeifahrenden Autos ist zu hören. Der winzige Yorkshire Terrier auf dem Arm des verängstigtem Mannes winselt leise und sicher zittert er, in der typischen Art seiner Rasse

Jürgen Bremer nimmt sein Fahrrad das an der Kinderwippe lehnt und verläßt den Park, jedwedes Geräusch vermeidend, am anderen

Ende.

Er tritt in die Pedalen als müsse er ein Rennen gewinnen. In panischer Eile zieht er sich auf der Bahnhofstoilette um, stopft die Fahrradkleidung mit allem was dazu gehört in die Kuriertasche und diese in den Koffer, der jetzt prall gefüllt ist. Auf dem ganzen Weg hierher hatte er auf das Heulen von Polizeisirenen gewartet, aber nichts geschah. Vielleicht stand der Mann vom Park noch immer voller Angst vor der Bank und sein Schoßhund hatte ihm zwischenzeitlich seine Notdurft auf dem Arm verrichtet.

Es ist gegen zwölf Uhr und die Nacht mondlos dunkel als Jürgen Bremer das Fahrrad in der Einen, den Koffer in der anderen Hand auf der Mitte der Rheinbrücke ankommt. Es herrscht zwischen Ludwigshafen und Mannheim um diese Zeit kaum noch Verkehr. Er wartet bis die Brücke einen Moment lang gänzlich leer ist, dann wirft er das Fahrrad über das Geländer und danach die Kuriertasche, beschwert mit Flußsteinen, die er am Ufer aufgelesen hatte, samt Inhalt in den Rhein. Danach läßt er das Magazin seines Revolvers, den Schalldämpfer und zuletzt diesen selbst, in einzelnen Teilen über das Geländer in das schwarze Wasser fallen.
Ein kurze Weile steht er am Geländer, als wäre er in Gedanken versunken, dann zieht er seine Lederhandschuhe, die er in Ludwigsburg ohne eine einzige Ausnahme trug, Finger für Finger von der Hand und wirft sie ebenfalls in den alles verschlingenden Fluß.

Ein Mann im grauen Anzug mit einem kleinen Koffer in der Hand geht über die Brücke in Richtung Mannheim und verschwindet in den schwach beleuchteten Stassen am anderen Rheinufer.

Mutter empfängt ihn, wie vor einer Stunde über Handy telefonisch abgesprochen, nach Einbruch der Dunkelheit an der hinteren Hoftüre. Sie schaut ihm mit einem langen Blick in die Augen, dann sagt sie – jetzt ist es gut - und umarmt ihn.
Er weint.

Später berichtet sie:

„Man habe Stölke entlarvt, seine wahre Identität und seine mehrfachen mörderischen Taten, im Zusammenhang mit dem Attentat auf Adolf Hitler im Juli 1944, offen gelegt, doch sie suchten nach dem „Rächer", wie der TV-Sprecher es formulierte.

Es gäbe keinerlei Zeugen, man fahnde jedoch nach einem Fahrrad-Kurier, der zwei Tage zuvor am Werkstor für Herrn Stölke einen Brief habe abgeben wollen, den man jedoch dann zum Stadtbüro geschickt habe, dort sich aber niemand an ihn erinnern könne. Außerdem sei in Rheingönheim, im Zeitrahmen des Geschehens, ebenfalls ein Kurierfahrer gesehen worden und man bitte ihn sich zu melden. Möglicherweise habe er auf seinen Zubringerfahrten vor Ort etwas Ungewöhnliches beobachtet. „

Dann sagt Mutter besorgt:

„Vielleicht kommen sie auch zu uns, aber du warst ja krank und hast das Haus in diesen Tage nicht verlassen."

„Sie kamen tatsächlich und verließen unser Haus mit der Bitte um Nachsicht für die Notwendigkeit Ihrer breitgestreuten Ermittlungen. Erstaunlicherweise hatten sie auch in der Apotheke nachgefragt, ob Frau Bremer-von-Sternthal in jenen Tagen Medikament für ihren Sohn gekauft habe."

„Den Anzug, Hut, Schuhe und alles andere neu gekaufte, auch die Unterwäsche, habe ich in mehreren einzelnen Paketen, mit den Krawatten zusammengeschnürt in unterschiedliche Kleidersammel-Container geworfen, so daß es von jenem Mann auf der Mannheimer Brücke keinerlei Spuren mehr gab."

Man fahndete noch einige Zeit erfolglos im Großraum Mannheim-Ludwigsburg, daß die Aktion jedoch vom entfernten Freiburg ausging blieb außerhalb jeglicher polizeilichen Disposition."

19

Jan van Boese hält seinen Kopf mit beiden Händen, die Arme auf die angezogenen Knie gestützt, als wolle er seine Ohren verschließen, dann steht er auf und sagt:
„Ich sehe dich morgen an gleicher Stelle, dann bringen wir es zu Ende, o.k.?"
„O.k.!"
Zurück im Ryokan setzt er sich an die in voller Breite aufgeschoben Fenstertüre und blickt in die Stille des Gartens. Zart rosa Blüten bedecken den Boden und schwimmen auf dem Wasser des Teichs.
Jetzt wirbeln die letzten Frühlingsboten, die sich von den Ästen des Kirschbaums gelöst haben, im aufkommenden Wind, der sich im umschlossenen Innengarten verfängt, wie kleine Schmetterlinge im Kreis.

Jürgen Bremer ist ein Mörder, im juristischen Sinne zweifelsfrei, wenn auch mit einem Motiv, dessen Tragweite nur von dem Menschen beurteilt, oder gar gerechtfertigt werden kann, der den vorausgegangene Teil des Geschehens selbst erlebt hat, oder zumindest detailgenau kennt.

Jan van Boese würde seine japanische Mission am liebsten an dieser Stelle abbrechen und das Weite suchen, denn er weiß, dass die eigentliche Tragik von Bremers Geschichte am kommenden Tag noch auf ihn zukommt, nämlich der Teil welcher für die Einforderung der Schuld ausschlaggebend zu sein scheint und offensichtlich mit dem Auftreten des Koreaners zusammenhängt.
Seine gute Zimmerfee, eine mittelalterlich Frau, serviert ihm das Abendessen, mit ständigem ehrerbietigem Nicken des Kopfes und japanischen Worten, die er nicht versteht.
Zuerst roher Fisch, unterschiedlichster Art, die er außer Lachs, Thunfisch nicht zuordnen kann. Dann erhält er zu seiner Überra-

schung *Tankatzu*, eine Art japanisches Schnitzel paniert, in dünnen Scheiben mit Sojasprossen serviert und zuletzt eine *Shoyu- Ramen*, ein Nudelsuppe, mit *Chashu*, eine hauchdünne Fleischscheibe, die roh eingelegt, in der heißen Suppenbrühe gart und auf der Zunge geradezu zergeht.

Er sitzt am Kopfende des Küchentisches und die Fersen auf die Mittelleiste des Stuhles aufgestützt. Seine Beine reichen noch nicht bis zum Boden. Vater links, Mutter rechts an den Längsseiten des Tisches, sein ältere Schwester ihm gegenüber. Sie grinst ihn schadenfroh an, denn Vater hat ihn ein mal wieder mit strengem Blick und angehobener Stimme ermahnt nicht so viel Marmelade auf sein Brot zu nehmen. Er zittert innerlich und haßt seinen Vater in diesem Augenblick, zumal gleich darauf der nächste Hinweis kommt - nicht so viel Zucker in den Tee-! Und später, beim Abendessen nach bleibender Beobachtung des Jüngsten der Familie, wiederum die stets gleiche Ermahnung, - iß den Teller richtig leer - und dabei deutet Vater auf winzige Reste, die sich am Tellerrand festgesetzt haben. Er fühlt sich alleine, eingesperrt in sich selbst, hilflos den großen Menschen ausgeliefert.

Mit diesem Gefühl der Hilflosigkeit wacht er auf und ist froh, daß es hier und jetzt ist und jene Jahrzehnte zurück liegen. Warum kommen ausgerechnet in Japan, in einem absolut divergenten Zusammenhang, Geschehnisse aus seinem Unterbewußtsein zurück, die er längst verdrängt glaubte, was jedoch bei genauerem Überlegen, nicht stimmte, denn, und dies durfte er eigentlich niemanden sagen, glaubte er noch heute, jedes Mal, wenn er von Claras selbstgemachter feinster Marmelade nahm, die Stimme seines Vater zu hören, die ihn zur Sparsamkeit aufruft und manchmal gab er fast automatisch, jedoch von Clara unbemerkt, die Hälfte des gehäuften Löffels wieder zurück ins Marmeladeglas. Dieses - *nimm nicht zu viel* - war wohl Zeit seines Lebens in ihn einprogrammiert, und er konnte darüber nicht sprechen, denn man und hätte ihn belächelt.
Und dann kamen andere Dinge zurück, wenn Vater ihn auf die

Wange schlug, mit der flachen rechten Hand auf seine linke Gesichtshälfte -nicht oft- aber meist ungerecht, weil seine Schwester Spaß daran hatte ihn mit irgend einer Sache so lange zu hänseln oder beim Lesen zu stören, bis er wütend wurde und es zum Streit kam. Dann trat Vater ins Szene und schlug ihm auf die Wange, um anschließend zu fragen, was los sei. Diese Reihenfolge stets ihn ungeprüft als Verursacher anzusehen und seinen Schutz, wie üblich über der Tochter auszubreiten, konnte Jan an die Grenze seiner Beherrschung bringen, da er kein Mittel fand dieser inneren Wut auf das unsorgfältige Vorgehen seines Vaters zu begegnen. So konnte es vorkommen, daß er, wenn niemand mehr im Zimmer war, in seiner Ohnmacht ein Bild von der Wand abhing und direkt unter den leeren Nagel auf den Boden abstellte, was später bei Mutters die Frage auslöste, wie das Bild denn auf den Boden käme, wo doch der Nagel noch immer fest in der Wand säße.

Es blieb die Frage, warum hier und jetzt diese in der Kindheit geborenen Erfahrungen und Gefühle wieder Gestalt annahmen und Jan nannte es mangels anderer Erklärungsmöglichkeiten, beginnend mit dem fast dramatisch zu bezeichnenden Erinnerungseffekt bei der jüngst erlebten *Zasen*-Stunde- *DAS EIHEI-JI-SYNDROM*.

Dies vielleicht auch, weil Jürgen Bremer, zwar mit einer ganz anderen Lebensgeschichte in EIHEI-JI einen neuen Weg gesucht und offensichtlich gefunden hatte, seine Seele von altem Belastenden zu befreien, sein Ich auf eine unbelastete neue Basis zu stellen, von der aus ihm ein Neubeginn in eine gangbare Zukunft möglich schien.

20

Es kostet Jan van Boese große Überwindung heute Jürgens Lebensbeichte Teil zwei anhören zu müssen und hoffte, daß dies tatsächlich endgültig abschließend sei. Zu sehr hatte ihn der bisherige Bericht und die, wie auch immer ausgelöste eigene seelische Altlast, aus seiner Mitte gerissen. Doch er mußte es zu Ende bringen, zumal der eigentliche Grund dessen, warum Bremer ihn nach Japan zitiert hatte noch immer nicht schlüssig artikuliert war.

Dieser empfängt ihn am Fuße der schmalen Treppe, die rechts vom Haupttor nach oben auf die Ebene der großen Hallen führt. Er schaut Jan mit einem ernsten, fast durchdringenden Blick an und bedeute ihm, nach eine gemurmelten Begrüßung, zu folgen. Sie gehen rechtes der großen Halle den Hang hinauf in ein kleines Gebäude von dem aus ein langer geschlossener Gang über unzählige, glanzpolierte Holzstufen weiter nach oben in ein langegezogenes Gebäude führt. Dort gibt es nebeneinander, wiederum an einem langen Quergang quasi aufgefädelt, zellenartige Räume mit jeweiligem Blick in den Vorgarten den Hang hinunter.

Sie sitzen sich in einem dieser Räume auf den Tatamimatten gegenüber.

Jan schweigt im abwartenden Gedanken, denn Bremer, der jetzt ungewöhnlich ernst zu Boden blickt, ist am Zuge den Anfang des Gespräches zu finden. Dann beginnt er unvermittelt mit seinem Bericht:

„Stukki, der behäbige, stets satt und voll Selbstgefälligkeit strotzende Schweizer, den ich wie schon gesagt im Grund nicht leiden konnte, schon alleine durch seine, wohl aus dem Minderwertigkeitsgefühl dieses kleinvölkischen Landes geborenen, zur Schau gestellte Überheblichkeit, gepaart mit der verstümmelten deutschen Sprache, empfing mich nach meiner „Auszeit" mit einem fröhlichen -na wiä got´s-. Dafür hätte ich ihm, sicherlich völlig unberechtigt, am liebsten eine in die Fresse gehauen und er hätte nicht gewußt warum, auch nicht, daß ich mich nach meinem Tun der letzten Tage alles andere, nur nicht in einer zum spaßen aufgelegten Verfassung befand. Unbedarft beugte sich dieser Mann mit dem Wabbelkinn, das für jedes Krawattenhemd zu umfänglich war, dann zu mir herüber und ein Redeschwall ergoß sich über mich."

„Ich habe einen, nein zwei dicke Fische an der Angel. Der Eine, aber das ist noch einige Zeit hin, ist mit der Absicht verknüpft, daß Eure Bundeswehr das bisherige Standart-Sturmgewehr G36 von Heckler & Koch abschaffen, respektive, durch eine andere Waffe ersetzten will. Stell Dir vor nach 18 Jahren Gebrauch, an allen möglichen Ecken dieser verschissenen Welt, haben die Schnellmerker eures Verteidigungsministeriums, neuerdings repräsentiert durch eine in der Sache völlig unbedarften Frau, festgestellt, dieses Gewehr sei nicht voll funktionsfähig, wenn es zu heiß würde. So ein Nonsens, kann man sich überhaupt nicht vorstellen, denn die halbe militärische Welt, zumindest die kleineren, selbst nicht Waffen produzierenden Länder, Terroristen, Anarchisten, Drogenbanden und ähnliche Schießwütige Verrückte bevorzugen, neben dem AK47 der Russen, gerade dieses Deutsche Gewehr wegen seiner hervorragenden Eigenschaften im Töten. Doch ich sage Dir was da wirklich läuft – Neubeschaffung heißt Geld in die Kassen der Lobbyisten, der Schmiergeldmaffia in der Szene und den beteiligten Ämtern, von denen ich Dir bereits bei unserem ersten Gespräch berichtet habe. Selbst im Außenministerium, das des öfteren wegen fehlender Menschenrechte Lieferungen in betreffende Länder blockiert, unterschreibt manchmal „einer unserer Freunde" die frisierte Endverbleibungserklärung, so daß die Waffenlieferungen auf Umwegen über unbedenkliche Regionen, schlußendlich beim kriegsführenden Endverbraucher ankommt. Dies manchmal sogar mit Zustimmung des Auswärtiges Amt, das den Winkeldeal nicht erkennt. Überall herrscht der Sumpf menschlicher Gier und auch wir beide sind davon erfaßt. Warum auch nicht, denn uns geht es ja ausschließlich genau so ums Geld, - *oderrr* - wobei er diesem letzten Wort wieder die ur-schweizer Endbetonung gibt.

Im Übrigen gilt das Gleiche auch für die Ämter anderer Nationen und sogar für die meines Landes, der „Hurenschweiz", eine Bezeichnung frei nach Dürrenmatt, unserem großen Schriftsteller. Aber was erzähle ich Dir von diesen Schmierjockeln auf den Ämtern, die Du ja teilweise auch kennst, denn Du bist ja heute kein Neuling mehr in dem Geschäft."

„Leider!"

„Was heißt leider, Du verdienst doch gut."

„Aber allmählich bin ich es leid mit all dem verwinkelten miesen Herumhantieren."

„Jetzt halt mal die Luft an, denn bald kommt das satte Geschäft für uns, mit dem Verhökern der ausgemusterten G36, wenn endlich die schwerfällige Deutsche Administration sich durch alle Fraktionen des Bundestages gewurschtelt hat. Das kann dauern, so wie alles bei denen ewig dauert, weil - wenn die Einen „hü"- die Anderen stets „hott" sagen - egal um was für eine Angelegenheit es sich handelt, streiten sie allemal, wobei der sachlicher Gehalt, unter dem politischen Gerangel, meist keine Rolle spielt."

„So, das wäre das erste Zukunfts-Projekt, das wir aus den genannten Gründen erst angehen, wenn die Zeit dafür gekommen ist – *aberrr* – und auch jetzt rollt er das „r" hinterher - das zweite heiße Eisen ist brandaktuell und dabei kommst Du, als „Anmacher" mit einer entscheidende Rolle ins Spiel, weil Du Koreanisch sprichst."

„Bekomme ich also bei diesem Deal wieder einmal die Arschkarte?"

„Rede doch keinen solchen Quatsch. Du hast doch immer Deinen Schnitt gemacht - *oderrr*- und dieses mal wird es ein dickes Paket.

„Laß hören."

Kim Jong-Un - sagt Dir der Name etwas?"

„Claro, und weiter?"

„Der spielt doch gerne mit Raketen, um die Welt, speziell seine Landsleute in Südkorea, zu erschrecken. Aber seine hochstilisierten Raketen fallen doch meistens irgendwo ins Wasser und was bleibt ist lediglich der PR-Schreck-Effekt für die weichgekochten Westeier.

Ich aber, habe für diesen Verrückten, das heißt für dessen Generalität mit den eisernen Maskengesichter und deren Raketenarsenal ein Superangebot, eine völlig neu entwickelte Chip-implizierte – *Portable-Software* – für Steuerungstechnik von Fernlenkgeschossen aus schwedischer Produktion, allerdings offiziell nur für deren Eigengebrauch produziert. Ich habe jedoch dort einen Informanten, einen der Entwicklungstechniker, der ständig finanzielle Probleme hat und - frage mich nicht wie und warum er mit dieser Sache ausgerechnet an mich herangetreten ist."

Du Bremer, muß das Geschäft mit den Koreanern dealen, denn diese neue Technik bekommen sie legal von niemanden aus der westlichen Sphäre, noch nicht einmal über die Chinesen oder Russen, denn die fürchten sich tatsächlich auch eine wenig vor dem Giftzwerg Kim, weil dieser mit seinen unkontrollierbaren Nadelstichaktionen, die Welt, zumindest die Wirtschaftswelt mit diesen Sperenzchen immer wieder ganz schön ins Schwitzen bringt."

„Ich, Jürgen Bremer, war eigentlich zu diesem Zeitpunkt, nach meiner Auszeit, in der sich mein Inneres in einer nicht reversiblen Weise verändert hatte, eigentlich nicht mehr in der Lage, diese Aufgabe konfliktfrei durchzuführen. Dieser halb verlor ich auch den Durchblick, bei dem von Stukki, besonders hinterhältig eingefädelten Deal mit einem gefährlichen Handelspartner, den Nord-Koreanern. Mir wurde zu spät klar, was Stukki zum optimalen Gewinn riskierte, nämlich, und ich sag es im Vorhinein worin der eigentlich unverantwortliche Knackpunkt lag, zu dem er mich, streng genommen, mißbrauchte.

Der Deal war, den Nord-Koreanern jene Steuer-Software zu verkaufen und gleichzeitig den Süd-Koreaner den dazu kompatible Zerstörungs-Chip. Damit war die neue Ziel-Steuerung mit ungewöhnliche Möglichkeiten, so auch die Richtung auf bewegliche Ziele, unmittelbar im Anflug präzise zu verändern, wirkungslos, wenn der Raketenabschluß, über Satellit, in Sekundenbruchteilen automatisch geortet, auf dem Überwachungsschirm der Südkoreaner oder jedweder anderen Überwachungseinrichtung angegriffener

Länder erschien und das anfliegende Geschoß entweder umgelenkt oder auf Selbstzerstörungsmechanismus programmiert werden konnte.

Ein perfider kontraproduktiver Handel für die Nord-Koreaner, der früher oder später ins Auge gehen mußte und mir, als direkter Handelsvermittler – Anmacher - wie Stukki sagte, blieb die Rolle des bösen Buben, während Stukki selbst, gleich nach Handelsabschluß mit einem atemberaubend hohen Gewinn, unauffindbar abtauchte.

Und jetzt sind die Nord-Koreaner hinter mir her, um über mich, den oder die Hintermänner des Deals zu ermitteln, was sicher nicht mit Streicheleinheiten einher geht.

Das ist das Eine und das Andere, daß mich auch die Japaner suchen, warum weiß ich nicht genau, wahrscheinlich haben sie über Umwege von dem Deal mit der Steuer-und Zerstörungs-Software erfahren und wollen nun dringend, zur eigenen Sicherheit gegen den Erzfeind Korea, selbst darüber verfügen. Und zu allem Überfluß ist jetzt auch noch der Bundesnachrichtendienst (BND) auf meiner Spur, da ich schon seit längerem nicht nur an diesem heißen Deal, sondern in Verbindung mit gierigen Bundesangestellten verschiedenster, beteiligter Ämter, an einer ganzen Reihe anderer, nicht legaler, Waffenverkäufe beteiligt war.

In diesem Geschäft gibt es korrumpierte Zwischenstationen, besetzt von Leuten, die alles oder jeden an den Meistbietenden verkaufen oder verraten, denn die Abläufe von den ersten Kontakten zwischen Anbieter, in meinem Falle „Anmacher" genannt und der eigentlichen Lieferung des Materials durchlaufen mehrere Stationen, an denen wiederum unterschiedliche Personen einen Part übernehmen. Der BND will von mir wissen wo sich diese unkorrekten Stellen in den beteiligten Ämtern befinden.

Meine Kontaktgespräche im Korea-Deal erfolgten in drei Phasen auf Touristenschiffen in Vietnams *Halong-Bucht*, übersetzt „Bucht des herabsteigenden Drachens", eine Touristenattraktion, wegen der fingerartig aus dem Meer aufsteigenden Felsen und den Höhlen, die man besuchen kann, doch diese, meine Vorarbeit ist eine abendfüllende Geschichte für sich, die ich Dir nicht auch noch zumuten möchte.

Haiphong die nord-östlichst gelegene Hafenstadt Vietnams, von der aus, die soeben erwähnten Touristenschiffe starten, war auch die Schaltstelle der Software-Übergabe, in kleinem Gepäck per Schiff hinüber nach Korea. Die Lieferung von Schweden selbst, erfolgte über die Lettisch-Russische Schiene, wobei die Übergabe in internationalen Gewässern ebenfalls von Schiff zu Schiff stattfand, womit ich allerdings nichts zu tun hatte.

Lediglich die voraus gelieferten Probemodule, als Test des raffiniert ausgedachten Handelsweges, gingen durch meine Hand.

Wenige Monate später folgte ein Raketenmanöver der Nord-Koreaner mit viel Aufmerksamkeit der Westpresse, bei dem vier Raketen mit der neuen Steuerungstechnik offensichtlich bestens funktionierten und zwar auf bewegliche Ziele in Form ausrangierte alter Schiffe, die ferngesteuert in Nord-Koreanischen Gewässern kreuzten und zielgenau vernichtet wurden. Nur die fünfte Rakete, ebenfalls mit einer schwachen Armierung, wie auch die anderen, explodierte irgendwo über der offenen See. Später erfuhr ich, daß es die Süd-Koreaner waren, die damit ihre bereits funktionstüchtige Verteidigungssoftware testeten, dies jedoch nur an einer Rakete, nachdem sie zuvor erkannt hatten, daß die ersten vier Raketen für sie keine Gefahr darstellten, insofern sie deren Flugkurve auf ihren neuen Bildschirmen genau analysieren konnten.

Die Nord-Koreaner waren mit dem Testergebnis sehr zufrieden, auch wenn das fünfte Projektil verloren ging, in der Annahme, daran seien sie mit ihren zum Teil veralteten Abschußeinrichtungen selbst Schuld.

Danach wurde von ihnen eine inzwischen weiter entwickelte Software bestellt und geliefert, womit ich jedoch nichts mehr zu tun hatte.

Ich erhielt meinen Geldanteil auf geheimen Wegen, die ich hier nicht benennen möchte und verteilte den außergewöhnlich hohen Betrag auf verschiedenen internationalen Konten, unter anderen auch einen höheren Barbetrag in einem Schließfach, der alteingesessenen *Bank of Tokyo*.

Soweit war Stukki korrekt, aber dann erkannte ich mein nicht ausreichend kalkuliertes Risiko bei diesem Deal, insofern an dem Gesamttransfer zu viele Mitwisser beteiligt waren, die alle ihre Hände aufhielten, wobei manche sich offensichtlich nicht ausreichend bedient fühlten und damit anfingen, wiederum gegen gute Bezahlung, unterschiedliche Interessenten zu informieren, so auch die Nord-Koreaner

Damit begann neben anderen Beteiligten auch die Jagd auf mich.

Ich floh auf einem, mit viel Geld, gecharterten Fisch-Trawler nach Japan, wo ich mich auskannte und sicher war untertauchen zu können, bis sich der Rauch verziehen würde. Aber er verzog sich nicht, wie ich durch meine internen Verbindungen erfuhr, ausgelöst durch einen meiner vermeidlich japanischen Freunde, der meinen Aufenthalt im Lande verriet.

Ich legte daraufhin verschiedene falsche Spuren, indem ich bei unterschiedlichen Fluggesellschaften Reisen buchte, die ich nicht antrat, manchmal jedoch bis zum Gate vordrang, um mich dann über interne Wege des Flughafengebäudes wieder davon zu schleichen.

Es war ein verrücktes Katz und Maus Spiel, bei dem ich nie wußte ob meine Täuschungsmanöver gelungen waren oder nicht.

So entschloß ich mich, völlig erschöpft und ausgezehrt, mit all dem für mich nicht mehr verkraftbaren Tanz auf dem Vulkan Schluß zu machen und verkroch mich in EIHIE-JI.

Hier vermutet mich niemand und ich lebe nun seit acht Monaten hier, in denen ich auf einem schwierigen inneren Weg mit mir ins Reine gekommen bin und für den Rest meines Lebens auf diesem Pfad bleiben möchte. Doch dafür brauche ich letztmalig Deine Hilfe, um den Jürgen Bremer von einst endgültig verschwinden zu lassen – nämlich Deinen Paß mit dem Einreisestempel *Airport-Narita-Tokyo* und dem dort vermerkten Touristenstatus 4-1-4, der für neunzig Tage gilt und völlig unverdächtig ist. Daneben ist der an der kleine Heftklammer oben auf der Stempelseite befestigte, obere Abschnitt der Einreiseerklärung, die Du im Flugzeug, neben der Zollerklärung, ausgefüllt hast wichtig, sowie Deine *Landing-Permission* als *Temporary-Visiter.*

Wenn ich abgeflogen und an meinem Ziel angekommen bin, brauche ich Deinen Paß und Identität nicht mehr. In der Zwischenzeit kannst Du problemlos über die Deutsche Botschaft in Tokyo, unter Verlustanmeldung, Ersatzpapiere, bekommen, wobei ich vom Tag unserer Trennung an ein Zeitpolster von fünf Tagen benötige, um nach meinem vorbereiteten Plan abzutauchen, besser gesagt auszureisen.

Es wird für mich höchste Zeit nachdem ich von Deinem Koreaner gehört habe, was bedeutet, daß man mich in Japan weiß und es nur eine Frage der Zeit ist, mich hier zu orten. Ich gehe davon aus, daß der Nord-Koreanische Geheimdienst OGD (*Organisation and Guidance Department*), über bestehende Verbindungen, die deutschen Anreisenden in *Narita* überprüft hat und nach einer wahrscheinlichen Beziehung zu mir durchleuchtete. Ein aufwendiges Geschäft, das kannst Du annehmen. Doch so haben sie möglicherweise auch Deinen und meinen Heimatort im Südbadischen als denkbaren Ansatzpunkt gesehen und damit ins Schwarze getroffen. Aber Du warst ja so schlau diese Geier zunächst auf Distanz zu bringen, was auch bis jetzt funktioniert hat. Die jetzt aus Japan Ausreisenden werden sie höchstwahrscheinlich nicht so genau prüfen, da sie ziemlich sicher sein werden, daß ich meine japanischen Verbindungen ausnutze und hier untergetaucht bleibe. Sie warten bis ich aus der Deckung komme, aber wenn Du, respektive ich, als Jan van Boese in Deinem Erscheinungsbild als Tourist ausreise, Jürgen Bremer unsichtbar im Gepäck, suchen sie weiter auf der Insel und das ist meine Chance. Doch jetzt wird es Zeit für mich"

und mit diesem Satz streckt Bremer seine Hand aus und bittet Jan van Boese in einem unmißverständlichen Ton um dessen Paß.

Jan rührt sich nicht und sagt:

„Laß mich nach dieser wilden Story, die irgendwo jenseits meiner Phantasie angesiedelt ist, zunächst einen Moment trocken schlucken und Dir die Frage stellen, wie Du denn mit meinem Paßbild und Deinem Gesicht durch den Zoll kommen willst?"

„Kein Problem, ich habe einen Freund in Tokyo, der ist Maskenbildner im Kabuki.-Theater und wird mich so als Jan van Boese hinschminken, daß ich zumindest die wichtigste Hürde überwinden kann, nämlich als harmloser Deutscher Tourist, die Paß-und Zollkontrolle am Airport zu passieren. Danach habe ich einige Verwirrungstricks vorbereitet, die ich Dir jedoch nicht verrate, zumal es Dich auch nicht interessieren dürfte, da Dein Hilfs- und Schuldenabgleich damit abgeschlossen ist."

„Bist Du sicher?"

„Ja, da bin ich mir ganz sicher."

Jan handelt jetzt abrupt, um ein für alle Mal, zwischen sich und Bremers Vergangenheit zu schaffen. Er seht auf und übergibt ihm aus seiner Brusttasche heraus die geforderten Papiere, im Wissen, daß er sicherlich ohne großes Aufhebens, bei der Deutschen Botschaft, als unbescholtener Tourist, Opfer eines Diebstahles, Ersatzpapier bekommen würde.

„Hier mein Paß mit Zubehör, wie verlangt und damit ist meine Schuld für alle Zeiten gelöscht, gib mir die Hand darauf."

Sie geben sich die Hand und Jan zieht die Seine, einer inneren Abwehr folgend, als erster zurück, im Bewußtsein nichts was geschehen ist und geschehen wird umkehren zu wollen. Er muß diese Sache zu Ende bringen, wobei ein sicher nicht sonderlich angenehmer Part, mit dem Vortrag einer Lügengeschichte seiner gestohlenen oder verlorenen Papiere bei der Botschaft noch vor ihm liegt. Und der Koreaner? Würde er diesen noch einmal zu Gesicht bekommen, was möglicherweise doch noch Komplikationen mit sich brächte.

Bremer klatscht in die Hände und durch die Schiebtüre betritt ein Mönch den Raum, beide Hände in den weiten Ärmel seines schwarzen Kimonos versteckt.

„Das ist Takumi, der mich die ganze Zeit meines Hierseins begleitet hat und mir half meinen Weg zu finden, den ich nun mit Deiner Hilfe zu Ende gehen kann.

Er hat mich dabei die Philosophie des Soto-Zen-Buddhismus gelehrt und in mir damit eine religiöse und psychische Grundlage geschaffen, die mich während der zweiten, hoffentlich besseren Hälfte, meines Lebens begleiten wird.

Takumi wird auch Dich begleiten, solltest Du einige Zeit, vielleicht auch nur die von mir als Distanz gewünschten fünf Tage, hier in EIHEI-JI verbringen wollen. „

Als Letztes übergibt Bremer, Jan ein Kuvert, adressiert an einen Herrn *Akira Daisuke, Bank of Tokyo* mit den Worten:

„Herr *Daisuke* ist darüber informiert, daß Du mein dortiges Schließfach unter Vorlage Deines Personalausweises, kündigen und räumen kannst. Das mit dem Personalausweis habe ich ausdrücklich betont, da ich wußte, daß Du Deinen Paß ja nicht mehr haben würdest und die Ersatzpapiere sicherlich noch nicht ausgestellt sind. Falls Herr *Daisuke* nicht da, ist wird er von Herrn *Haru Ryuichi* vertreten, siehe Kuvertrückseite, der gleichermaßen instruiert ist. Im Schließfach befinden sich 100 000 US Dollar, wovon Dir 30 000 für Deine Auslagen, Mühen und Ärger gehören. Den Rest nimmst Du nach Deutschland mit, wo ich ihn gelegentlich abgreifen werde, wie, weiß ich jetzt noch nicht. Es sind alles 1000-er Noten, die Du leicht an Dir selbst oder im Reisegepäck verstecken kannst. Alles verstanden?“

„Rein phonetisch, ja.“

Jan gibt Jürgen Bremer die Hand mit den Worten „viel Glück“ - und sagt zu Takumi gewandt, „vielleicht komme ich morgen nochmals hier her, doch jetzt will ich ohne Verzögerung gehen,“ dreht sich um und verläßt ohne einen Blick zurück den Raum, das Haus und dieses Mal geht er durch das Haupttor.

Ein Stück die Straße hinunter setzt er sich auf einen Begrenzstein und versucht seine Gedanken zu ordnen. Das so weit von seinem eigentliche Ich entfernte Geschehen, mit all seinen Winkelzügen hat ihn, neben seinen persönlichen Erfahrungen, die er in EIHEI-JI gemacht hat, überfordert.

„Tagashi, holen sie mich bitte so schnell wie möglich ab, ich sitze auf einem Stein an der Straße zwischen EIHEI-JI und *Fukui.*“

„Hoppla guter Freund, heute erscheinen Sie mir aber ziemlich angenockt, wie die Boxer sagen. Ich komme so schnell ich kann und dann bringe ich Sie dahin wo sie wieder auf Normalnull zurück finden - oder brauchen Sie einen Arzt oder gar die Polizei?"

„Nein, es ist alles o.k. nur ein bißchen viel für meinen alten Kopf, was hier in Ihrem schönen Land, an diesem mystischen Ort über mir hereingebrochen ist."

Mit den Augen auf die umgebenden bergaufwärts ansteigenden Wälder und die darüber ragenden weißen Gipfel, sucht Jan in der Zeit des Wartens Ruhe zu finden.

Tagashi sagt als er aus dem Taxi steigt und auf den einsam sitzenden Mann zugeht:

„Ich lade Sie zum Essen ein."

„Aber....."

„Keine Widerrede ich glaube ich muß Sie auf andere Gedanken bringen. Meine Frau Akemi ist eine ausgezeichnete Köchen. Ich rufe sie jetzt an und bis wir in unserem bescheiden Häuschen ankommen, steht etwas Gutes auf dem Tisch."

„Was haben die da oben denn mit Ihnen gemacht, daß Sie so erschöpft sind (?)" und er deutet hinter sich auf die Häuser von EIHEI-JI, die sich ungerührt wie in den Berg gewachsen hinauf winden.

„Fragen sie mich nicht, es ist ein lange Geschichte, die mit dem Kloster als solches, nur in einem ganz persönlichen Erfahrensmoment etwas zu tun hat.

21

Noch einmal fliegt die Landschaft in annähernd 300 Stundenkilometer Geschwindigkeit an ihm vorbei und sein Glas, auf dem breiten Fensterbrett, steht ruhig, nur die Oberfläche des Whiskys darin, zeigt ein leichtes Vibrieren. Jan sitzt im Shinkansen von Kyoto nach Tokyo alleine auf dem komfortablen Zweiersitz der ersten Klasse, die Füße ohne Schuhe auf die gepolsterte Seite der drehbaren Fußbank gestellt. Gegenüber wird heftig gegessen. Zugfahren ist wie nun schon mehrfach beobachten, bei den Japanern tatsächlich gleichbedeutend mit dem Vergnügen sich dem ständigem Essen und trinken hinzugeben. Man nutzt neben Mitgebrachtem gerne und mehrfach das von uniformierten Stewardessen angebotene Essen appetitlich in kleinen weißen, mit feiner Schnur zugebundene Kartons, serviert.

Die leer gegessenen Schachteln werden auch jetzt auf seiner Rückfahrt nach Tokyo wieder ordentlich zusammengeknüpft und im großflächigen Mittelteil des Waggons, in Müllklappen entsorgt. „Nicht wie bei uns in Deutschland, wo leider zunehmend in den Zügen fast jeder seinen Müll fallen läßt oder in überfüllte Müllklappen zwischen den Sitzen quetscht," denkt Jan und wendet sich dann wieder seinen rekapitulierenden Gedanken zu.

Was für eine Fülle von Eindrücke liegen hinter ihm.

Zuerst Tagashis Haus und das Überraschungsdinner seiner Frau Akemi, klein, zierlich und die wahrhaftige Inkarnation von Liebenswürdigkeit und Gastlichkeit im kleinen traditionellen Holzhauses, gepaart mit der Kochkunst althergebrachter japanischer Tradition. Jan van Boese erfuhr an diesem Abend, mit Sake ein wenig ins losgelöste Nichts hinweg getragen, tatsächlich einen entspannenden Ausgleich für das zuvor mit auf- und abschwingendem Wechselempfindungen verbundene Erleben.

Dazu kam das freundliche Angebot, falls Jan über Kyoto und nicht über Kanazawa nach Tokyo zurückfahren würde, gerne noch einige Tage bei der Familie seines Bruders in der Altstadt Kyotos östlich des *Kamo* Flusses, nahe dem *Maruyama* - Park verbringen zu können. Sein Bruder Yamaton habe ein großes, von den Vorfahren im neunzehnten Jahrhundert errichteten, Haus.

Danach folgte eine Nacht des Grübelns über das was geschehen war und darüber hinaus was er in den fünft Tagen die Bremer sich ausbedungen hatte tun könne, wobei ihm plötzlich in sein Bewußtsein trat, daß er ohne Paß bei der Anmeldung in Hotels möglicherweise Schwierigkeiten bekommen würde, ergo er das Angebot bei Tagashis Bruder einige Tage zu verbringen realistisch erschien.
Und EIHEI-JI?
Konnte er von hier weggehen ohne über die Mysteriums diese Ortes Weiteres erfahren zu haben. Immerhin hatte ihn das tief greifende persönliche Erleben an diesem Ort, beginnend mit den erschreckenden Vergangenheitsszenarien aus seinem Unterbewußtsein, bei der *Zasen-Stunde*, dramatisch aufgewühlte und klang ungewollt in ihm nach. Auch die Träume welche ihn seither Nacht für Nacht in Unruhe versetzten, waren noch in keiner Weise distanziert, so daß er sich, trotz intensivem gedanklichen Gegensteuern, nicht von der Thematik seiner unguten Rückkopplungen in die Vergangenheit lösen konnte.

Takumi der deutsch sprechende Mönch, oder war er noch immer Novize, empfing ihn mit einem wissenden Lächelnd und führte ihn, ohne über die Worte der Begrüßung hinaus zu gehen, in eine der Räume des oberen Hauses, wo Jan zuletzt auch mit Bremer zusammen saß.
„Wie kommt es, daß Sie ein fast akzentfreies Deutsch sprechen?"
„Der Grund dafür hat mich hierher geführt.
Ich war früher Entwicklungsingenieur einer der führenden japanischen Autohersteller dessen Name ich nicht nennen möchte. Nach einigen Jahren erfolgreicher Arbeit erhielt ich von der obersten Geschäftsleitung dem Auftrag Deutsch zu lernen, mit dem damals noch unbenannten Ziel in Deutschland zu arbeiten. Ich tat was mir befohlen - ja befohlen - wie dies in der strengen Hierarchie des japani-

schen Managements normal ist und ich belegte einen Deutsch- sprachigen Intensivkurs, wofür man mich freistellte. Als ich die für mich schwierige deutsche Sprache leidlich beherrschte, wurde ich zum allmächtigen Generaldirektor beordert. Ein Mann ohne Herz, dem an dieser Stelle offensichtlich ein Geld- und daneben ein Sack voll eisernen Ninja-sternen befand, die er jederzeit auf die unterschiedlichsten Ziele schleuderten konnte, so jetzt auf mich.

Jan denkt: „Schon wieder eine häßliche Geschichte, die ich nicht hören will", bleibt aber höflich, indem er nach einer kurzen Pause des Schweigens, ohne Zwischenfragen, auch die Fortsetzung über sich ergehen läßt.

Ich wurde nach Deutschland geschickt mit der Aufgabe, mir dort bei einem bestimmten gleichermaßen großen, weltweit operierenden deutschen Autohersteller eine Stelle im Entwicklungsbereich zu suchen, mich darin hochzuarbeiten, um die stets neusten Entwicklungen auszuspionieren. Ich solle bei meinem Einstellungsgespräch erklären man hätte mich aus nichtigen Gründen, die nichts mit meiner dort durchaus geschätzten Arbeit zu tun hätte, entlassen und ich wäre dieser halb auf das höchste in meiner Ehre verletzt. Aus diesem Grund würde ich ihnen, der deutschen Firma, mein Wissen über die Technologie meines früheren, jetzt verhaßten Arbeitsgebers zur Verfügung stellen und bereit sein mein ganzes fachliches Können in Zukunft einzubringen.

Es gelang mir angestellt zu werden und in kürzester Zeit, nachdem man von mir vermeidlich wichtige Informationen der japanischen Firma, jedoch getürktes Wissen erhalten hatte, in der Entwicklungsabteilung tätig. Mehrere Jahre verriet ich alles was man in Deutschland an technischem Fortschritt im Bereich des Autobaus plante und ich erhielt von Japan gutes Geld für meinen Verrat.

Bis zu dem Tag an dem ich mich eines Morgens im Spiegel meines Luxusbadezimmers plötzlich nicht mehr anschauen konnte. Ich brach beim Anblick dieses mich mit leeren Augen anschauenden ekelhaften, unehrenhaften Verräters zusammen. Ich konnte nicht mehr in die Firma gehen, wurde krank und man empfahl mir, durchaus freundlich eine erholsame Auszeit zu nehmen, wonach man sich sicherlich nochmals über eine Weiterbeschäftigung unterhalten könnte. Dem Japan-Boss vermittelte ich über, die mir bekannte und jahrelang benutzte geheime E-Mail-Adresse, daß mein Auftrag beendet sei und ich meine unehrenhafte Tätigkeit nicht mehr länger fortsetzen wolle.

Man bedrängte mich danach in unerträglicher Weise, aber ich hatte mir für meine Zukunft einen anderen Weg ausgedacht, von dem ich mir Hilfe für mein verletztes Ich erhoffte. Dieser ging nach sorgfältigen Überlegungen nur über eine längerfristige Zurückgezogenheit an einem heilsamen Ort - EIHEI-JI – von dem ich fast zufällig erfuhr, da dort, dem guten Ruf folgend, viele gestrauchelte, innerlich verletzte, psychisch ausgebrannte Menschen Hoffnung schöpfen konnten und meist eine Basis für ein zweites, besseres Leben fanden. Nun bin ich über zwei Jahre hier und die Ruhe ist in mich zurückgekehrt. Davon ausgehend Ihrem Freund zu helfen – „er ist nicht mein Freund" – war es mir auch möglich das Belastende, ihn erdrückende aus dem Vergangenen, zu bewältigen."

„Danke für diesen weitgehenden Lebensbericht, den ich ein keiner Weise von Ihnen abverlangen wollte."
Takumi erwidert:
„Doch, es ist gut so und wird ihnen vielleicht beispielhaft helfen, die Loslösung Ihrer unverarbeiteten, offenbar tief eingegrabenen, Vergangenheitsbelastungen, die ich in Ihnen spüre und in Ihren Augen sehe, zu bewältigen."
„Sie kennen mich nicht, haben nur wenige Worte bei Bremers Abschiedsvorstellung mit mir gewechselt und glauben Dinge in mir zu spüren, ja in meinen Augen zu sehen, von denen ich Ihnen mit keinem Wort berichtet habe und dies auch nicht tun werde."
Takumi lächelt und fügt an, Jan wisse noch nichts von der Stärke des Soto-Zen, der in diesem Haus seit Jahrhunderten wohne und den man spüren kann, wenn man sich nicht dagegen wehre. Je länger man sich hier aufhalte und bereit sei den steinigen Weg in sein eigenes Ich zu gehen, um so mehr würde man das Mysterium des *Enso*

in Zen erfahren. „Bei Ihnen scheint dieser Geist, der in jedem Holz-span dieser Häuser steckt, einen direkten Zugang gefunden zu haben, denn sonst säßen Sie nicht jetzt vor mir, ohne rationalen Grund. Sie wollen von mir wissen was und wie „es" hier, an diesem ehrwürdigen Ort, geschieht, zum Bessern das eigene Selbst zu fin-den und ich gebe Ihnen hierzu mein Wissen, so wie ich es auch Jür-gen Bremer gab, in kurzen Umrissen, denn Sie werden nicht hier bleiben, das spüre ich, ja ich weiß es."

Jan ist sich bewußt:

„Dieser Soto-Mönch hat mich durchschaut und ich muß mich tat-sächlich fragen, warum ich heute diesen Ort, an den ich eigentlich nie mehr zurück kommen wollte, nochmals besuchte?"

Takumi ist ein Sitzriese, denn als er sich nieder gelassen hat wirkte er größer als Jan, obwohl sie sich beim Stehen auf gleicher Augen-höhe befanden. Sein Oberkörper scheint unproportional lang im Verhältnis zu den Beinen, was zu diesem Eindruck führt. Sein kahl-geschorener Kopf ist rund wie ein Ball, das Gesicht breit, mit einer flachen Nase und um seine Mund, am Kinn und auf den Kieferrän-der wächst auf seinem auffallend gelben Gesichtshaut ein spärlicher Bart, mit tagealten Stoppeln, die in Abständen untereinander sprie-ßen. Er trägt den dunklen weiten Kimono und das braune Schulter-tuch der Mönchstracht von EIHEI-JI.

Ohne Jans aufbrechende Intuitionen zu beachten, fährt er in seine Erläuterungen fort

„Ich bin den Weg der inneren Reinigung gegangen und es war eine steiniger Weg, den ich durch Zasen erfuhr. Dort muß man sich nur auf seine korrekte Sitzposition konzentrieren und keinen anderen Gedanke aufkommen lassen - Denken im Bemühen des Nicht-Den-kens. Wenn zum Beispiel Deine vorgeschriebenen rhombischen Fin-gerhaltung nach vorne kippt und sich so Deine Haltung, wenn auch nur in Nuancen verändert, erhältst du den Schlag des Meisterns, dem nichts entgeht, mit dem flachen Stock auf die Schultern, der ein Wachwerden und damit eine Erhöhung der Konzentration bewir-ken soll und es auch tut. Deine Gedanken entleeren sich durch die ausschließliche Beachtung einer korrekten Sitzhaltung und aus dieser Nullinie Deines Inneren, taucht aus dem Unterbewußtsein der Kern Deines Problems auf, den Du dann, ohne Störungen von Außen oder andere ablenkende Gedanken zu einem Besseren führen kannst. Es ist ein langwieriger Prozeß, individuell mit unterschiedlichen Zeitabläufen, bis Du Dir sicher bist, daß das belastende Frühere hinter Dir liegt und Du jetzt Dein neues „Do" – „Tao"- Deinen neuen Weg beschreiten kannst.

Dir, neben Zasen, die Befreiung von Deinen inneren Lasten zu erleichtern, sind auch alle sachlichen Vorgänge hier im Kloster stereotyp und immer gleichbleibend geregelt. So sind alle Zeiten wie das Aufstehen, Waschen und der restliche Tagesablauf genau geregelt und Deine Pflichten das Kloster zu reinigen oder den Garten zu pflegen, im monatlichen Wechsel vorgegeben. Nichts ändert sich, auch nicht das Essen. Täglich wechselnd wiederholt es sich jedoch im Wochenrhythmus, so daß Du in Allem über nichts nachdenken mußt, so zum Beispiel, was es morgen zu essen gibt. Man weiß es nach dem unveränderten Rhythmus. Selbst Deine Zahnbürste liegt morgens immer am gleichen vorgegebenen Platz und Du hältst Dich daran, mußt nichts und nirgendwo suchen, Deine Gedanken sind ausschließlich für die Suche nach deinem „Do" frei gestellt.

Es gibt neben den Regelpflichten auch ausreichend Zeit zur Meditation in Räumen der Ruhe oder in den Gärten. Dazu kommen die regelmäßigen Fragestunden beim Abt oder einem alten Mönch, wo Du ohne Vorbehalt Dein Unwissen darlegen kannst und geboren aus alten Weisheiten schlüssige Antworten erhältst. Dabei kommt es manchmal auch zu provokativen Fragen, wie neulich als ein Novize, ein ehemaliger Banker, fragte - es war gerade Anfang Mai und ungewöhnlicher Weise gab es an einem frühen Morgen einen leichten Schneefall.

„Warum schneit es in EIHEI-JI im Mai?"

Der Abt zeigte keine Regung. Er blickte den Fragenden mehrere Minuten an, bis dieser den Blick senkte, dann sagte der Abt ganz ruhig:

„Es schneit in EIHEI-JI im Mai, weil es in Eihei.ji im Mai schneit."

Damit wollte er dem respektlosen Frager sagen: „Es ist dumm

Dinge zu hinterfragen, die unabänderlich, und vom Menschen nicht beinflußbar sind."

„Du versteht die Lehre die mit dieser Antwort einher geht?" Takumi duzt ihn jetzt als wäre er seinesgleichen und Jan ist seinerseits fasziniert von dem was hier geschieht, was möglich ist, weiß aber im gleichen Augenblick, daß es für einen Europäer, einen Nichtasiaten, Nichtjapaner, für ihn selbst, nicht wirklich nachvollziehbar ist, diese Strenge auszuhalten, durchzuhalten und gleichzeitig zum Positiven zu nutzen, was jedoch offensichtlich und überraschender Weise, Jürgen Bremer gelang.

„Wann und wohin ist Kaito Bremer gegangen?"

„Er ging gestern, nach einem Gespräch mit dem Abt, für immer und mit großem Dank, wie er sagte, ohne die Frage nach dem wohin zu beantworten.

Takumi schweigt jetzt und seine Hände verschwinden in den weiten Ärmeln seines Kimonos.

Nach all dem was Jan hier und jetzt erfahren hat, was ihn verwirrte und es noch immer tat, ist neben all dem Guten das er vernahm, sein einziger Gedanken ohne Verzögerung wegzugehen, für immer, mit dem Bemühen, seinen schnellen Aufbruch in höflichen Sätzen zu formulieren:

„Danke, und verzeihen Sie, daß ich soweit in Sie eingedrungen bin, aber nach meinem kurzen und doch so intensiven Erleben hier in den Häusern von EIHEI-JI, vor allem mit der prägende Erfahrung einer einzigen Zasen-Stunde, als möglichen Schlüssel, für Türen die mir bisher verschlossen blieben, führt mich nun mein Weg fort von hier."

Takumi faltet die Hände vor der Brust wie zum Gebet, verneigt sich tief, dann dreht er sich um und geht. An der Schiebetüre drehte er sich nochmals um, verbeugt sich erneut, verläßt den Raum und schließt die Tür wortlos hinter sich.

Jan ist alleine.

Er lehnt sich an die Wand und schließt die Augen. Er ist müde. Zu sehr war seine Aufmerksamkeit auf das Gesagte, Geschehene, Unbekannte seiner Umgebung ausgerichtet, davon gefangen genommen und hatte seine innere Kraft aufgezehrt.

Der Wind zwischen den frostig erstarrten hohen Tannen treibt ihm schmerzhaft kleine Eispartikel ins Gesicht. Er ist klein.

Mit größter Anstrengung versucht er den Kontakt zu seinem Onkel Friedrich zu halten, der wie ein gebeugter grauer Schatten vor ihm läuft. Die Schneedecke im Hochwald ist dünn und seine Holz-Ski sind schwer. Die Stöcke verfangen sich in den unsichtbaren, leicht beschneiten Baumwurzeln. Plötzlich ist einer der Stöcke weg, hängen geblieben. Er muß zurück, reißt am Stock und bekommt ihn frei, doch der Teller aus gewundenen Weiden ist verloren gegangen und die Halteriemen aus Leder abgerissen.

Die Dunkelheit ist hereingebrochen. Der Onkel ist weit vorne, nur noch eine schemenhafte Silhouette. Der kleine Hund, der in dessen Rucksack steckt, hat eisige Barthaare und blickt nach dem kleinen Jungen, der verzweifelt versucht den Anschluß zu halten. Onkel Friedrich hatte sich verirrt, das war ihm bewußt geworden, nachdem der große Mann mehrfach stehen blieb und in allen Richtungen um sich blickte. Sie waren mit dem kleinen lustigen Hund in die Wälder oberhalb des kleinen Holzhäuschens aufgebrochen, um dürre Bäum ausfindig zu machen, die man fällen durfte, um den Ofen in diesem bitterkalten Kriegswinter 1944/45, am brennen zu halten.

Der kleine Hund versinkt mit seinen kurzen Beinen im Schnee und dann bleibt er auf einmal stehen, schaut den Jungen, dann den großen Mann an und rührt sich nicht mehr. Der Onkel schimpft, aber es nützt nichts und so nimmt er ihn auf, steckt ihn mit den Beinen, die mit Eisklümpchen behangen sind, voraus in den Rucksack, so daß gerade noch der Kopf oben heraus schaut. Sie kommen auf ein freies Feld, wo der Schnee tief ist und die Schritte schwer werden. Er fällt, hat Schnee im Mund, seine Wollhandschuhe sind naß und frieren, er spürt seine Hände nicht mehr. Der Onkel wird kleiner und kleiner, der Hund bellt doch das Bellen verliert sich im Wald, der sich jetzt vor ihm auftürmt. Er hat Angst, Schnee dringt von oben in seine Schnürstiefel und gefrierende Nässe umschließt seine Füße, er schreit „warte, warte, warte....!"

Die Hand auf seiner Schulter schreckt ihn auf. War er eingeschlafen?

Ist er noch immer in EIHEI-JI? Was ist wiederum hier mit ihm geschehen. Ist es das in diesen Häusern verhaftete Syndrom aus Früchten einer langen Geschichte des Schmerzes und der Wiedergutmachung, das aus den Wänden, Böden und Decken unsichtbar, aber fühlbar für alle Zeiten ausströmt? Gab es so etwas tatsächlich zwischen Himmel und Erde oder war es seine ganz individuelle Anfälligkeit seiner noch immer verwundeten Seele? Klingt der Schrecken des Verlassenseins im eisigen Winterwald, vor über sechzig Jahren, tatsächlich in seinem Unterbewußtsein noch immer in ihm nach?

Viele ganz ruhig gesprochene Worte, die er nicht versteht dringen an sein Ohr.

„Was geschieht mit mir? Ich muß weg, schnell weg.

Das altes Gesicht über ihm lächelt und eine Hand weist zur Türe.

„Hat der greisenhafte Mönche mit dem tausendfältigen Gesicht meine Gedanken gelesen und erkannt, daß ich nicht hierher gehöre, EIHEI-JI mich erdrückt, mir an diesem Ort der Schlüssel zum Besseren vorenthalten ist, mir dem Europäer dessen Kultur andere Mysterien kennt. Aber Bremer hatte doch offensichtlich den Weg hinein in die Inkarnation des Soto-Zen gefunden und Heilung erfahren.

„Bin ich zu sehr Realist, daß für mich die Tür zur inneren Öffnung verschlossen bleibt, oder ist es nur mein momentaner Zustand in eine Situation geraten zu sein, die so außergewöhnlich weit von meinem eigentlichen Leben entfernt, mich einengt, auf ein einziges Ziel ausgerichtet, das Geschehen um Bremer so schnell wie möglich zu beenden. Und doch treffen mich gerade hier schmerzhafte Splitter meiner Vergangenheit, als würde das Syndrom des Zusammenlaufens verschiedener Lebensbereiche eine Forderung an mich stellen, der ich unausweichlich, jetzt oder später nachkommen muß? Warum – „laßt mich doch bitte in Ruhe, das hinter mir Liegende war bewegt genug, um es nicht erneut zu wecken, die Gräben der Ängste, Verzweiflung, Demütigung, mit den daraus erwachsenen Fehlern sind zu tief um sie wieder zu öffnen".

Sollte es nicht besser sein, endlich meinen Seelenfrieden zu finden und ihn zu bewahren, auch als Schutzschild gegen das was vielleicht

noch kommen mag. Ich kann und will hier an diesem Ort keine Auszeit nehmen, ich lebe in der Verantwortung meines eigenen Lebens und das meiner Frau, drüben auf der anderen Seite des Erdenrunds und ich bin dort in unverletzbarer Liebe eingebunden, einer Liebe die durch nichts ersetzbar ist und mich trägt, tragen wird, auch wenn die Altlasten früheren Erlebens noch so tief in mir verwurzelt bleiben. Nein - ich mache mich auf den Weg zu mir selbst, in meine Zukunft, nicht zurück in mich hinein, zu lange habe ich um ein lebbares Sein gekämpft, als daß ich mich jetzt auf einen rückwärts gerichteten Pfad begebe. Was hat Chaa der weise alte Indianer, zu dem Mann, nach seinem Flugzeugabsturz in der Wildnis gesagt, der sich an seinem früheren Leben aufrieb:
„Versenke das Vergangene im Köcher des Vergessens, denn es ist unabänderlich." *

Als Jan den Ort der nicht mehr erstrebenswerten Rückbesinnung, verläßt und aus dem Torbogen heraus, die steile Treppe zur Straße hinunter betritt, streicheln große nasse Schneekristalle sein Gesicht.
Es ist Mai.

22

Jan bedient sich aus dem Angebot der mit einem gefüllten Tablett herein jonglierenden, ewig lächelnden Shinkansen-Stewardess, indem er sich ein zweites Glas eines vorzüglichen Malt-Whiskeys genehmigt. Ohne Eis, auf Wunsch – warm serviert- stimmt dieser ihn sanft, während das ferne Land draußen an ihm vorbeifliegt.

Japanisch, gastliche, verbrachte Jan unvergeßliche drei Tage bei Tagushis Bruder, Yamaton Mifune und seiner außergewöhnlich hübschen und liebenswürdigen Frau Etsuko in Kyoto, im Shirakawa Distrikt, nahe der Shijo Avenue und dem Berühmten Yusaka Shreines, östlich des Kamo-Flusses. Dort befand sich auch die U-Bahn-Station Gion-Shiojo, die er zur Innenstadt benutzte, direkt neben den Kabuki-Theater Minami-za. Eines Abends erlebte er, unter fast ausschließlich japanischem Publikum welches das Geschehen auf der Bühne mit lautstarker Lebhaftigkeit begleitete, einen vergnüglichen Abend, auch wenn er das Gesprochene, Gebrüllte, Geflüstert einer Handlung aus der Tokugawa-Zeit nicht verstand.

Am letzten Abend lud Jan seine Gastgeber ins Restaurant *Nakamura* ein, einem der allerbesten traditionellen *Kaiseki* Küchen in Kyoto mit *Hamachi* Grill, auf dem sie sich unter anderen japanischen Köstlichkeiten, deren besondere Spezialität, kleine Garnelen mit hauchdünnen Reisnudeln ummantelt, zubereiten ließen. Jan wollt damit seine Dankbarkeit ausdrücken und es wurde ein vergnüglicher Abend, der allerdings mit Abschiedstränen bei Etsuko endete.

Die Tage in der mit der alten Kultur gefüllten Stadt vergingen wie im Fluge und Jans aufgewühltes Inneren kam nach und nach zur Ruhe. Der Kaiserpalast, das Nijo-Schloß und die umgebenden Gärten mit ihrer strengen Symbolik aus Wasser, Steinen und den unterschiedlichsten Pflanzen und Bäumen, akkurat in die Natur eingefügt, faszinierten ihn aufs Neue, aber vor allem zog ihn die Holzbaukunst des Tempels *Nishi-Honganie* und *Higashi-Honganie* wiederum unwiderstehlich an und er verbrachte dort Stunden in der fremden und ihm doch so vertrauten Holzbaukunst, welche die Japaner all die Jahrhundert mit einen unglaublichen handwerklichen Können praktizierten.

Jan erinnert sich an sein studienvorbereitendes Praktikum bei ein Zimmerfirma, wo er damals schon die größte Bewunderung für die Zimmermannsarbeit empfand. Es war ihm schier unmöglich das sogenannte „Aufreißen" eines Dachstuhles, zweidimensional auf dem überdachten, Reisboden - einer großen Holzplatte - zu verstehen. Der Zimmermeister ein großer, blonder Mann in der traditionellen schwarz-weißen Tracht zeichnete alle die zu bearbeitenden Holzteile auf dem Boden auf und dann wurde nach dieser Vorgabe das Holz zugeschnitten, die Verzapfungen, Überblattungen herausgefräst, Kehl-Grat- oder Firstsparren auf das Maß geschnitten oder die Blatt - und Zapfanschlüsse mit dem Stemmeisen heraus oder hinein geschlagen und „oh Wunder für Jan" an der Baustelle paßgenau zusammen gesetzt. Wie dies möglich war erfuhr er erst viel später während des Studiums in der sogenannten Darstellenden-Geometrie, wo den Studenten vergleichbare Aufgaben gestellt wurden, jedoch der Nachweis der Richtigkeit vor Ort in der Realität nicht gefordert war – glücklicherweise -.

Aber hier bei den Holz-Tempelbauten endete Jans Möglichkeiten des Verstehens, des geometrischen Nachvollziehens, zum Beispiel bei der zimmermannsmäßigen Ausformung der aufgebogenen Grade der Dachwalme. Wie konnten die alten Meister diese gekrümmten Holzverbindungen vorab „aufreißen" (bedeutet im Maßstab 1:1 aufzeichnen), so daß sie nachher die so typischen aufschwingenden Dachenden ergaben. Jan grübelte, beobachtet, überlegte, aber er konnte diesen Herstellungsvorgang nicht ergründen. Die übrigen, winkeligen Holzverbindungen waren für ihm besser verstehbar, auch wenn alle Teile ohne Metall oder gar Nägel miteinander verbunden waren. Alles fügte sich durch Überblattungen, Verzapfungen und mit Holzdollen verbunden, zusammen. Faszinierend, einzigartig, so bleibt es Jan im Gedächtnis und verdrängte über Stunden hinweg jedweden anderen störenden Gedanken, dessen was ihn jüngst bewegte und noch als graue Mauer vor ihm stand.

23

Tokyo Station.

Menschen dicht an dicht, auf Bahnsteigen, in Hallen, über vielzählige Rolltreppen, hinauf-hinab, ein Strom der sich überraschend geschmeidig teilt, wenn man auf ihn trifft. Jan kannte dies bereits und fand sich problemlos zurecht.

Er atmet die fremde Luft, als er durch eine der ständig schwingenden Türen ins Freie tritt, seinen kleinen Bordcase-Koffer auf Rollen, dicht hinter sich her ziehend.

Zuerst zur Bank, Bremers Geld holen und auch für sich selbst einige Yen aus dem Automat ziehen, dann zur deutschen Botschaft.

Der Taxifahrer meint er solle besser zu Fuß gehen, denn es wäre nicht weit, links unter den Bahn- Hochgleisen hindurch, dann rechts und wieder links - vielleicht sollte er dann noch einmal fragen, jeder kenne den himmelhoch jauchzenden Tower der Bank of Tokyo, an der MTFG-Plaza im Marunouchi-Ginza Distrikt. Bis er seine Taxi, durch den, gerade dort dichten Verkehr gelenkt habe, wäre Jan zeitlich schon zwei Mal vor Ort. Lacht und weißt mit dem Finger in die angegebene Richtung.

Jan denk ob der Fahrer vielleicht zu faul sei sich ins Verkehrsgewimmel zu stürzen, ihm die Fahrt zu kurz, also nicht rentierlich erschiene oder mit seinem Hinweis gar recht habe.

Man würde sehen.

Jan geht zurück ins Bahnhofsgebäude und verstaut sein Koffer im Schließfach 178 mit einem selbst zu bestimmenden Nummerncode, der bei ihm stets der Gleiche ist, nämlich das Hochzeitsdatum mit Clara - dann macht er sich auf den Weg.

Tatsächlich steht er nach zwanzig Minuten vor dem protzig hohen Bankgebäude dessen linear aufstrebenden Fassadenarchitektur die Macht des Geldes demonstriert, so auch die auftragenden goldenen Lettern MTFG PLAZA über dem Eingang.

In der riesigen, schamlos überhöhten Schalterhalle, Menschen mit Geldgesichtern, manche mit dem überheblichem Ausdruck des „Habens", andere mit dem zögerlich hoffnungsvollen, eine wenig verzweifelten Blick des Kleinanlergers oder Kreditsuchenden.

Jan wendet sich am schlangenartig geschwungenen Informationstresen an die mittlere der drei Damen, im züchtigen dunkelblauen Kostüm, mit der unter dem Kinn blütenweis hervorleuchtenden weißen Bluse, weil sie für seinen Geschmack die Hübscheste ist. Hochgestecke, füllige, schwarz glänzende Haare über einem NO-Gesicht, weiß, in dem die schräg stehenden Augen betont schwarz nachgezeichnet sind, darunter der kleine, vollippige, geradezu einladende Kußmund, der wie eine kleine rote Wunde im Weiß zwischen Gesicht und Bluse hervorsticht..

Als Jan nach Herrn Akira Daisuke fragt huscht ein kleines, fast erotisch Lächeln über ihrer Lippen.

„Herr Daisuke ist krank. Vielleicht kommt er nächste Woche wieder."

Das Mündchen schließt sich zurück in seine Grundform, öffnet sich jedoch gleich wieder, um sich schnell, mit leicht nach unten gerichteten Mundwinkel, zur Beantwortung der zweiten Frage, ersatzweise nach Herrn Haru Ryuichi bereit zu machen.

„Bedauere Herrn Ryuichi befindet sich in der Mittagspause. Es ist jetzt 13.30 Uhr - um 14.30 Uhr ist er wieder an seinem Platz und zu Ihrer Verfügung, es sei denn ich könnte Ihnen helfen, wenn Sie mir Ihr Anliegen bitte nennen wollen. "

Der kurze Dialog wird in englischer Sprache geführt. Fräulein *Miyu Sakura*, so der Name in japanischen Schriftzeichen und in Latein auf dem kleinen Schildchen das fast auf der höchsten Erhebung Ihres linken Busens angehefte ist.

„ *Domo aligato do sei masta...... Honey*, ich komme in einer Stunde wieder", sagt Jan in einer Mischung aus dem wenigen Japanisch, das er - ausgenommen die ihm geläufigen, international ausschließlich japanischen Judobegriffe - gelernt hat und dem saloppen Englisch und denkt gleichzeitig für sich, er wäre gerade eben ein blöder Schwätzer gewesen, auch wenn Fräulein Miyu gelächelt habe, als er sein verfehltes „Charming" anbrachte.

Durch die menschengfüllte Halle zurück zum Ausgang. Die Automatiktüre öffnet sich mit einem leisen Sauggeräusche. Da packt ihn eine harte Faust am Revers seiner Jacke und versucht ihn in Richtung eines dunklen Vans, drüben am Gehsteigrand, zu ziehen. Jan sieht das verzerrte Gesicht des großen Koreaners direkt vor sich und nimmt im gleichen Sekundenbruchteil den zweiten Mann wahr der sich hinter dem Koreaner in schnellem Schritt nähert.

Wie oft hatte er früher bei seinen Lehrstunden der Selbstverteidigung gepredigt, bei Aggressionen wenn möglich auszuweichen, ja wegzurennen, jedoch im Falle man quasi mit dem Rücken zur Wand stünde und es keinen Ausweg mehr gäbe, sich dann konsequent und mit aller Kraft und Härte, zu verteidigen, respektive diejenige Abwehrtechnik anzuwenden, die er als Kampftrainer lehre.

Nun war für Jan genau diese ausweglose Situation eingetreten und hätte man ihn vorher gefragt ob er die geeignete Abwehrtechnik für diesen Angriff, nach der langen Zeit seit seiner Trainertätigkeit noch beherrschen würde, dies bezweifelt. Doch er reagiert im Reflex, einer unzählige Male vorgeführten, bis zur Automatisierung trainierten Handlungsweise, indem er blitzschnell mit beiden Händen, von unten und oben übergreifend, die haltende Faust des Angreifers umfaßt, den Mittelfinger in die Vertiefung der Faust am kleinen Finger als Hebelhilfe gesteckt und dreht die haltende Hand, mit einem Ruck, samt dem Revers, um eine Viertelkreis, so daß die angreifende Handkantenseite nach oben zeigt und in einem einzigen Bewegungsablauf knickt er gleichzeitig das Handgelenk mit harten Ruck nach unten in die Richtung, in der es keine Bewegungsmöglichkeit hat. Um dem schmerzhaften Druck auszuweichen beugt sich der Oberkörper des Angreifers zwangsläufig nach unten und ein Bein wird zur Entlastung automatisch nach hinten zurück gestellt, während das Andere stehen bleibt. Diesem nun, zum Standbein geworden, versetzt Jan einen Karate-Fuß-Stoß – *Sokuto* - mit dem Außenrist, seitlich auf das Kniegelenk was ein deutlich vernehmbares Krachen erzeugt und den Koreaner mit einem lauten Schmerzensschrei zu Boden wirft. Er schreit mehrfach und hält sich das getroffenen Knie mit beiden Händen, denn mit ziemlicher Sicherheit sind durch diesen harten Fußstoß gegen die Gelenkrichtung, Sehnen und Bänder gerissen.

Die Schlaghand des zweiten Mannes der jetzt unmittelbar vor ihm steht, lenkt Jan mit dem senkrecht nach oben gerichteten Unterarm, seitlich an seinem Kopf vorbei, wobei er eine Körperdrehung vollzieht und mit einer gegenläufigen Bewegung seinen Ellenbogen in das Gesicht dieses zweiten Angreifers rammt. Die Faust seines Schlagarmes hat er dabei mit der freien anderen Hand umfaßt und dadurch den Ellenbogen-Check *Hiji-Uchi* mit einer doppelten Stoßkraft maximiert. Der Mann taumelt zurück, beide Hände vor dem Gesicht und Blut quillt zwischen seinen Fingern hervor. Auch dieser Schlag mit der harten Ellenbogenspitze verursachte ein Geräusch als würde ein Geflügelknochen gebrochen.

Ein dritter Mann nähert sich jetzt im Laufschritt, offensichtlich der Fahrer, jedoch nicht auf Jan zu sondern er zieht dem knieverletzten Koreaner in Richtung Van, auf den sich jetzt auch der Mann mit dem blutenden Gesicht zubewegt.

In diesem Augenblick als Jan glaubt diesen völlig überraschenden und gänzlich unerwarteten Angriff abgewehrt zu haben und bemerkt, daß viele Menschen stehen geblieben sind, die abwechselnd ihn und die verletzten Koreaner anstarren, wie diese zu der offenen Seitentüre des Vans gezogen werden, wird er von hinten mit harten Griffen an beiden Oberarmen gepackt und seine Hände nach hinten gebogen.

Reaktionsschnell versucht sich Jan umzudrehen, gewärtig einen erneuten Angriff abzuwehren, blickt jedoch fassungslos in die strengen Gesichter zweier Polizisten.

Er schreit die beiden Polizisten an, sie sollen die Koreaner aufhalten, man habe versucht in zu entführen, diese seien die Angreifer nicht er, aber die Polizisten hatten wohl zu spät kommend, ihn als Ersttäter identifiziert und wollten ihn nun offensichtlich dingfest machen.

Ein alter weißhaariger Mann der aus der umgebenden Menge heraustritt, schreit jetzt die Polizisten an und deutet mehrfach auf den

Van mit dem dunkelgrünen Nummernschild.

Jan schreit ebenfalls erneut, zuerst instinktiv auf Deutsch, dann auf Englisch, sie sollen die Koreaner festhalten, sich wenigsten das Autokennzeichen, merken, zumal sich die beiden Verletzten bereits innerhalb des Vans befanden. Der Dritte, schließt in diesem Moment die Seitentüre mit eine knallenden Geräusch, schwingt sich ungehindert auf den Fahrersitz, läßt den Motor aufheulen und prescht mit durchdrehenden Reifen davon. Die beiden falsch orientierten Gesetzeshüter lassen jetzt auf Jans Rücken, um dessen Gelenke Handschellen einrasten. Der alte Mann gerät außer sich, schreit und fuchtelt mit den Händen, wobei er einmal auf Jan und dann auf das mit schleifenden Hinterrädern davon rasenden Auto deutet. Dann läßt er die Arme resigniert sinken, schüttelt den Kopf, deutet auf sich und nennt offenbar seinen Namen – Akira Susumu – und was er dann noch sagt kann Jan nur noch erahnen, nämlich, daß er Zeuge sei, alles von Anfang an gesehen habe und wenn man ihn nochmals befragen wolle, er den wirklichen Sachverhalt erklären könne.

Als die Polizisten nicht reagieren, auch seinen Namen, geschweige denn, die Autonummer notieren, wendet er sich kopfschüttelnd ab und verschwindet in der starrenden Menge.

24

Die Zelle ist winzig, jedoch blitzsauber. Eingerichtet mit einer schmalen Liege, einem kleinen Tisch mit Stuhl, einem Regal, darauf ein einzelnes Geschirrservice mit Plastikbesteck, in der Ecke eine japanisch Steh-Toilette, Toilettenpapier und daneben ein kleines rundes Waschbecken mit Seife und baumelndem Handtuch am Wandhacken. Das Ganze würde umfänglich den Begriff „japanischspartanisch" rechtfertigten. Das vergitterte Fenster liegt hoch. Jan schiebt den Stuhl darunter, klettert hinauf und blickt in einen trostlosen Innenhof, der von einer grauen Mauer umgrenzt ist, an deren Ende sich in einer offenen Turmgalerie die Silhouette eines Wachmannes mit umgehängter Maschinenpistole abzeichnet.

Obelix der Gallier würde sagen – *die spinnen die Römer* – Verzeihung – *die Japaner* – und er hätte mehr als recht, denn eine derartige Mißdeutung eines kriminellen Vorgangs unter den Augen vieler Zeugen, nicht zuletzt denen des alten Mannes, der sich so unmißverständlich angeboten hatte den Sachverhalt tatsachengenau aufzuklären, übersteigt das Vokabular *-spinnen-* denn es handelte sich um schlechteste Polizeiarbeit, mit demonstrativer Arroganz einer polizeilichen Obrigkeit, die sich im Zweifelsfalle stets im Recht sieht und in diesem Falle von einem beispiellosen Dilettantismus geprägt ist. Wäre Jan tatsächlich der böse Bube gewesen der andere verletzt hätte, wäre es erste Polizeipflicht gewesen die Geschädigten zu versorgen, Ihre Daten für eine später Untersuchung aufzunehmen und zumindest den lautstarken Zeugen einzubinden. Die beiden Polizisten waren jedoch offensichtlich mit allem was geschah überfordert und von den heftigen Protesten des alten Mannes in ihren Denkvorgängen behindert, unabhängig von der Vermutung, daß sie in Anbetracht vieler zuschauender Menschen Angst hatten Ihr Gesicht zu verlieren, was in Japan als große Schmach betrachtet wird. Also verharrten sie in ihrer ersten Maßnahme und hielten den Mann fest, den sie nun schon einmal dingfest gemacht hatten, zumal dieser nach kurzem Protest zu resignieren schien und sich der Staatgewalt ergab.

Und jetzt sitzt dieser Mann, Jan van Boese, ohne Vernehmung zum Sachverhalt im japanischen Kittchen und seine energische Bitte um ein Telefongespräch mit der Deutschen Botschaft, prallt an den starren Gesichter der dunkelblau Uniformierten ab.

Jan starrt zur kalkweißen Decke, die Arme hinter dem Kopf verschränkt. Die matratzenartige Auflage der Liege ist hart und die Zudecke, eingerollt zu seine Füßen, rauh.

„Hoffentlich muß ich nicht hier die Nacht verbringen, das wäre eine Strafe für etwas das wahrhaftig nicht von mir ausging."

Der Einzige unerwarteter positive Ausgleich für Jan, ist die Erinnerung an seine gelungenen Abwehrreflexe, deren Funktionieren er nach all den Jahren, seit seinem Kampftraining, nicht mehr für möglich gehalten hätte. Wie lange lagen seine Selbstverteidigungskurse in der damals eigenen Judoschule zurück? Mehr als zwei Jahrzehnte und doch kam seine Reaktion aus den in seinem Körper durch unendlich viele Wiederholungen gespeicherten Nervenschaltungen, automatisch zurück.

Was hatten sein Meistertrainer bei der Übungsleiterausbildung gesagt: „Nervenschaltungen sind durch ständiges Wiederholen, soweit trainierbar, daß sie sich im Körper manifestieren und wirksam bleiben.

Ihr könnt - fügte er bei der Einweisung, der auf ihr Examens vorbereitenden Judo-Meister-Schülern hinzu - diese Bewegungsabläufe auch in Gedanken trainieren, wenn ihr zum Beispiel vor dem Einschlafen den Ablauf einzelner Übungen immer wieder, natürlich unterhalb der Bewegungsschwelle, durchdenkt und so den Ablauf einer Technik quasi im Halbschlaf trainiert. Dabei brachte er das Beispiel der Turmspringer, die, so erklärte er, abends oder nachts im Liegen neue Sprünge überlegen, indem sie zum Beispiel eine bisher nicht ausgeführte Sprungkombination in Gedanken entwickeln und deren mögliche Ausführung Bewegung für Bewegung konstruieren:

„Zuerst springe ich sehr hoch, drehe mich.........so und so.........wende mich rückwärts zu einen Auerbach oder Delphin, dann eine achsiale Schraube und schließe mit einem doppelten Salto und gestrecktem Kopfsprung ab." Sie durchdenken dieses Programm immer wieder und immer wieder, feilen an Nuancen, durchdenken Alternativen und am anderen Tag springen sie dann vom zehn Meter Brett genau die letztlich zusammengestellte neue Figur, vielleicht nicht perfekt, aber als Anfang einer dann zu verfeinernden Technik. Jan hatte damals sehr aufmerksam zugehört und diese Gedanken-Technik auch praktiziert. Die erste Anwendung erprobte er erfolgreich bei der Kata seiner Sho-Dan Prüfung. Alle dort nach einem exakten, nicht individuell interpretierbaren Regeln der Gokyo auszuführenden mehrzähliger Judo-Techniken, hatte er nicht nur mit seinem Partner trainiert, sondern jeden Abend vor dem Schafen, bis zum Prüfungstag immer wieder gedanklich nachvollzogen und dies mit Erfolg. Seine Sho-Dan-Prüfung absolvierte er fehlerfrei, so daß ihm der Haupt-Prüfer anschließend die Hand auf die Schulter legte, ihn einen Moment lang intensiv ansah und erklärte, er habe gewußt, daß er, Jan, ein guter Judoka sei, aber mit einer solch präzisen Kata-Ausführung habe er bei ihm nicht gerechnet.

Die Polizisten mit den starren Gesichtern hatten Jan alles Private abgenommen, einschließlich seines Gürtels, sowie seine Beintasche mit dem Notgeld, der Visa- Kreditkarte, die er stets als Reserve zusammen mit den Kopien seiner Ausweispapiere dort verwahrte. Glücklicherweise trug er keine Schnürschuhe, sonst hätten sie ihm wahrscheinlich, wie bei einem Schwerverbrecher, auch die Schnürsenkel abverlangt. Er hatte diese sturen Uniformträger mit den Springerstiefel an den Füßen und den festgezurrten Kinnriemen der weißen Schirmmütze, während der ganzen Aktion, um seiner ohnmächtigen Wut wenigstens ein kleines Ventil zu schaffen, pausenlos in Dialekt, seiner alemannischen Heimat beschimpft, nicht lautstark aber wortreich- so – dumme Arschgeigen, Pfeifenköpfe, gehirnamputierte Penner, Hagsaicher, Daubi-Schellen, Pfannenflicker, Scherenschleifer, Korintenkacker, Bettsaicher und ähnliche Bezeichnungen für Leute, die es, nach seiner momentanen Verfas-

sung nicht anders verdienten. Das alles sagte er ohne erkennbare Emotion, aber es verschafft ihm etwas Luft in seinem aufgestauten Zorn über dieser so völlig abwegigen Behandlung, während die eigentlichen Übeltäter längst untergetaucht waren.
Jan fragt sich wie die Koreaner seine Zug-Ankunft in Tokyo-Station wissen konnten und wie sie erfuhren wohin er zuerst gehen würde. Ein Rätsel? Irgendwo mußte ein Informationsfluß stattgefunden haben. Vielleicht ein leichtfertiges Telefonat das Jürgen Bremer, mit wem auch immer, geführt und das man abgehört hatte. Eventuell im Zusammenhang mit dem Geld, das Jan von der Bank anheben sollte, oder es gab noch einen anderen Weg?

Draußen wird es dunkel, der Blitz des unvermittelt eingeschalteten grellen Lichtes einer vergitterten Deckenlampe beherrscht einen Sekundenbruchteil die Kälte das Verlieses. An der Türe öffnet sich eine Klappe und dünne knochige Fingern schieben ein Tablett durch die Öffnung. Jan nimmt das abgenutzte, schäbige Tablett entgegen, der im Augenblick nicht änderbaren Situation des Gefangenseins geschuldet. Eine mehr oder weniger schmackhafte *Pho-Suppe* aus Rinderbrühe mit schwimmenden Reisnudeln, wenigen dünnen Fleischscheiben, Zwiebeln und Lauchringen, sowie Koriandergrün und Minze, ähnlich dem traditionellen Essen der Vietnamesen, füllt seinen Magen und verhindert durch deren flüssige Masse ein weiteres Hungergefühl.
Sein erzwungenes Nichtstuns, verbringt er danach ausschließlich damit von der Liege aus die Decke anzustarren, mit dem Versuch gemäß den Regeln des Zasen seine Gedanke zu entleeren.
Er schläft.

„Nein, das will ich nicht, bitte, keine Szenen mehr!" Er schreit es hinaus, aber der Richter meint er müsse alles genau schildern, an sonst könnte er sich kein rechtsrelevantes Bild machen. Ich habe das Schlimme verdrängte, auch jene Nacht, als mich der schweren gläsernen Schminktiegel durch das Brillenglas ins Auge traf und ich mitten in der Dunkelheit – mit einäugiger Sicht - in die Augenklinik

fahren mußte, um mir die Glassplitter aus dem verletzten Auge ent-
fernen zu lassen. Ich sei die Treppe hinunter gefallen, sagte
ich.........warum habe ich nicht die Wahrheit gesagt, daß sie nach
mir geworfen hat.................

Verdammt, ich will nichts mehr träumen, von dem was ich verdrängt
glaubte, was für alle Zeiten hinter mir liegt, unabänderliche Vergangenheit ist."
Das war Jans zwingender Wunsch nach dem Zasen-Erlebnis in
EIHEI-JI, nicht noch einmal zurückgeführt zu werden, in Zeiten,
die ihn an den Rand des Lebenswillen gebracht hatten. Es ihm damals mit versiegender Kraft seiner noch jungen Jahre gelang, sich
am Rande des Abgrunds, in münchhausenscher Manier am eigenen
Schopf, aus dem beginnenden freien Fall zu retten.

Zeit verging, dann begegneter er Clara und in den folgenden Jahren
half ihm ihre Liebe und seine Liebe zu ihr, die schmerzenden Erinnerungen zu verdrängen.
Und jetzt, verfolgte ihn das EIHEI-JI-Syndrom bis hierher in das
Polizeigefängnis. Warum hat ihn die fühlbare Mystik jenes Klosters
so sehr gefangen genommen, daß sie ihn nicht loslassen will? Oder
ist es Hilfe ihn endgültige von Belastendem seines Unterbewußtsein
zu befreien? Dies wäre eine positive Erklärung, der er sich nicht er-
wehren würde, wenn häßlichen Dinge eines früheren Geschehens
dann tatsächlich als zermahlener Staub aus seinen Gedanken ins
Nichts hinaus flögen.
Andererseits fühlt er sich in der jetzigen außergewöhnlich Situation,
in die er unverschuldet geraten ist, erstaunlich gelassen, fast leicht
als würde sein Körper schweben. Ist auch diese unangepaßte Leichtigkeit, im unterschwelligen Bewußtsein ein Symptom des EIHEI-
JI-Syndroms, jetzt im Positiven?

Jan erschrickt. Ein Sonnenstrahl des neuen Tages trifft die kalkweiße
Wand gegenüber und blendet ihn.
Die Zellentür öffnete sich und ein Polizist bedeutete ihm zu folgen.

„Zuerst mache ich mich frisch. Kommen Sie in zehn Minuten wieder."

Jan sagt dies ganz bestimmt und der Polizist zieht sich widerspruchslos zurück ohne die Zellentüre wieder zu verriegeln. Es hat sich offensichtlich in der vergangenen Nacht etwas verändert.

Der Offizier, der sich zunächst mit seinem Namen und Rang vorstellt, sitzt hinter einem Tisch in einem fensterlosen Verhörraum, dessen unpersönliche Beschaffenheit Jan bisher vergleichsweise nur aus TV-Krimis kennt. Der Mann in einer tadellos sitzenden Uniform verhält sich ausgesprochen höflich, anders als die ihm bisher begegneten Polizisten.

„Sie besitzen keinen Deutschen Paß?"

„Ich habe eine Kopie desselben in meiner Beintasche die man mir abgenommen hat, aber ich habe einen gültigen Personalausweis und war auf dem Weg zur Deutschen Botschaft mir einen Ersatzpaß ausstellen zu lassen damit ich ausreisen kann. Der Offizier spricht ein korrektes Englisch und ohne näher auf Jan Erklärung wegen des fehlenden Paß einzugehen, bittet er Jan nun den Vorgang der zu seiner Festnahme führte, zu schildern.

Jan ist jedoch noch immer wütend und erklärt - bevor er einen Satz in der besagten Angelegenheit sage, verlange er eine förmliche Entschuldigung für das unverhältnismäßige Verhalten der beiden inkompetenten, übereifrigen Polizisten und er wünsche sofort mit der Deutschen Botschaft telefonieren zu können, um einen Anwalt anzufordern.

Der Offizier scheint von der mehr als bestimmten Forderung des angeblichen Delinquenten erkennbar verdutzt, insoweit Jan im Vergleich zu den üblicherweise vor ihm sitzenden potentiellen Straftätern mehr als selbstbewußt, ja geradezu fordernd auftritt.

Leutnant Katsumi nimmt den Hörer des auf seiner Tischseite stehende Telefon ab und gibt Anweisungen. Dann verschränkt er seine Arme vor der Brust, exakt wie es Jan nach seiner Forderung auch getan hat und blickt ihm ruhig in die Augen, ohne den Blick, während der nächsten schweigsamen Minuten, auch nur ein einziges

Mal zu senken oder abzuwenden. Er will dem Europäer mit seine Haltung offensichtlich zu verstehen geben, daß er Herr der Lage sei und bleiben werde, egal wie sich die Dinge entwickeln würden. Wahrscheinlich, so empfindet es Jan, ist er tatsächlich innerlich verunsichert, vielleicht auch weil er die immer wieder auftretende überhebliche Amtsanmaßung seiner Untergebenen kennt.

Das Telefon läutet und Leutnant Katsumi übergibt Jan nach einem kurzen Gespräch, den Hörer, nachdem er das Gerät zur Tischmitte geschoben hat.

„Deutsche Botschaft Tokyo, Werner Talbach, Botschaftssekretär - was kann ich für Sie tun?"

„ Mich sofort aus dieser mißlichen Lage befreien, in die ich, durch ein krasses Fehlverhalten der japanischen Polizei, geraten bin, nachdem ich mich gegen einen für mich rätselhaften Angriff mehrerer Männer erfolgreich gewehrt habe. Ich bitte Sie höflichst mich als Staatsbürger der Bundesrepublik Deutschland unverzüglich aus dem Polizeirevier auszulösen."

„Sie haben keinen gültigen Paß wie Herr Katsumi sagt?"

„Leider nein, er ist mir abhanden gekommen, weswegen ich die Botschaft ohnehin konsultieren wollte.

„ Ihren vollständiger Name und die Heimadresse bitte."

„Danke ich melde mich wieder."

„Aber bitte in der nächsten halben Stunde."

„Ich werde sehen was sich tun läßt. Geben Sie mir bitte noch einmal Herrn Leutnant Katsumi."

Jan versteht nicht was gesprochen wird, denn der Dialog wird auf Japanisch geführt – dann aber unterbricht Jan das Gespräch mit dem Hinweis es gäbe bei dem Vorfall viele Zeugen die alles gesehen hätten, vor Allem einen alter Herr der die Politzisten gescholten habe, diese ihn jedoch nicht angehört hätten - sein Name sei Akira Susumu- er, Jan van Boese, habe sich diesen Namen genau eingeprägt, nachdem die beiden Polizisten den alten Mann unbeachtet ließen. Machen sie seine Adresse ausfindig und sprechen sie unverzüglich mit ihm, dann wird sich aufklären, daß nicht ich - sondern die Koreaner die Angreifer waren."

„Koreaner?"

Katsumi blickt ihn erstaunt an, setzt dann das Gespräch mit Talbach fort und legt schließlich den Hörer auf. Nimmt ihn jedoch sogleich wieder ab und erteilt Befehle, an wen auch immer in deren Verlauf der Name Akira Susumu wiederholt genannte wird. Dann sagt er zu Jan, er werde sich kurzfristig um Klärung des Sachverhalts bemühen.

„Wollen sie einen Kaffee oder sind Sie hungrig- ich lasse ihnen etwas kommen."

Dann sagt er mit einem fast versöhnlichen Ton: „Haben Sie Geduld."

Jan erwidert – *Domo arigato* - und der Leutnant lächelt zum ersten Mal ein wenig und verbeugt sich nach japanischer Art, bevor er den kargen Raum verläßt.

Eine für Jan unendlich lange empfundene Zeit vergeht bis Der Polizeileutnant den Raum wieder betritt.

„Herr Talbach will sie sprechen." Katsumi reicht ihm den Hörer, nachdem er zuvor mehrere Minuten, in einer Art Frage und Antwort Dialog, mit diesem gesprochen hatte.

„Man wird sie in kürze abholen, es liegt nichts mehr gegen sie vor. Ich habe mit Herrn Susumu gesprochen, der als pensionierter Richter ein zuverlässiger Zeuge ist und einen sehr guten Ruf hat. Meine Leute sind dabei nach den Koreanern zu fahnden, denn diese kommen mit Sicherheit aus dem Norden und wohnen wahrscheinlich in einem Hotel, als Süd-Koreanische Touristen getarnt. Wahrscheinlich sind es Agenten des OGD (Organisation and Guidance Department), des Nordkoreanische Geheimdienstes, oder besser gesagt, die Organisation der eigentlichen geheimen Staatsführung. Gefährliche Leute, was jedoch die Frage aufwirft in welcher Weise deren Interesse an Ihnen als Deutscher besteht? Wir werden sie finden und ich weiß jetzt auch, dank Herrn Talbach, etwas mehr über die möglichen Hintergründe der Aktion gegen Sie.

Noch eines – Herr Susumu hat mir von Ihrer beispielhaften Verteidigung berichtet, die mit offensichtlich erheblichen Verletzungen der beiden Angreifer endete. Sind Sie Karateka- oder Taekwondo Meister?"

„Nein ich bin Judo-Meister, Sho-Dan-Träger und examinierter Judo-Trainer, daneben lernte und lehrte ich viele Jahre Selbstverteidigung auf der Basis des althergebrachten Jiu-Jitsu, verbunden mit Elementen aus den von Ihnen soeben genannten Budo-Sportarten. Ich habe auch vor Jahren hier bei Kodokan-Tokyo die japanischen Kampftechniken und die damit einhergehende Philosophie des Zen studiert. Meine gestern angewendete Abwehrtechniken unterrichtete ich vor langer Zeit, doch sie haben sich offensichtlich. in meinem, wenn auch älter gewordenen Körper, so manifestiert, daß sie in einer Art Reflex, ohne Vorbereitung, abrufbar waren. Ich bin selbst ein wenig überrascht, daß ich mich auf diese Weise so effektiv zur Wehr setzen konnte."

„Ich bin sehr beeindruckt, daß Sie so tief in unsere japanischen Traditionen eingedrungen sind, offensichtlich auch über das rein körperliche hinaus und respektierlich damit umgehen."

Nach dieser Erwiderung bittet ihn Leutnant Katsumi in sein Büro in dem auf einem kleinen, niederen Bambustisch einige japanischen Köstlichkeiten serviert sind.

Katsumi verbeugt sich wieder und sagt:

„Bitte verzeihen Sie die respektlose, ungastliche und fahrlässige Weise mit der Sie von zwei meiner Leute behandelt wurden. Ich entschuldige mich stellvertretend mit der Versicherung, diese Beamten mit aller Härte zur Verantwortung zu ziehen." Verbeugt sich erneut und verläßt den Raum.

Jans erleichtertes Schnaufen, als er sich auf den niederen schalenartigen Stuhl setzt, hat der Leutnant sicher noch unter der Türe beim Betreten des Flurs vernommen.

25

Die Deutsche Botschaft liegt nahe des *Arisugawa* Parks, im Stadt-
teil *Azabu*, östlich der großen Verkehrsachse *Gaien-Nisi-Dori*, an
der *Minami-Azabu*. Das Verwaltungsgebäude, Kanzlei genannt, von
einer erhebliche Grünfläche umgeben, empfindet Jan, mit seinen fünf
gerasterten voll verglasten Geschossen, zwar modern, jedoch dunkel,
abweisend, ein „kalter einfallsloser Klotz". Dieser Eindruck verstärkt
sich noch als er in die Halle geführt wird, die sich über mehrere Ge-
schosse in der Höhe verliert, kahl unpersönlich, mit ein paar kleinen
Tischen möbliert, darum Metallstühle. Nichts was auf Japan hin-
weist, es sei denn die Plakate und Infotafeln an den Stellwänden auf
denen neben deutsch auch alle Texte in japanisch aufgeführt sind.
Es fröstelt ihn.

Eine junge hübsche, im Dauerlächeln geübte japanische Empfangsdame, bittet ihn zum Aufzug und befördert ihn, in dessen verspie-
geltem Inneren, ins oberste Geschoß, wahrscheinlich die Chefetage.
Dort angekommen, das saugende Schließgeräusch der polierte Edel-
stahl Aufzugtüre hinter sich, trat er auf eine der Türen zu, die im
Karree um einen Vorraum angeordnet sind und versucht dabei
durch die Bewegungen ihres ansehnlichen Po´s für den nachfolgenden männlichen Gast einen erotischen Akzent zu setzen, was ihr
durchaus gelingt.
„Apfel-Po, denkt er unwillkürlich in spontaner Erinnerung an das
fröhliche Gespräch, über dieses Thema, mit seinem Taxifahrer Tagashi in EIHEI-JI.

Im Gegenlicht der bis zum Boden reichenden Großverglasung erkennt Jan hinter einem ausladenden leicht geschwungenen Schreibtisch auf filigranen Metallfüßen, die Silhouette einer Frau mit
hochgesteckten Haaren. Sie erhebt sich - und in diesem Moment
glaubt er seinen Augen nicht trauen zu können:

„Elena!"

Sie lächelt:

„Jan van Boese, ich freue mich Sie wieder zu sehen."

Er hält Ihre Hand einen Moment länger als es zu einer förmlichen Begrüßung erforderlich ist, so als müsse er sich körperlich vergewissern, daß es sich tatsächlich um jene Elena Lorisco vom BND (Bundesnachrichtendienst) handelt, der er vor einigen Jahren unter dramatischen Umständen schon einmal begegnete*.

„Zufall oder Absicht?"

„Von Beidem ein wenig," antwortet sie.

„Setzten Sie sich und dann sprechen wir über eine äußerst brisante Sache in die Sie „Glückspilz" wieder einmal, sicherlich unwissend, hinein geraten sind."

„Doch eine schnelle Frage vorab, bevor ich Sie über die uns bekannten Zusammenhänge und Hintergründe der für Sie ungewöhnlichen Ereignisse informiere – haben Sie Jürgen Bremer getroffen - wenn ja, wo, und wohin ist er danach gegangen?"

„Noch Eines zuvor - darf ich Sie zur kommunikativen Erleichterung mit Jan ansprechen?"

„Natürlich, denn ich habe Sie damals ebenfalls stets nur Elena genannt und auch so in Erinnerung behalten, doch um Ihre Fragen zu beantworten muß ich vorher etwas von Ihnen erfahren, denn ich stehe in einem Schuldversprechen einem alten Freund gegenüber, das ich nicht so ohne weiteres brechen werde. Sagen Sie mir weshalb der BND sich für Jürgen Bremer interessiert und ob es, wenn ich Ihnen mein Wissen offen lege, für ihn schädlich ist?"

„Ich sehe Ihrer Einschränkung folgend, daß ich Sie tatsächlich zuerst soweit informieren muß, daß Sie für ihren Bericht kein schlechtes Gewissen haben müssen. Wollen Sie etwas trinken, Champagner wie damals - *Monsieur Commandeur de L´Ordre de Coteaux de Champagne?*"

„Exakt – erstaunlich, daß Sie dieses Detail in Erinnerung behielten. Gibt es hier im Land des Sake tatsächlich auch Champagner?"

*Siehe Buch 10 - IRRUNGEN DER LÄMMER -
von Hans Frieder Huber

„Und ob, Sie müßten eigentlich die Weine von den Hängen des Fujiyama kennen, aus dem seit einigen Jahren aus der Koshu-Rebe auch ein hervorragender Champagner, Blanc des Blancs, im klassischen Rüttelverfahren hergestellt wird, denn Sie waren nach meiner Kenntnis doch schon einmal in Japan."

„Respekt, jetzt bin ich aber mehr als neugierig woher und warum Sie über mich diese Kenntnis haben?"

„Erst nachdem sich Bremer mit Ihnen in Verbindung gesetzt hat, begannen unsere Recherchen."

Sie steht auf, öffnet eine der perlweißen deckenhohen Schranktüren, hinter der sich in Augenhöhe ein Kühlschrank befindet und entnimmt diesem eine Flasche Fuji-Champagner.

Sie ist schön, so wie er sie in Erinnerung hat, schlank mit kleinen jedoch wohlgeformten Rundungen an den richtigen Stellen, nur daß sie jetzt, gegenüber dem früheren Herrenschnitt lange Haare, zu einer raffinierten Hochfrisur aufgesteckt, trägt. Ihre Bluse ist frühlingsentsprechend mit Kirschblütenmustern bedruckt und wird an der schmalen Taille über dem schwarzen engen wadenlangen Rock mit eben dem gleichen breiten verzierten Leder-Gürtel zusammengehalten, den Sie damals bei der ersten Begegnung trug und seine damalige Frage, ob dieser Gürtel, gleich dem seinen, mit der großen Silberschnalle nordamerikanisch-indianische Hopi-Arbeit sei, bejahte.

„Woher wußten Sie von Bremers Verbindungsaufnahme mit mir?"

„Wir haben sein Handy angezapft, konnten jedoch den Wortlaut seiner Gespräche nicht abhören, jedoch die Orte von wo und wohin telefoniert wurde plus minus fünfzehn Kilometer eingrenzen."

Dann hätten Sie doch auch wissen müssen, wo sich Bremer in Japan aufhielt?"

„Er hat raffinierter Weise immer nur von Tokyo aus telefoniert. Wahrscheinlich fuhr er von seinem Versteck, irgendwo im Lande, nur des Telefonierens wegen nach Tokyo - clever!"

„Dann war seine Anmerkung auf meine Frage, wegen der schlechten

Verbindung, er würde von einem antiquierten Bakelit-Telefon aus sprechen möglicherweise fingiert, vielleicht auch nicht?"

„Hat er das behauptet, dieser raffinierte Typ?"

„Hat er!"

„Er scheint mit allen Wassern gewaschen zu sein - man glaubt es nicht."

„Und wir kamen Sie zu meiner Adresse?"

„Wir hatten nur den ungefähren Ort, etwa in einem dreißig Kilometer Umkreis, doch wir wußten daß Bremer aus Schopfheim am Hochrhein kommt und lange in Freiburg tätig war. So konnten wir den Kreis einengen und uns schließlich auf Freiburg der Wahrscheinlichkeitsrechnung nach konzentrieren. Dann war es nicht mehr schwer auf Sie, Jan van Boese, zu kommen, denn einige Ihrer gemeinsamen Bekannten konnten sich an Ihren dramatischen Unfall erinnern, der Sie beide zusammen geführt hat."

„Und die Koreaner? Von denen ich nach meiner Ankunft im Tokyo-Prinz-Hotel direkt empfangen wurde. Wie konnten die wissen, daß ich nach Japan kam um Jürgen Bremer zu treffen?"

„Ich denke auf einer ähnlichen Spurensuche, auch mit der Ortung von Bremers Handy beginnend. Außerdem haben die Koreaner sich offensichtlich in das Netz, des Narita-Airport eingehackt und dort die Informationen über jedwede Ankünfte aus Europa, speziell Deutschland verfolgt. Nur so kann ich mir deren Wissen vorstellen. Genaueres weiß ich jedoch nicht. Andererseits halte ich es für fast ausgeschlossen, daß die Koreaner, als europafremd, auf dem gleichen Weg wie wir, an Ihre Adresse gekommen sind. Vielmehr nehmen wir an, daß es in unseren Reihen eine undichte Stelle gibt, die wir im Augenblick mit aller Intensität suchen. Wir haben schon einen engen Kreis gezogen, denn bevor wir nach dem jetzigen Gespräch mit Ihnen eine weiter Aktion durchführen werden, müssen wir sicher sein, daß weder die Koreaner noch die Japaner oder eventuell noch ein anderer Interessent davon Kenntnis erhält. Das ist für alles Weitere was wir in dieser Sache, mit höchster Priorität, durchführen wollen unabdingbar und glauben Sie mir, wir werden den Informanten finden, das garantiere ich. Dies jedoch noch nicht im derzeitigen Stadium der Angelegenheit, denn wir wollen den Verräter noch mit einigen Daten füttern, die er weiter geben soll und die damit auch Ihrem Schutz dienen. So werden wir im Haus bekannt machen, daß Sie Jan, uns alles erzählt hätten was mit Bremer zusammen hängt, auch, daß Ihre Schuldabgeltung mit der Paßübergabe erfüllt war und Sie darüber hinaus keinerlei weiter Verbindung mit Bremer haben würden. Damit, so hoffe ich, sind Sie wenigstens offiziell aus der Sache heraus und nicht mehr irgendwelchen Repressalien der Koreaner ausgesetzt."

„Danke, das ist wahrhaftig äußerst wichtig für mich, denn sonst müßte ich mich, möglicherweise selbst nach meiner Rückkunft in Deutschland, vor den Koreaner fürchten."

„Wenn Sie uns jetzt noch eine kurze Weile verdeckt weiterhelfen, sind wir es Ihnen schuldig Sie danach völlig aus der besagten Angelegenheit herauszuhalten. Das glaube ich garantieren zu können."

„Glauben Sie.....?

„Nein, ich bin sicher, vertrauen Sie mir."

„Jetzt aber nochmals zurück an den Anfang Ihres Auftretens in Tokyo. Sie, Jan, haben uns, den BND und die Koreaner fast profimäßig auf eine falscher Fährte gelockt, indem Sie eine Ticket in Japans Norden, nach Nikko lösten und anstelle dessen, wahrscheinlich zu einer späteren Uhrzeit, nach Süden fuhren - stimmt das?"

Jan lächelt ein wenig triumphierend - könnte man so sehen - erklärt aber weiter, bevor er dazu mehr sagen wolle, müsse er, worum schon mehrfach gebeten, die Hintergründe wissen, die das Interesse des BND an Jürgen Bremer erklärt. Was die Koreaner von ihm wollten könne er sich nach Bremer Schilderungen ziemlich gut vorstellen, wobei es ein Rätsel bliebe wie diese Schlitzaugen von seiner gestrigen Ankunft in Tokyo wissen konnten, um dann zu versuchen ihn vor der *Bank of Tokyo* zu greifen?

„Zunächst zu Ihrer letzten Frage. Der nordkoreanische Geheimdienst OGD hat ein ganzes Spinnennetz an Informationskanälen über den asiatischen Raum gelegt, vor Allem in Form der Anwendung modernster Computertechnik. Ich bin ziemlich sicher, daß sie

sich auch in das Überwachungssystem der Tokyo-Station eingehackt haben und nach ihrem Leerlauf in Nikko, vor allem die Züge
aus dem Süden, also nach und von Kyoto, von dem Zeitpunkt an,
als sie bemerkten auf der falschen Fährte zu sein, durchgehend beobachtet haben. Sie nahmen mit an Sicherheit grenzender Wahrscheinlichkeit an, daß Sie Jan irgend wann wieder mit dem Zug in
Tokyo-Station ankommen werden und sie hatten recht. Wie sie jedoch von Ihrem Gang zur Bank erfahren konnten, weiß ich nicht?"
„Aber ich kann es mir jetzt vorstellen, nachdem Sie von den gehackten Überwachungskameras gesprochen haben. Jener Koreaner, der
mich im Tokyo-Prinz-Hotel angesprochen hat, fotografierte mich
wahrscheinlich, als ich vor einer Woche in Tokyo-Station das Ticket
nach Nikko kaufte und seine Agenten hatten anhand meines Foto
keine Problem mich auf einem der Überwachungsvideos zu erkennen. Sie schalteten dann auf irgendeine Außenkamera und man sah,
daß ich mit einem Taxi-Fahrer sprach. Der hat mir nämlich den Weg
zur Bank beschrieben und erklärt eine Taxi-Fahrt zu diesem Nahziel
würde sich nicht rentieren, es sei gerade einmal um die Ecke, was
nicht ganz stimmte. Die Koreaner haben ihn sicherlich hinterher be-
fragt und während ich den Weg zur Bank zu Fuß ging, blieb ihnen
genügend Zeit das versuchte Kidnapping zu organisieren."
„So kann es gewesen sein. Klingt einleuchtend, " meint Elena und
Jan stellt direkt eine nächste Frage:
„Was mich wundert ist, daß sich die Nordkoreaner gerade in Japan
mit solcher Intensität tummeln, Was ist der Grund?"
„Geschäfte, internationaler Art, bis hin zum Waffenhandel, verdeckt
vor der übrigen Welt. Der BND ist schon seit langem zusammen
mir der japanischen *Defense-Agency* dabei diese koreanischen Machenschaften aufzudecken und wenn möglich zu eliminieren, jedoch
bisher mit wenig Erfolg. Jede Klärung einer derer Interessen, zum
Beispiel die Angelegenheit Bremer, ist für uns und unsere Japanischen Partner wichtig, als Stein in einem Mosaik, von Korruption
und illegaler Praktiken. Doch jetzt zu Ihrer eigentlichen Frage, der
tatsächlichen Hintergründe unseres partiellen Interesses an Jürgen
Bremer und auch die Antwort auf Ihre Frage, ob Sie Ihrem alten

Freund Schaden zu fügen würden, wenn Sie mir alles, was Sie von und über ihn wissen, berichten."

„Ehrlich gesprochen ist der Begriff - Freund- für mich zu hoch gegriffen, er hat mir das Leben gerettet, unbestritten und ich stehe, besser gesagt, - ich stand - aus heutiger Sicht in seiner Schuld, die mit dem, was ich hier für ihn getan habe, ein für alle Mal abgegolten ist."

Elena lehnt sich in ihrem weiß-ledernen Wilkhan- Bürosessel zurück und beginnt zu erklären:

„Jürgen Bremer war an einer Mehrzahl, besser gesagt über Jahre, an einer Vielzahl von illegalen, politisch unkorrekte Waffengeschäften beteiligt und dies des öfteren mit Hilfe von unehrlichen, besser gesagt korrupten Bundesbeamten in fast allen beteiligten Ämter, so das Bundes-Ausfuhramt für Wirtschafts-und Ausfuhrkontrolle, das Auswärtiges Amt, das Bundessicherheitsamt, was schlußendlich über die Genehmigung von Kriegswaffenexport entscheidet und andern für Waffenexporten beteiligte Bundesämter und Ministerien. Es wurde in diesen Fällen getrickst, indem man zum Beispiel Exporte legal über unbedenklich Regionen an kriegsführende Nationen umleitete, oder gesetzeskonform Ersatzteile lieferte, die man mit nachfolgenden, ergänzenden Teilelieferungen vor Ort dann zu kompletten Waffen oder sonstigem Kriegsgerät zusammen bauen konnte. So auch zu Fahrzeugen für die Agrarwirtschaft geliefert, die man mit Feuerwaffen nachrüstete und so weiter...... Traurig oder besser gesagt schlimm sind die Geschäfte einzelner Wirtschaftsunternehmen über deren Lobbyisten in der Regierung direkt und an allen Auflagen vorbei illegale Geschäfte getätigt wurden und werden und man sich dabei solcher Kommunikatoren, wie Jürgen Bremer bedient. Wir müssen Bremer finden, denn er ist der Einzige von dem wir zuverlässige Informationen über die illegalen Machenschaften und über die darin verwickelten Personen erhalten können, da er, nach unserem Wissen von nahezu allen und allem was in dieser Branche vor sich geht, Kenntnis hat und sich jetzt in großen Schwierigkeiten befindet, aus denen er sich im Augenblick heraus zu winden versucht. Wir, der BND, könnten ihm dabei helfen, wenn er bereit ist mit uns zusammen zu arbeiten. Dazu müssen wir aber mit ihm in Kontakt kommen und dafür brauchen wir Sie, Jan.

Und jetzt zu Ihrer Freundschaftsfrage.

Wenn wir Bremer finden und mit ihm sprechen können, er uns die anstehenden Auskünfte gibt und allen ergänzenden Fragen beantwortet, werden wir ihm ein Angebot, im Rahmen eines Zeugenschutzprogrammes machen, ohne jedwede juristischen Konsequenz, das ihm ein zweites unbelasteten Leben, weit von den Koreanern entfernt, ermöglicht. Doch, wie bereits gesagt, ihn zu finden und sein Vertrauen zu gewinnen, kann nur über Sie, Jan van Boese geschehen, denn Ihnen vertraut er. Wir bitten Sie deshalb unserem Land und damit uns in dieser Sache Amtshilfe zu leisten."

„Und die Nord- Koreaner?"

„Die hat Bremer empfindlich reingelegt, so daß wir ihn zeitlich vor den Koreaner ausfindig machen müssen, weil jene Vertreter, der eiskalt operierenden OGD, Leute sind die mit ihm kein langes Federlesen machen würden. Deren Folter hält niemand aus. Er würde singen wie eine Lärche bevor man ihn liquidiert. Danach kämen jene Helfer an die Reihe, die bei dem besagten unsauberem Deal beteiligt waren und dies liefe nach dem gleichen Muster ab.

Ergo, helfen Sie uns Bremer schnellst möglich zu finden, dann tun Sie ihm einen großen, den vielleicht letzten Freundschaftsdienst."

„O.k. die Frage ist nur, wie soll ich wissen wo er jetzt ist?"

Dann erzählt Jan die ganze Geschichte von Bremers Anruf in Freiburg beginnend, über EIHEI-JI bis hier in das Büro von Elena Lorisco und erklärt abschließend, daß er im Augenblick keine Vorstellung habe, wohin sich Bremer nach seinem Weggang vom Kloster begab, jedoch mit seinem Paß sicherlich aus Japan heraus. Völlig unerwähnt ließ er das Schicksal von Bremers Vater und natürlich die Selbstjustiz an dessen SS-Mörder, denn dies hätte der Situation dramatisch verschärft.

„Nochmals - Bremer ist in jedem Fall ausgeflogen, sonst hätte er nicht meinen Reisepaß mit den Einreisunterlagen benötigt. Das ist doch ein erster Anknüpfpunkt."

Sie nickt und Jan glaubt fast zu hören, wie ihre Gedanken im Kopf herumkreisen.

Lange hatte er Zeit gehabt, Elena während ihren Interpretationen zu beobachten. Einmal war sie aufgestanden und er konnte ihre wohlgeformte Figur im engen Rock und die schlanken Beine auf den überhohen Stilettos bewundern, auf denen sie mit sicheren Schritten, ohne die geringste Gehunsicherheit, auf und ab ging Spontan erinnerte er sich an die erste Begegnung mit Clara auf den Domplatz Mitte der siebziger Jahre, als sie auf ebenso absatz-hohen Schuhen, allerding damals noch mit den zeitentsprechend hochmodernen Plateau-Solen, auf ihn zukam und es auf dem holprigen Kopfsteinpflaster des mittelalterlichen Platzes, auch bei ihr nicht die geringste Unsicherheit gab. Jenes Bild einer schönen Frau im weiten Rock, mit stolzen aufrechten Gang, eine Korbtasche, gefüllt mit langblätterigen Pflanzen in der Hand, ist ihm für alle seine Lebenszeit geblieben.

Elena, war ein völlig andere Typ, südamerikanisch mit strengem, leicht kantigem Gesicht, dem typischen Latino-Mund mit den ein klein wenig aufgeworfenen Lippenrändern, die bei ihr noch mit einem ins Violett gehenden Lippenstift eine besondere Betonung erfahren und ihre weißen regelmäßigen Zähne, die beim Sprechen gänzlich sichtbar werden, in starkem Farbkontrast umrahmen. Sie verkörpert ohne Zweifel eine schöne, großgewachsene, schlanke, manchmal jungenhaft wirkende Frau, jedoch in ihrem Habitus und in ihren Bewegungen betont weiblich.

Elena nimmt den Hörer ab und gibt Anweisungen.

„Nehmen Sie Kontakt mit der *Agency*, Herr Major Akita, auf und veranlassen, daß man uns noch heute die Bänder der Ü-Kameras von Tokyo-Station im Zeitfenster von......*Jan, welche Uhrzeit sind Sie aus Richtung Kyoto angekommen?*......12.48 Uhr......, von der Zugankunft 12.48 Uhr bis 13.00 Uhr, aus Richtung Kyoto kommend, zustellt, auch, oder insbesondere die Streifen der Außenkameras mit dem Blick auf den Taxibereich. Gleichzeitig recherchieren Sie die Abflüge von *Narita* in den letzten 6 Tagen beginnend mit... und Sie nennt das entsprechende Datum.

Dann legt sie den Hörer auf und wendet sich an Jan mit den Worten:

„Jetzt ist es genug für heute, ich lasse Sie gleich in unser kleines Gästehaus, drunten im japanischen Garten bringen. Sie können dort relaxen und sich dabei absolut sicher fühlen, denn wir haben für diesen Bereich ein ganz eigenes wasserdichtes Überwachungssystem, da wir dort immer wieder, auch hochgestellt Staatsgäste beherbergen. Inzwischen arbeite ich meine Recherchen auf, und danach sprechen wir uns wieder."

„Danke, ich freue mich, daß ich jetzt, nach der harschen Polizeizelle ein wenig regenerieren kann. Ich habe für Sie jedoch vorher, noch ein Bonbon, das gegebenenfalls für Ihre weiteren Planungen von entscheidender Bedeutung sein könnte."

„Oho, da bin ich aber sehr gespannt."

„Als mich Herr Talbach heute morgen von der Polizeistation abholte, bat ich ihn kurz zur Tokyo-Station zu fahren, damit ich meinen Koffer aus dem Schließfach holen kann, der jetzt unten hinter dem Info-Tresen steht und auch noch zur Bank zu fahren, um, wie ich ihm sagte, etwas Geld abzuheben, tatsächlich habe ich wie mit Bremer vereinbart, dort sein Schließfach geräumt und aufgelöst. Das war im Übrigen der eigentliche Grund warum ich nach meiner Zugankunft direkt zur Bank ging, nicht nur um mir einige Yen aus dem Automaten zu ziehen.

Da jedoch die beiden Herren, bei denen ich mich wegen des Schließfaches melden sollte, Herr Akira Daisuke oder Herr Haru Ryuichi zu jenem Zeitpunkt nicht zur Verfügung standen, der eine krank, der andere in der Mittagspause, verließ ich nach der Konsultation des Geldautomaten, die Bank mit dem Gedanken in einer Stunde wieder zu kommen. Das war jedoch nicht möglich weil mich die Koreaner empfingen und mich dann die Polizei-Tölpel aufs Revier schleppten. Dank Herrn Talbach konnte ich nun auch das Schließfach leeren, obwohl ich keinen Deutschen Paß besaß, aber mein Personalausweis ohne Probleme ausreichte, da Bremer die Herren Bankbeamte offensichtlich über diesen Umstand ausführlich informiert hatte,

„Herr Talbach hat mir von den beiden Zwischenstops berichtet, die mir nur sekundär von Bedeutung schienen. Ich hätte Sie sicherlich noch darauf angesprochen. Aber was ist das Bonbon dabei?"

„Im Schließfach befand sich ein Kuvert mit einigen Tausend amerikanischer Dollar, ich habe sie noch nicht gezählt, von denen Bremer mir 30 000 für meine Unkosten und sonstige Bemühungen abgeben will, den Rest würde er sich irgendwann einmal bei mir abholen, so seine Aussage im Wortlaut."

„Ja und, was ist das Bonbon?"

„In diesem Kuvert befand sich noch ein Prepaid Handy auf dessen Nummerntaste Nr. 7, wohl mit einem Nagellack aufgetragen, ein roter Punkt aufgemalt ist. Vielleicht kann man Bremer über dieses Telefon erreichen, was ich jedoch bisher nicht versucht habe, da ich annehme, so wie ich ihn kenne, eine Verbindung zu ihm, nur im äußersten Notfall gesucht werden darf. Das hat er mir vom ersten Gespräch an eingeschärft, als ich noch lange nichts von diesem, ich sage einmal-Geheimtelefon-wußte:"

„Bravo, geben Sie mir dieses Telefon!"

„Nein, das behalte ich so lange bei mir bis ich von Ihnen erfahre habe, wie Sie weiter vorgehen wollen, dann kann ich vielleicht mit diesem Handy einen positiven Beitrag leisten."

„Ich könnte Sie zwingen es mir zu geben."

„Wie, unter Folter, wird das bei deutschen Geheimdiensten auch angewandt?"

„Nein, aber es gibt Injektionen die der Wahrheitsfindung dienen."

„Hoppla, enttäuschen Sie mich nicht. Ich habe damals, als wir in Sachen Afghanistan miteinander zu tun hatten, bis heute ein vertrauensvolles Gefühl zu Ihnen aufrecht erhalten. Gerne würde ich Dieses auch im Weiteren bewahren. Es ist doch offensichtlich, daß Bremer, der mir den Auftrag gab das Geld zu holen, das Handy auch für mich bestimmte, mit dem Bewußtsein, daß ich seine Botschaft erkenne und von diesem Telefon über die gespeicherte Kurzwahl-Nummer 7 nur dann anrufe wenn - Schiff unter - ist. Es gibt allerding noch eine zweite, wenn auch unwahrscheinlichere Variante, die mir soeben einfällt, nämlich, daß das Handy für eine dritte Person gedacht ist, welche sich wiederrechtlich des Geldes bemächtig und wenn er so nebenbei neugierig auf die markierte 7 drückt, ihm der Kopf weg fliegt. So gesehen gebe ich Ihnen das Handy, mit der Bitte dieses unter Bezug auf die genannten Variante zwei zu durchleuchten. Aber wenn Ihre Prüfung Unbedenklichkeit signalisiert, müssen Sie mir versprechen auf keinen Fall über die 7 - die dort gespeicherte Telefonnummer an zurufen, denn diese Verbindung ist mit großer Sicherheit mir vorbehalten und wenn auf dieser Nummer ein andere Person spricht, dann weiß Bremer, daß etwas außer seiner Kontrolle läuft. Verstehen Sie?"

„Ich bin nicht auf den Kopf gefallen, oder würden Sie diese bei mir vermuten?"

„Niemals, schöne Frau," und Jan setzt seine charmant möglichstes Lächeln auf.

Noch eines. Wenn Sie die 7 trotzdem antippen würden erscheint normalerweise nur diese Ziffer auf dem Display, jedoch nicht die dahinter gespeicherte Nummer. Die erscheint in der mir bekannten Regel erst wenn man die grüne Telefontaste aktiviert und damit die Verbindung zur gespeicherten Nummer hergestellt. Dann hätte man, je nach Verbindungsdauer, einige Sekunden die angewählte Nummer auf dem Display zu lesen. Ich denke jedoch, daß Sie dies nicht riskieren werden und mir zum rechten Zeitpunkt die Verbindungsaufnahme vorbehalten."

Elena schweigt auf Jans Erläuterungen und mit einem langen, nicht deutbaren Blick in den Augen, nimmt sie nochmals den Höher ab:

„Kumiko, gleich kommt Herr van Boese zu Dir ins Labor. Mache bitte Paßfotos von ihm, übernehme die Kopien seines verschwunden Originalpaßes und übertrage die Daten in eines unserer Exemplare, damit wir den neuen Paß kurzfristig verwenden können, einschließlich der Abstimmung mit den Japanern für die Ausreise. Setze Dich auch mit unserer Paßstelle in Verbindung und erledige den notwendigen Verwaltungsgram, einschließlich der Außerkraftsetzung des alten Paßes, der von einem anderen eventuell noch immer benutzt wir - o.k!"

„O.k. wird erledigt, schicke mir den Gentleman herunter, es wird mir eine Freude sein ihn in Deinem Sinne zu verarzten."

„Paßfoto, so wie ich gekleidet bin, im schwarzes T-Shirt und meine Moskau-Jacke?"

„Moskau-Jacke, was heißt das?"

„Ich habe diese, eine meiner absoluten Lieblingsjacken, vor einiger Zeit in Moskau im Kaufhaus Gum am Roten Platz gekauft. Sie ist von Dolce Cabana aus allerbestem Baumwolle-Köper und macht am Körper ein wunderbares Klima, jetzt im Frühjahr, ebenso später im Frühwinter und hat zu allem noch einen echten seemännischen Superschnitt. Sie müssen wissen, daß ich - eigentlich Clara und ich - wie auch immer entstanden, manchen ganz speziellen Kleidungsstücken eigene Namen geben, so besitze ich einen „Indianer", auch eine Baumwolljacke mit farbigen Querstreifen in Santa Fé in New Mexico bei den Pueblo-Indianern erstanden, den „Jager" heißt auf Hochdeutsch „Jäger", eine hirschlederne Trachtenjacke aus Salzburg, den „Fürst", auch eine Trachtenjacke aus dem fürstlich Fürstenbergischen meiner Badischen Heimat, oder meine „Spitzkicker", das sind Prada-Stiefeletten mit schmal zulaufender Fußspitze, vom Frankfurter Flughafen, die ich eigentlich gar nicht wollte, aber schließlich Claras Drängen nachgab und heute froh bin, denn man geht darin wie in Hausschuhen. Wenn ich also mit hängenden Armen vor dem Kleiderschrank stehe und auf Claras Bekleidungsanweisungen warte, heißt es dann zum Beispiel, ziehe heute den Jager an, wir fahren zum Essen aufs Land."

Elena lacht: „ Finde ich gut, das mache ich vielleicht auch, nur so zum Spaß."

Sie steht auf.

„Gut, aber jetzt wieder zur Sache.

Wir besprechen uns in Kürze über die Details, doch jetzt endgültig - Ciao- bis morgen. Ich lasse Sie von unserer hübschen Aikiko, die Sie auch empfangen hat, ins Gästehaus bringen. Sie werden sich dort wohlfühlen und ein wenig entspannen können, denn bis ich mit meinen Nachforschungen soweit bin, daß wir gezielt agieren können, wird zumindest der morgige Tag vergehen."

26

Im absoluten Kontrast zu der kalten Sacharchitektur des sogenannten Kanzleigebäudes der Botschaft, steht der Garten, mit seiner traditionellen japanischer Pflanzphilosophie und den zierlichen Bauelementen, so der *Inari*-Schrein in rot überdachter japanischer Architektur, das Teehaus, sowie das Glockenhäuschen der Deutsch-Japanischen Freundschaft und nicht zuletzt das japanische Tor mit den typisch aufgeschwungenen Traufenden.

Jan fühlt sich auf Anhieb im Gästehaus wohl, das einem Ryokan nachempfunden, eine Mischung aus typisch japanischem Wohnen und westlichem Komfort darstellt.

Die Fernsprech-Leitung sei sicher, sagt man ihm, falls er telefonieren wolle.

„Hallo Clara, mein Liebes. Du wirst sicher schon ein bißchen nervös geworden sein, weil Du in den letzten Tagen nichts, oder fast nichts von mir gehört zu hast - ich habe Dir von Kyoto aus - auf den AB gesprochen, jedoch mein Handy danach aus besonderem Grund abstellen müssen. Erst jetzt habe ich Deine sorgenvolle SMS lesen können. Es geht mir gut - alles ist o.k. - aber ich werde noch einige Tage hier in Japan bleiben müssen um Frau Elena Lorisco zu helfen - Du erinnerst Dich an Sie von der Afghanistan-Sache her? Jürgen Bremer hat ziemlich viel Mist gebaut, der hier aufgearbeitet werden muß und dazu benötigt man meine Hilfe, vor allem, weil ich der Einzige bin der Jürgen von Angesicht kennt, zumindest so wie er heute aussieht."

„Hast Du ihn denn in Japan getroffen?"

„Ja, habe ich, alles weiter ausführlich wenn ich zurück bin."

„Du hast mir - und bereitest mir noch, große Sorgen. Ich kann überhaupt nicht mehr schlafen. Komme bitte so schnell wie möglich nach Hause - hast Du gehört?"

„So schnell es geht, großes Ehrenwort und mach Dir keinen Kopf,

ich bin hier im Gästehaus der Deutschen Botschaft sicher und komfortabel untergebracht und versorgt. Sei tausendmal geküßt- ich freue mich auf Dich. Bis bald Geliebtes!"
„Ich umarmen Dich, sei vorsichtig und paß gut auf Dich auf."
„Versprochen – Ciao, meine Einzige."
Seine Augen sind feucht und der Blick in den Garten auf die Grüne Unschuld der Pflanzen ist verschwommen.

„ Vater fährt mit seinen tarnweiß lackierten Wehrmachtsskiern vor mir und er ist viel zu schnell unterwegs. Ich schreie, fahr langsamer! Du mußt da vorne nach rechts abbiegen, der rechten Spur folgen, nicht geradeaus, dort kommt die Wächte. Aber der Vater hört nicht weil der Wind ganz schrecklich pfeift und er fährt weiter geradeaus. Da ist kein Schnee mehr sondern Sand und seine Skier sind jetzt ganz kurz. Er rast über die Wächte und stürzt. Ich kann ihn nicht mehr sehen und ein eisiger Schreck durchzuckt mich. Ich stehe jetzt oben an der scharf abfallenden Kante und sehe Vater weit unten, ganz klein und dünngliedrig auf dem Rücken liegen. Er ist nackt. Als ich bei ihm bin bewegt er sich ein ganz klein wenig und ich spüre einen große Schmerz in mir, ihn so hilflos zu sehen. Ich wollte Dich immer beschützen, ich hatte immer das Gefühl Dir helfen zu müssen, Du seist zu schwach für die harsche Welt und jetzt bist Du gestürzt, hast nicht auf mich gehört. Ich bin unendlich traurig, ich muß um Dich weinen....

Jan schreckt aus dem Schlaf auf.
„Wo bin ich?"
Er weiß in diesem Augenblick nicht wo er sich befindet, sein Brust schmerzt, er hat Angst, aber nur für wenige Sekunden, dann weiß er - es war nur ein Traum - und doch auf realer Basis, wenn auch weit zurück. Schon als Kind glaubte er ähnlich seiner Mutter auch seinen Vater beschützen zu müssen, warum konnte er nie ergründen, zumal er von dessen Zuneigung nie wirklich etwas spürte, und doch empfand er immer wieder dieses Beschützer-Syndrom, einmal sogar in einer besonderen Handlung praktiziert, als Vater schon ziemlich alt

und er -Jan- noch ein junger Mann war.

Vater war als Ingenieur 35 Jahre in einem weltweit agieren Großkonzern in verantwortlicher Position tätig, als man ihn, wenige Jahre vor der Pensionierung in eine andere Abteilung versetzte, wo sich sein Arbeitsplatz in einem Großraumbüro, mitten unter vielen anderen Angestellten, irgendwo in eine Schreibtischreihe befand. Mutter erzählte ihm, Vater sei deprimiert und auch böse, daß man ihm nach so langer Zeit seine Projektierungsarbeit wegnahm und ihm nur noch Kleingram zu bearbeiten gab. Ein junger aufstrebender Ingenieur habe ihn praktisch verdrängt, weil Vater zwar ein hervorragender Fachmann sei, aber jetzt alt geworden, keine „Ellenbogen" mehr besäße sich zu positionieren.

Jan, der schon seit einigen Jahren sein eigenes Büro betrieb, regte sich über diese Herabsetzung seines Vaters, eines verdienten langjährigen Mitarbeiters derart auf, daß er den Chef der Konzern-Niederlassung anrief und um eine Unterredung bat.

Herr Bergmüller war auf das Äußerste überrascht, daß ein Sohn sich für den Vater verwendete. Er meinte, das hätte er noch nie erlebt, meistens kämen Väter, die für Ihre Söhne oder Töchter sprechen würden, aber umgekehrt sei wahrhaftig auch für ihn einmalig. Er werde sehen was er tun könne. Diese vage Aussage reichte Jan jedoch nicht. Er sagte, falls der Vater keinen würdigen, seinem Können und seiner langjährigen Tätigkeit zum Wohle des Konzerns entsprechende Tätigkeit in einem eigene Büro bekäme, würde er in Erlangen bei der obersten Zentrale vorsprechen. Herr Bergmüller schaute ihn ein klein wenig erzürnt an und meinte, das dies sicherlich nicht erforderlich würde.

Vater bekam tatsächlich ein eigenes kleines Büro zusammen mit einem jungen Assistenten und einer Sekretärin und konnte, wenn auch nicht mehr die ganz großen, jedoch durchaus interessante Projekte bearbeiten.

Jan hat weder seiner Mutter noch dem Vater bis zu deren Tod niemals von seiner Intervention erzählt, zumal Vater von seiner neuerlichen Versetzung mit ein wenig stolzen Anmerkung erfreut berichtet hatte, man würde ihn doch noch brauchen. Diese Position blieb ihm dann auch bis zu seinem endgültigen Ruhestand und machte ihn zufrieden.

Und Jan? Sein Körper ist schweißfeucht. Er hat die dünne Decke beiseite gestoßen, um durch die offenen Schiebetüre vom her Garten frische Luft zu bekommen. Es war noch immer Nacht. Das zarte Klirren der Blätter draußen an den Bäumen im leichten Morgenwind beruhigten ihn allmählich. Er weiß jetzt, daß ihn das selbsbenannte EIHEI-JI-Syndrom noch immer nicht verlassen hat.

„Ich will endlich meine Ruhe. Lange genug hatte ihn vieles aus seinem früheren Leben belastend begleitet, doch mit Clara an seiner Seite und dies bereits über Jahrzehnte, war er allmählich innerlich zur Ruhe gekommen. Warum sollte diese auf einmal gestört werden. Mußte dieses Hervorholen von längst Vergangenem sein? Was war es das EIHEI-JI in ihm ausgelöst hatte. Vielleicht haften in den ehrwürdigen Räume, aus hunderten von Jahren altem Holz, zuviel abgeladene Sorgen, hilfesuchender Menschen, die jeden, der Eintritt, ungefragt aufforderte sich selbst zu erforschen, um mit Hilfe der inneren Einkehr, in meditativer Ruhe, alles Belastende abzustreifen? Einmal mehr denkt er: „Ich muß dieses Japanabenteuer so schnell wie möglich hinter mich bringen und werde dafür alles tun was in meinen Möglichkeiten steht. Vielleicht komme ich danach innerlich erleichtert, ja sogar tatsächlich frei von gedanklichen Altlasten nach Hause. Ich muß alles Belastenden aus meinen verborgenen Seelen-Nischen hier zurück lassen. Mein Blick muß, so wie ich es eigentlich seit Jahren zu praktizieren versuche, in die Zukunft gerichtet sein, gestützt nur auf das Schöne, daß ich bis dahin erleben durfte. Geht dies wirklich aus eigener Kraft, ich weiß es nicht. Manche können dies anscheinend, wenn man Takumis Worten glauben schenkt, aber ich bin vielleicht durch bestimmte gravierende Erlebnisse in der Vergangenheit so sehr verletzt, daß ich mich immer wieder mit Dingen auseinander setzten muß, die zwar längst geschehen, doch deren Wunden nie geheilt sind. Vielleicht gibt mir EIHEI-JI eine Hilfe zur Selbsthilfe. Wenn dem so ist, war es gut, ist es gut, wird es gut sein.

Wer weiß?"

27

Der Tag fließt dahin und Jan findet im Angesicht der akkurat gepflegten Harmonie japanischer Gartenbaukunst allmählich wieder eine erstarkende Ruhe in sich selbst.

Er wird über den Tagesablauf in zeitlichen Abständen mit köstlichen japanischen Speisen verwöhnt, unter Anderem mit raffiniert aromatisierten Streifen gebratener Poulardenbrust, mit Sojakernen an einem Salat aus Sprossen von Zuckerschoten, oder über Zitronengras gedämpfte Seezungenstreifen mit gebackenen Reisloempias und natürlich Rohfisch als Sushi oder Sashimi kunstvoll arrangiert. Er liebt die japanische Küche und Clara versteht es, mit ihrer ganz außergewöhnlichen Kochkunst, dann wenn sie das entsprechende Produkt erhält, seinen Wunsch erfüllend diese Küche, mit den eigenen Erfahrungen der lange zurück liegenden Reise durch dieses faszinierende Land, vorzüglich nachzubereiten.

Er liebt auch die sanft würzigen grünen Tees, die man ihm im traditionellen Kimono gekleidet, weiblich charmant serviert. Doch zum Essen bittet er jeweils um ein Kirin-Bier, wenn dies auch erkennbar stilfremd empfunden, doch vielleicht in Konzession an seine Herkunft, akzeptiert, wird. Vor dem Schlafen genießt er in kleinen Schlucken letztlich den warm servierten Sake aus einem kleinen Keramikfläschchen.

Das Telefon schrillt in seine morgendliche Miso-Suppe des zweiten Tages.
Elenas Stimme:
„Es ist soweit, wir wissen wohin Bremer geflogen ist und jetzt brauchen wir Sie. Bitte kommen Sie so schnell wie es Ihnen möglich ist, wir wollen keine Zeit verlieren, denn ob Bremer sich dort lange aufhält wissen wir nicht. Ich denke die rote Sieben wird in Kürze zum Einsatz kommen. Rápido!"

Er sitzt ihrem Schattenriß gegenüber, denn die Morgensonne steht hinter Ihr und gleißt noch tief stehend durch die deckenhohen, Bürofenster.

„Bremer ist clever, aber nicht auseichend genug, seine Spuren gänzlich zu verwischen. Er hat drei Flüge für den gleichen Tag gebucht und zwar so getimte, daß diese innerhalb einer Stunde, jedoch in verschiede Richtungen starten. Nach Manila, Jakarta und Zürich. Raffinierter Weise hat er bei zwei Fluglinien am Gate den Boarding-Check passiert, ging also geregelt durch die Bordkontrolle zum Zubringerbus, um dann, auf einem uns bisher noch unbekannten Weg, in die Abflughalle zurück zu kehren. Von dort aus passierte er dann am Gate der Indonesia-AirAsia die Boarding Control des tatsächlich gewählten Fluges nach Jakarta. Alle drei Maschinen starteten, wie schon gesagt, innerhalb einer Stunde und er hat wahrscheinlich, mit Hilfe eines Flughafenmitarbeiters, rechtzeitig seinen ausgewählten Flug angetreten. Wir haben jedoch mit Hilfe unserers befreundeten Geheimdienstes, die Paßkontrollen der drei in Frage kommenden Städte, mit deren elektronischer Registrierung der Ankommenden prüfen lassen und zweifelsfrei festgestellt, daß Bremer vor vier Tagen mit Deinem Paß in Jakarta durch den Zoll ging.

Seine Ankunft ist auch durch das von ihm vor Ort beantragte und erteilte Touristenvisum, das die indonesische Regierung neuerdings für Spontanreisenden ausstellt, bestätigt worden. Mit Ihrem Paß und Ihrer Vita, war es für Bremer kein Problem, vor Allem auch im Bewußtsein für sein Fluchtunternehmen ausreichend Zeit zu haben, nämlich die von Ihnen erbetene fünftägige Karenzzeit, bevor Sie den Verlust Ihres Passes bei uns melden würden.

Aber wohin ging er dann? Und jetzt beziehungsweise, wenn wir in Jakarta angekommen sind, wird Ihre „rote Sieben" in Aktion treten müssen."

„Heißt dies wir fliegen nach Jakarta?"

„Genau und dort erwartet uns Dornbach der Botschaftssekretär und ein Agent des MAD, -comprendere- ? Packen Sie schnell Ihre Sachen wir fliegen um 16.21 Uhr und sollten spätestens um 15.15 Uhr am Airport sein. Sie kennen ja den langen Weg dorthin, also bleibt

und jetzt nur wenig Zeit.
Wir haben über unsere Kontakte, bei der Indonesischen Auslands-
vertretung, die Visa beantragt, die wir vor Ort nur gegenzeichnen
müssen. Alors, plus vite-!"
Es schien Elena spaß zu machen Ihren Instruktionen mit fremdspra-
chigen Akzenten Nachdruck zu verleihen. Und gleichzeitig Ihre In-
ternationalität ein wenig nach Außen zu kehren.
„Warum auch nicht, wenn es denn Spaß macht?"

28

Hotel-Mandarin-Oriental, Jakarta, mit dem übergroßen Fächersymbol an der Fassade, mächtig, vielgeschossig, mit einem vorgebauten Dreieckskörper, auf dessen Dach der Pool mit umgebender Relaxing Zone eingerichtet ist, darunter die repräsentativen Hotelempfangshalle, welche den Besuchern in ihrer glänzenden Umfänglichkeit und Höhe beeindrucken soll.

Aus Jans Hotelzimmerfenster, geht sein Blick hinunter auf den brodelnden Verkehr des SAMANT DATANG SQUARE, auf den, ähnlich dem Etoile von Paris, breite, mehrspurige Straßen sternförmig zulaufen.

Die Form des dreieckigen Vorbaus ergibt sich aus den beiden tangierenden, auf den Platz zulaufenden Verkehrsadern, der JALAN IMAM BONJOL und der JALAN JEND SUDIRMAN. In einem breiten Strom trifft von Norden kommend die vielspurige Hauptverkehrssachse von Jakarta, die JALAN THAMARIA NIRDEKA auf den Platz des „Willkommens", denn dies ist die Übersetzung seines Namens, symbolisiert durch zwei klein winkende Figuren, ein Mann und eine Frau mit Blumenstrauß, die auf der Spitze einer Säule des von einem Springbrunnen umrundeten großen Mittelkreis, stehen.

Elena und Jan erreichten den eindrucksvollen Zentral-Platz vor einer Stunde, von dem im westlichen Außenbereich liegenden Airport, über eine der Sternstrassen, die JALAN KEBON KACANG RAYA.

Ihre Zimmer liegen nebeneinander, mit Verbindungstüre und beide blicken jetzt unabhängig von einander hinunter auf den in der Dämmerung mit hunderten von Straßenbeleuchtungen und Autoscheinwerfern erstrahlten Platz, der von dicken Schallschutzverglasungen abgeschirmt, fast geräuschlos zu Ihnen heraufblinkt.

Es klopf an der Verbindungstüre zu Jans Zimmer.

Eine wohlriechende Wolke von „Must de Cartier" umgibt sie, als sie gemeinsam, körperlich nahe, im gläsernen Aufzug, mit leisem Rauschen nach unten gleiten.

„Wir nehmen von den drei angebotenen Restaurants das traditionell Indonesische, dort gibt es abgeteilte Nischen-Tisch, wo wir ungestört sind", schlägt Elena vor und meint als sie Platz genommen haben:

„Am liebsten würde ich Sie jetzt bitten das Prepaid-Telefon zu aktivieren, aber ganz offen gesprochen bin ich zu müde, um heute nochmals in Aktionismus zu verfallen. Ich riskiere es diese Nacht verstreichen zu lassen in der Hoffnung, daß uns Bremer nicht ausbüchst, nach Indien, Australien oder sonst wohin.

Jan ist auf die indonesische Küche neugierig und wählt sorgfältig. Er bestellt zur Vorspeise eine mild gewürzte SOTO KUDUS Hühnchen Suppe mit Sellerie, gehackten Lauchzwiebeln, gequetschtes Zitronengras und ein paar Tropfen Sojasause, die durchaus erkennbar den Geschmack anhebt. Elena nimmt etwas vegetarisches eine TAHU SUMBAT, gemüsegefüllte Tofustücke fritiert. Als Hauptgang nehmen sie beide das Gleiche, nämlich IKAN BAKAR den für Indonesien Typischer TILAPAI Fisch in Öl gebraten mit gestampftem Knoblauch, Schalotten und Koreanderpulver, dazu mit Ingwerpaste aromatisiert. Köstlich!

Zum Nachtisch KOLAK LABUH KUNING Kürbis und Banane in Kokosmilch und Elena wählt anstelle dessen ein kühles erfrischendes Getränk, mit Kokosfleisch und Palmzuckersirup das sich ES KELAPA MUDA nennt.

Interessant empfanden sie begleitend den ganz eigenen, aber durchaus schmackhaften balinesische Wein vom Weingut HATTEN, der zwar nicht vergleichbar mit den europäischen Weinen, jedoch manchem Australischen Wein ähnlich, speziell dem dortigen Weißwein sehr nahe kommt. So zum Beispiel dem südaustrahlischen KOONUNGA HILL CHARDONNAY, den Jan erst vor kurzem zu Hause vom einem Weinversandt aus Hamburg bezogen hatte.

Sie genießen die fremden Köstlichkeiten und tauschen ihre jeweiligen Geschmacksempfindungen aus, wobei sie ihr Problem und den bevorstehenden Tag, mit noch unbekanntem Inhalt, für die Zeit ihrer ungestörten fast intimen Zweisamkeit ausblenden.

Plötzlich richtet sich Elena in ihrem Stuhl auf, dreht den Kopf, beugt ihn etwas seitlich, macht mit der Hand zu Jan hin eine Bewegung, als wolle sie sagen - sei still - obwohl er in diesem Moment gar nicht gesprochen hatte, da er noch am genießen seiner Nachspeise ist.

„Schüsse?"

Jan hört bei diesem Wort sofort auf zu kauen und blickt Elena ungläubig an, während er gleichzeitig seine Aufmerksamkeit in Richtung Lobby lenkt, aus der jetzt deutlich vernehmbar knallende Geräusche zu hören sind, die sich tatsächlich wie Schüsse anhören.

„Das darf doch nicht wahr sein!"
Elena stöhnt:
„Uns reichen doch die Kimis, nicht jetzt auch noch ein Idiotentrupp der *Jemaah Islamiyah*, ich dachte die hätten sich längst aufgelöst. Auf jeden Fall verschwinden wir jetzt vorsorglich sofort und blitzartig.
Dort sehen Sie ist den Paß zur Küche, schnell!"
Die wenigen Gäste sind von ihren Stühlen aufgesprungen. Manche laufen zum Ausgang des Restaurants, also in Richtung der Schüsse, was sicher nicht klug ist. Andere bleiben wie paralysiert an ihren Tischen sitzen oder stehen entschlußlos daneben.
Elena zieht Jan am Ärmel seiner Jacke. Sie stoßen die Pendeltüre zur Küche auf und laufen, zwischen dem aufgeregten, laut sprechenden und gestikulierenden Bedienungs-und Küchenpersonal vorbei, durch die Küche zum rückwärtigen Ausgang. Jan greift sich im Vorbeigehen einen hölzernen Fleischhammer mit den pyramidenartigen Zacken auf der Schlagfläche des Kopfes und schon befinden sie sich in einem Zwischengang, der an Vorrats- und Kühlräumen vorbei, zu einem nach außen führenden Lieferanteneingang führt. Draußen stoßen sie auf einen ummauerter Hof-Platz mit seitlich aufgestapeltem Leergut, sowie zwei Lieferwagen mit Aufschriften von irgendwelchen darauf abgebildeten Naturprodukten und sie erkennen mit einem Blick ins Rund, daß es von hier offensichtlich keinen für sie

gangbaren Weg nach Draußen zur angrenzenden Straße gibt. Über die circa vier Meter hohe Mauer zu kommen oder das mit Lochblech beschlagene, ebenso hohe Eisen-Gittertor zu übersteigen ist unmöglich. Jan rüttelt am Tor, jedoch vergebens es ist so gesichert, so daß es mit bloßen Händen nicht zu öffnen ist. Elenas Atem geht schwer und ihre, jetzt in der Umschließung des Hofes fast panische Aufregung, ist ihr mit weit aufgerissenen Augen ins Gesicht gezeichnet.

„Wer sind den die Kimis und die *Ismaiyah*?" Fragt Jan, um die erkennbare Panik seiner Begleiterin, durch eine gedankliche Ablenkung, ein wenig herunter zu zonen.

Sie steht mit dem Rücken zur Mauer, beide Hände hinter ihrem Körper flach auf den rauhen Verputz gepreßt und antwortet nach einer kurzen Pause, noch immer außer Atem

„Wir sagen zu den Nordkoreanern –Kimis- weil dort fast alle –Kim-heißen, und die *Jemaah Ismaiyah* war eine sehr gefährliche radikal-islamische Gruppierung, ähnlich den Taliban in Afghanistan, Al Kaida oder den in Syrien neuerdings aktiven Kämpfer des sogenannten islamischen Staates IS. Ich dachte die *Ismaiyah* habe sich nach ihren verheerenden Anschlägen in Bali aufgelöst. Man hat damals die Anführer verhaftet und zum Tode verurteilt. Danach hörte man nichts mehr von ihnen, aber man weiß, die Hydra der Gewalt hat viele Köpfe und offensichtlich verstärkt motiviert durch die offensichtlichen Erfolge des IS in Syrien, scheinen sie zurück zukommen. Wenn dem so ist und dies hier im Hotel, dann haben wir schlechte Karten, wenn wir nicht schnellstens einen Weg nach draußen finden.

Man muß wissen, daß diese Wahnsinnigen, wenn sie in Aktion sind alle töten, die ihnen vor die Läufe kommen, da ihnen das eigene Leben nichts wert ist, besser gesagt man ihnen vormacht sie kämen dann als Märtyrer in Allahs Himmel und könnten sich dort mit einer Vielzahl von Jungfrauen vergnügen. Blöder geht's eigentlich nicht."

Jan öffnet die Beifahrertüre auf der dem Hotel abgewandten Seite des quer vor der Mauer stehenden Lieferwagens, um durch die Fahrerkabine hindurch die Liefereingangstüre beobachten zu können. Genau im diesem Moment wird diese Türe weit aufgestoßen und

das Küchenpersonal in ihrer weißen Kleidung quillt schreiend heraus, gefolgt von einem ganz in schwarz gekleideten Mann, der mit seiner Maschinenpistole wahllos in die fliehenden Menschen schießt, die hilflos auf die Hofmauer zulaufen. Ein zweiter Terrorrist mit der gleichen Vollgesichtsmaske, in der nur die Augen aus einem schmalen Schlitz sichtbar sind, verfolgt einen der Köche welcher versucht hinter dem Lieferwagen, wo sich auch Jan und Elena verstecken, in Deckung zu gehen. Der Terrorist ist direkt hinter dem Flüchtenden und schießt, trifft ihn jedoch offensichtlich nicht, kommt jetzt um die Kühlerhaube des Wagens herum auf Jans Seite der im Schutz der offenen Beifahrertüre auf dem Trittbrett steht und so von dem Terroristen, der an ihm vorbei muß, wenn er sein Opfer töten will, nicht gesehen werden kann. Als er auf Jans Höhe ist, schlägt dieser ihm, hinter der Türe heraus, mit voller Kraft den Fleischhammer auf den Kopf. Es gibt ein Geräusch als würde man ein rohes Ei zerschlagen. Der Mann sinkt in sich zusammen, streckt sich auf dem Boden aus, zuckt mehrmals mit seine Gliedmaßen und liegt dann still. Dies geschieht in Sekundenbruchteilen unter Jans Augen. Als er zu Elena blickt sieht er, daß sie die Kalaschnikow des Terroristen schußbereit in der Hand hält und fragt:
„Können sie mit diesem Ding umgehen?"
„Seit meinem unfreiwilligen Aufenthalt in Afghanistan und ich dort drei Menschen erschießen mußte, um andere und mich zu schützen, ja. Geben Sie mir das Ding."
Schreie von verzweifelt fliehenden Menschen füllen den Hof. Jan klettert wieder in das Führerhaus des Lieferwagens zurück und blickt aus dem Seitenfenster auf das Gemetzel wahllos tötender Angreifer. Ohne zu überlegen feuert er auf die schwarzen Männer. Es sind mehrere und zwei von Ihnen trifft er. Einer der Köche ein mächtiger Mann sticht mit einem Küchenmesser mehrfach in der Körper eines der am Boden liegenden Terroristen, nimmt dann dessen Maschinenpistole und erschießt einen weiteren der schwarzen Teufel. Dann steigt dieser Koch in den zweiten Lieferwagen, der mit geöffneten hinteren Flügeltüren, in Ausfahrtrichtung zum Tor steht, läßt der Motor in höchster Umdrehung aufheulen und rast mit vollem

Tempo und durchdrehenden Antriebsrädern auf das Gittertor zu, das mit lautem Krachen, aus den Angeln gerissen, aufspringt.

Jan packt Elena an der Hand und sie rennen zur neu geschaffenen Öffnung hinaus auf die JALAN IMAM BONJOL Straße, die mit stehenden Autos zugeparkt ist. Der Lieferwagen des Kochs ist über den breiten Gehweg und den Grünstreifen in die haltenden Autos gefahren und hat mehrere Fahrzeuge seitlich zusammengeschoben. Schreie aus den zerquetschten Autos, komplettieren den Chaos.

Jan hat die Maschinenpistole noch im Hof weggeworfen und zieht jetzt Elena weiter an der Hand zwischen den stehenden Autos hindurch auf die andere Straßenseite, was kein leichtes Unterfangen ist, denn zwischen den Autos deren Fahrer meist ausgestiegen sind und neben Ihren Fahrzeugen stehen, versuchen sich Kleinmotorräder hindurch zu winden, vielleicht von der Neugierde getrieben von dem grausamen Spektakel, das sich offensichtlich auf den SQUARE SA-MANT DATANG konzentriert hat, etwas mit zu bekommen. Hinter ihnen, vom Hof her, hören sie Explosionen.

„Ich glaube die werfen jetzt Handgranaten - arme Köche!"

Sie erreichen die andere Straßenseite auf der viele Menschen in dichten Gruppen stehen, um aus sicherer Entfernung, gierig das Unglück anderer zu beobachte.

Jan und Elena drängen sich durch die Menge. Direkt hinter den Menschen im Erdgeschoß eines der hohen straßenbegleitenden Gebäude betreten sie eine Bar die, außer dem pausbäckigen Barkeeper, menschenleer ist. Der Mann steht seitlich des Tresens und starrt wie gebannt durch die große Glasscheibe hinaus auf das auch für ihn sicherlich unfaßbare Geschehen.

„Zwei doppelte Malt Whisky."

Der Barmann rührt sich nicht. Er ist offensichtlich in einem Scheckmoment erstarrt.

Jan geht hinter den Tresen wo auf den Regalen vor dem Spiegelwand, neben anderen unterschiedlichen Flaschen, mehrzählig Whiskys aufgereiht sind, die das Herz eines Liebhabers höher schlagen liesen. Da stehen sie in Reih und Glied, die Aberfeldys, Aberlours, Double Casks, An Cnocs, Ardbeg Corryvreckan, Ardmore Traditioals, aber auch ein Glenmorachyie, Glenfiddich und der Famous Grouse ist im Angebot.

Jan nimmt den Ardberg Corryvrecken und zwei Gläser, die er zur Hälfte füllt und eines vor Elena hinstellt, die an einem der hintern Tische Platz genommen hat, das Telefon am Ohr: „Dornbach holen Sie uns hier raus, die Botschaft ist doch direkt um die Ecke!"

Draußen weitere Schüsse. Schrille Polizeisirenen, Blaulichter von Polizeifahrzeugen, im Versuch auf dem gegenüberliegenden Gehsteig und dem begleitenden Grünstreifen an das ausgerissenen Hoftor heran zu kommen.

„Jans Hände zittern so heftig, als er das Glas zum Mund führen will, daß er die zweite Hand zur Hilfe nehmen muß.

„Ich habe Menschen getötet, jetzt zum wiederholten Male, was ich nie mehr tun wollte. Warum komme ich immer wieder in eine solche Situation?"

„Mann, Sie haben damals, bei Ihrem unfreiwilligen Aufenthalt in Afghanistan getötet und damit Leben gerettet, so auch das Ihre, genau wie jetzt.*

Was glauben Sie was die schwarzen Teufel mit uns gemacht hätten, ohne unser entschlossenes Handeln. Sie brauchen sich wahrhaft keine Gedanken, oder gar Vorwürfe zu machen, Sie haben das Richtige getan und uns damit gerettet."

Dann erklärt sie am Telefon ohne Übergang, daß ihr jenes, von Dornbach vorgeschlagene Mittelklasse-Hotel gut bekannt sei und sie wisse wie man, von hier aus, dorthin käme, allerdings, könne man die Bar vorläufig nicht verlassen, da die ganze Länge der JALAN IMAM BONJOL Straße mit stehenden Autos und Menschen blockiert sei. Ein Blick nach draußen bestätigt auch die Blockierung der Gehsteige und des Grünstreifens durch Kleinfahrzeugen, die sich durch die Menschenansammlungen hindurch winden und den Chaos dabei noch erheblich vergrößerten. Die Devise heiße im Augenblick abzuwarten bis sich die Situation draußen entspannen würde. Wie lange dies dauere und inwieweit die Polizei den unübersichtlichen Irrsinn wieder unter Kontrolle brächte, wäre nicht abzusehen.

(*Siehe Buch 8 - IRRUNGEN DER LÄMMER)
Jan schweigt und versucht seine Gedanken zu ordnen, sie auf die gegenwärtige Situation auszurichten, respektive auf das notwenige Kommende.
Dann sagt er an Elena gerichtet:
„O.K. Baby - und jetzt mache ich Nägel mit Köpfen. Gib mir das Prepaid-Telefon."
Sie holt, sichtbar widerstrebend und mit einem fragenden Blick, das ominöse, bisher ungenutzte, Handy aus ihrer Jacke und übergibt es Jans kommentarlos, was ihn nach der vorausgegangenen Geheimnistuerei eigentlich überrascht. Ohne Verzug drückt er auf die 7 und dann auf den Telefonhörer.
Während er auf das Freizeichen hört und wartet, daß sich jemand meldet, kommen doch noch Elenas Bedenken zum Ausdruck, indem sie bemerkt er würde jetzt in der Übereilung vielleicht einen Fehler machen.
„Nein, ich habe die Schnauze voll und wenn es funktioniert spreche ich unverzüglich mit Bremer und regle die Sache in meinem und damit auch Eurem Sinne.
Die Verbindung ist da. Am anderen Ende hört Jan den Atem eines Menschen, der sich jedoch zunächst nicht meldet.
„Hallo Jürgen Bremer, hier spricht Jan van Boese." Es vergehen wieder einige Sekunden, dann; siehe da, Jürgen Bremer meldet sich mit einem etwas zögerlichen Hallo und der Frage, „was liegt an?"
Jan erwidert:
„Ich stecke im Augenblick in Schwierigkeiten, weil irgendwelche Wahnsinnigen unser Hotel stürmen - doch wir sind draußen."
„Was heißt – wir(?)- aber um welches Hotel es sich handelt brauchst Du mir nicht zu sagen, denn dieser Horror läuft bereits im TV."
Bei mir ist Frau Elena Lorisco vom BND, eine gute alte Bekannte von mir, vor der Du Dich nicht zu fürchten brauchst, denn Sie hat speziell für Dich ein unvergleichliches Angebot, das Dich aus allem, Deinem selbst gestrickten Machenschaften heraus bringt. Verlaß Dich auf mich - doch Du mußt mir jetzt sofort sagen wo Du Dich

aufhältst und wie, wo und wann ich Dich treffen kann?"

„Sag ich nicht, ist mir zu riskant, solange ich von Dir Auge in Auge nicht weiß was wirklich Sache ist."

Es entstehen einige Sekunden Sprechpause, in denen keiner der Beiden etwas sagt, dann kommt Bremers Vorschlag:

„Höre mir zu- wir treffen uns morgen 14.00 Uhr im RAGUNAN ZOO bei den Hippos im Sektor 9 nach Zooplan der am Eingang aushängt. Du mußt Dich links halten - aber gehe nicht zu nah ran, denn die Dicken mögen Menschen nicht - o.k.- lacht"

„O.k.!"

„Sage niemanden, auch Deiner BND –Tante nicht wo wir uns treffen, und komme alleine, klar?"

„Klar!"

Dann ist das Gespräch weg.

„Was hat er gesagt?"

„Ich treffe ihn Morgen."

„Wo?"

„Das behalte ich zunächst für mich, so habe ich es ihm versprochen. Dieses einmal noch, weil ihr offensichtlich die undichte Stelle noch immer nicht gefunden habt, weder in der Botschaft noch im BND. Ich persönlich vertraue Ihnen Elena, bitte Sie aber bis nach meinem morgigen Gespräch mit Bremer zu niemanden über diesen Kontakt zu sprechen. Alles Andere ist dann Ihrer Disposition vorbehalten, wenn ich morgen zurück bin."

„Abgemacht. Doch in Sachen undichte Stelle in der Botschaft sind wir ganz nahe dran. Wir haben ein Falle gestellt indem wir vor unserem Abflug verlauten ließen, daß wir Bremer in Manila ausfindig gemacht hätten und dorthin fliegen würden. Danach wurden alle Telefonleitungen und auch die Handykontakte überwacht. Ein Anruf ging an ein Handels-Büro namens CHANG JANG, das nach unserer Kenntnis eine Deckadresse der nordkoreanischen Agenten in Japan ist. Unsere Cyber-Spezialisten sind augenblicklich dabei den Anrufer zu personifizieren, zur Sicherheit auch mit einem Stimmabgleich, damit schlußendlich keinerlei Zweifel bestehen bleiben. Ich rechne eigentlich noch heute, spätestens morgen früh mit einem definitiven Bescheid. Dies zunächst was die Botschaft angeht. Innerhalb des BND wird es schwieriger weil dort lauter Profis sitzen die sich, wenn es denn tatsächlich einen Maulwurf geben sollte, zu tarnen wissen. Aber auch dort werden wir, im Falle dessen fündig, was jedoch noch einige Zeit in Anspruch nimmt und primär für unsere hiesigen Direktmaßnahmen nicht relevant ist. Ich habe zunächst uneingeschränkte Handlungsfreiheit und muß mich vorläufig noch nicht mit meinen Partnern in Berlin abstimmen."

Wo schlafen wir heute Nacht? Und wer kümmert sich um unser Gepäck im Mandarin?"

„Dornbach, den ich für absolut integer halte, bringt uns zunächst in einem mir bekannten Hotel unter, vielleicht auch in der nahen Deutschen Botschaft, JALAN M.H.THAMRIN Nummer 1, im Tower des INDONESIA KEMPINSKI HOTEL. Dies wäre dann groteskerweise direkt gegenüber dem MANDARIN ORIENTAL, wohin wir gleich hätten rennen können, aber Sie haben mich ja mit aller Kraft hierher in die Bar geschleppt ohne, daß ich, atemlos wie ich war, etwas hätte sagen können. Vielleicht fährt er uns auch später zu dem bereits benannten, hübsch häßlichen, Design Hotel namens HARRIS, weg vom Zentrum, das der BND, wenn er hier in Indonesien etwas zu tun hat, stets nutzt und bringt auch unser Gepäck dort hin."

Vor der Bar herrscht noch immer ein lautstarkes Chaos unterschiedlichster Lärmquellen. Drüben da wo der Lieferwagen durch das Tor brach und in die stehenden Autos krachte, brennen mehrere Fahrzeuge. Die Feuerwehr, welche offensichtlich auf der Hotelseite, über den Gehweg und den Grünstreifen neben der Fahrbahn, die Straße herauf bis zur Brandstelle herangekommen ist, hat den Grünstreifen mit allen Pflanzen und Bäumen in eine zermahlene Wüste verwandelt.

Schüsse sind nicht mehr zu hören.

Plötzlich knallen die Türe der Bar auf und ein Pulk von Menschen ergießt sich in den kleinen Raum. Laut schreiend, aus dem zu entnehmen ist, daß offensichtlich einer der Terroristen aus dem Hof heraus laufend auf alles schießt, was sich auf der Straße davor bewegt. Jetzt ist der Chaos in anderer Form wiederum hautnah an Elena und Jan herangekommen und sie werden von den gestikulierenden Menschen in die äußerste Ecke des Barraumes gedrängt. Elena deutet auf die Türe in der Wand hinter ihr, auf der Privat steht. Über eine der beiden Türen des dahinter liegende Büros gelangen sie in einen Hof und auf die rückwärtige Straße. So können die beiden schlußendlich die Bar verlassen und laufen auf Nebenstraßen nach Süden, weg von den bösartiger Zerstörung, deren Geräusche sich allmählich hinter ihnen verlieren.

29

Die Luft ist dampfig schwül und von unterschiedlichen Gerüchen
und Geräuschen, die aus der dichten Pflanzen-und Tiervielfalt des
asiatische Freiluftzoos erzeugt werden, geschwängert. Jan steht mit
schweißnassen T-Shirt nahe des ziemlich ungepflegt wirkenden, viel
zu kleinen Zoobereichs der Hippos. Die eingesperrten Tiere
schauen ihn träge an, er möchte meinen traurig, so als hätten sie resigniert, ihres natürlichen Umfeldes beraubt, als Schauobjekt den
grausamen Menschen ausgesetzt zu sein. Jan haßt Zoos, am meisten
allerdings die Volieren in denen man den Vögel das Wichtigste ihres
Lebensraumes, Lebensinhaltes, das Fliegen vorenthält. Wenn er
könnte, würde er sie alle befreien, aber das bleibt eine schmerzliche
Illusion.

Vorbei am bronzenen, den Vorplatz des Zoogeländes beherrschen-
den Riesengorilla, mit der halbgeschälten Banane in der Faust, zwischen den beiden überhöhten Giebeln der symbolisierten
indonesischen Traditionshäuser hindurch, legt sich im Angesicht
der eingepferchten Flußpferde, eine Hand schwer auf Jans Schulter.
Er wendet sich abrupt um und blickt in ein unrasiertes Männergesicht mit wildem grauen Haarschopf - Jürgen Bremer - ganz anders.
„Wie siehst Du denn aus? So schnell können Deine Haare nach dem
fast glatzköpfigem Igelhaarschnitt in EIHEI-JI nicht gewachsen
und gleichzeitig ergraut sein."
Bremer holt einen deutschen Paß aus seiner Jacke und zeigt Jan das
darin verschweißte Foto eines Mannes, der ihm in dieser neuen Maskerade ähnelt und lüftet gleichzeitig ein klein wenig sein Toupet.
„Ist ein toter Mann, Igor Maurer, ein Rußlanddeutscher, dessen Paß
noch bis 2019 gültig ist. Klasse nicht war?"
„Du bist wirklich mit allen Wassern gewaschen. Wer hätte das damals gedacht, als Du vor einem halben Jahrhundert, noch mit blon-
dem Vollbart und ebensolcher Locke in Freiburg, auf der Hochallee

in der Milchbar Deinen Bananen-Shake geschlürft hast."
Jans Handy klingelt.
„Moment."
Elena hört sich aufgeregt an, als sie Jan hastig mitteilt, die Koreaner
seien wohl darüber informiert, daß Bremer und Jan sich in Jakarta
befänden und seien ihnen möglicherweise vom Harris-Hotel aus gefolgt. Er solle, wenn er Bremer treffe „- haben Sie?"-„ habe ich" - er
steht neben mir - so schnell wie möglich den Ort wechseln, die Kimis
würden, wenn sie Bremer erkennen, ihn höchstwahrscheinlich kid-
nappen und später, wenn sie alles aus ihm herausgequetscht hätten,
liquidieren. Was mit Ihnen, Jan van Boese, geschähe, weiß ich nicht,
aber es würde sicherlich -not amused - sein diesen eiskalten Burschen in die Hände zu geraten. Es ist Eile geboten."
    „Noch ganz schnell zu Ihrer Information, meine BND-Spezialisten
haben im Übrigen die undichte Stellen in der deutschen Botschaft
in Tokyo gefunden und mir das Entsetzen ins Gesicht getrieben,
denn es ist - ich kann es nicht fassen - unser Botschaftssekretär Tal-
bach- Sie kennen ihn. Er ist offensichtlich wegen Spielschulden den
Anwerbungen der Koreaner erlegen und jetzt dadurch überführt,
weil er gezielt der Einzige war, der von der falsch gelegten Fährte
nach Manila wußte. Er hat mit dieser Einzelkenntnis, andere möglicherweise Interessierte ausgeschlossen und nur die schlitzäugigen
Teufel direkt auf die richtige Fährte gelenkt. Doch der Überfall auf
das Mandarin-Hotel kam den Kimis dazwischen, so daß sie offensichtlich für kurze Zeit unsere Spur verloren und uns dadurch ein
kleines Zeitpolster entstand. Ihr geht nach eurem Meeting nicht ins
HARRIS-Hotel sondern nehmt ein Taxi zum Hafen - Pier 1 - an
deren Spitze der internationale Container Terminal liegt, dort er-
warte ich Euch in der Halle Nummer 2 - o.k.?"
„O.k.!"

Jan ist jetzt aufs Äußerste angespannt, denn er will wahrhaftig nicht
noch einmal eine persönliche Konfrontation mit den Koreanern. Zu
Bremer gewandt sagt er, fast ein wenig außer Atem:
„Wir müssen uns sofort von hier verpissen, die Koreaner haben un-

sere Spur – wie dies bei aller Vorsicht möglich wurde, obwohl, der BND jedwede Vorsicht walten ließ, erkläre ich Dir später. Eines jedoch gleich - der BND hat Dir ein Superangebot zu machen, was Deine Zukunft angeht und Dich „straffrei" aus dem Streß bringt, wenn Du denen ihre ganz spezifischen Fragen schlüssig ohne Auslassungen und der Wahrheit entsprechen beantwortest."

Bremers Kopf macht jetzt eine leichte hin-und her Bewegung, um dann plötzlich, mit einem starren Blick an Jan vorbei, abrupt inne zu halten. Dann legt er Jan seine Hand flach auf die Brust und sagt leise:

„Nicht umdrehen, ich glaube die Kameraden sind schon hinter uns. Es sind zwei. Ich erkenne sie an ihren groben Gesichtern. Mich schützt meine Maskerade, aber Dich haben sie offensichtlich schon in Tokyo oder bereits in Jakarta gesehen, also bleibt uns im Augenblick nur die Möglichkeit unauffällig entlang dieses stinkenden Wassertümpels weiter zu gehen hinunter zu den Alligatoren, denen werde ich diese Teufel zum Fraß vorwerfen werde."

„Wie bitte?

Bist Du verrückt geworden, wir werden uns doch nicht mit ihnen anlegen, sondern versuchen im Menschengewirr um uns herum zu verschwinden und dann nach Elenas Weisung abtauchen."

„Papperlapapp - die kriegen wir nicht los, wenn wir nicht Fakten schaffen - laß mich einfach machen. Ich weiß ziemlich genau was jetzt Entscheidendes zu tun ist und ich kenne, nebenbei gesagt, das Alligatorenareal sehr genau."

Ich kann es einfach nicht glauben, daß Dir so etwas Abstruses einfällt, und Du tatsächlich ernsthaft daran denkst diese Wahnsinnsidee auch tatsächlich in die Tat umzusetzen?"

„Und ob ich es tun werde."

„Dann sage mit bitte wie Dein irrwitziger Plan vor sich gehen soll?"

„Höre jetzt genau zu:

Vor dem Alligatorenpool ist eine hüfthohe Mauer, dort stellen wir uns hin. Wenn die Koreaner uns, respektive Dich, ausmachen und sich nähern, versuche wir sie so nahe wie irgend möglich an die Mauer heran zu locken. Das Restliche besorge ich dann."

„Um Gottes willen, was willst Du tun?"
Jan dreht sich für einen kurzen Moment um – und sieht jetzt die beiden Männer vielleicht knapp einhundert Meter hinter ihnen und wenn sie auch immer wieder von Menschen verdeckt werden, ist eindeutig erkennbar, daß sie direkt auf Jan und Bremer zusteuern.
„Wenn sie nahe an der Mauer stehen greife ich ihnen von unten in die Hosenbeine und reiße sie daran mit einem Ruck über die Mauer. Das gleiche machst Du mit dem Zweiten und wenn Du es nicht schaffst, werde ich dessen Überraschungsmoment ausnutzen und mit ihm das Gleiche tun, dann können sie sich mit den hungrigen Echsen auseinander setzten und ich garantiere, sie kommen da nicht mehr heil heraus."
„Du scheinst mir völlig übergeschnappt!"
„Nein, nur ein Realist und ein Kämpfer, der diese Umwerfmethode schon erfolgreich ausgeführt hat und Du - halte jetzt den Mund und mache was ich Dir sage, weil dies nicht nur zu meinem, sondern vor Allem im Augenblick zu Deinem Besten ist. Dreh Dich nur ruhig um, daß sie dich erkennen, dann gehen sie uns um so eher auf den Leim und jetzt sag mir wie sie gekleidet sind."
„Gekleidet sind?"
„Ja verdammt, tragen sie Anzüge mit entsprechenden Hosen?"
„Hosen, ja."
„Hochwasser wie die Amis?"
„Hochwasser, Du meinst ob die Hosen auf den Schuhen aufstehen oder kürzer sind?"
„Ja, verdammt, tragen sie Hochwasserhosen?"
Jan dreht sich nochmals um.
„Die Hosen stehen nicht auf den Schuhen auf, man sieht bei jedem Schritt die Socken."
„Prima, dann kann ich sie dort um so besser packen!"
Jans Herz schlägt ihm bis in die Schläfen, aber er ist in diesen Sekunden gedanklich paralysiert, unfähig in der kurzen Zeit, die noch zur Verfügung steht bis sie das Alligatorenareal erreicht haben, eine andere Möglichkeit zu erfinden, um Bremers Plan etwas Wirksames entgegen zu halten.

Er geht, die letzten Meter des von dschungelartiger Bepflanzung gesäumten Weges bis zu den Alligatoren, fast willenlos neben dem sichtbar wild entschlossenen Partner her. Den Mann am Wegesrand, der dem fliegenden Hund, gnadenlos die Flügel spreizt und vergeblich auf ein Entgelt für die grausame Vorführung an seinem hilflosen Objekt erwartet, nimmt er nicht wahr. Er folgt Bremer bis zu jener besagte niederen Mauer, hinter der sich in einer Tiefe von über zwei Metern, träge ein brackig, schlammiger, weitgehendst mit Wasserpflanzen bedeckter breiter Wasserlauf an dichten Dschungelwänden entlang zieht. Aus der trüben Undurchsichtigkeit dieses Brackwassers tauchen immer wieder die Köpfe von Alligatoren auf, vielleicht in der Hoffnung, daß von den vielzähligen Gaffern über ihnen das eine oder andere Freßbares herunterfällt. Einer, der wahrhaftig nicht freundlich anzusehenden Reptilien liegt direkt unterhalb der Mauer auf einem schmalen Uferstreifen mit weit geöffnetem Maul, in dem sich ein kleiner Vogel nieder gelassen hat, um schnell ein Paar Speisereste zwischen den scharfkantigen Zähne heraus zu picken, offensichtlich mit Zustimmung des Meistern.

„Hier bleiben wir stehen "- kommt es wie ein Befehl aus Bremers Mund.

Menschen gehen vorbei, bleiben neugierig wenige Meter oder ganz dicht neben Jan und Bremer stehen und blicken über die Mauer hinunter wo sich jetzt auch ein zweiter mächtiger Alligatoren aus dem Schlammwasser herausgequält und sich ebenfalls auf den schmalen Uferbereich legt. Er hat etwas im Maul, das die Neugierde des Schläfers zu interessieren scheint, denn der dreht sich zu seinem Artgenossen und schnappt nach einem Teil das seitlich aus dessen Maul ragt. Jetzt streiten sie sich und ihre zackigen Schwänze peitschen das Wasser und den Schlamm. Vielleicht hatte gerade die Fütterung stattgefunden und sie kämpfen um das letzte Stück Fleisch, was stets Menschen anzieht, um das schaurige schöne Gefühl, nicht selbst auf dem Speiseplan dieser Urtiere zu stehen, genießen zu können.

„Wir gehen direkt bis zu den vielen Menschen über dem Freßschauspiel, die uns Deckung geben, wenn ich meine Aktion ausführe. Gleich sind sie da. Drehe dich um, schau sie an und geh ein wenig

zur Seite, so daß sie quasi zwischen uns zu stehen kommen. Wir müssen sie so nahe wie möglich an die Mauer locken. O.k.!"
„Deine Worte in Gottes Ohr."
Jan hat einerseits resigniert alternativ zu handeln, ist jetzt jedoch auf Selbstverteidigung programmiert, denn er hat erkannt, daß es kein Ausweichen mehr gibt. Die beiden Koreaner, die er vor der Tokyo-Bank abwehren konnte, haben in ihrem Bericht ganz sicherlich seine Verteidigungsfähigkeit beschrieben und die ihnen jetzt folgenden Agenten angewiesen sich darauf einzustellen.
Bremer gibt jetzt mit flüsternden Zischlauten, fast hypnotisierend wirkende letzte Instruktionen:
„Sie werden zuerst Dich nochmals beäugen, weil sie Dein Bild kennen und sicher sein wollen, dann mich den Grauhaarigen der Dich begleitet von dem sie nicht wissen wo sie ihn hintun sollen. Das ist der Moment wo wir sie packen. Du bist doch Judoka und mußt als Solcher in der Lage sein einen der Kerle über die Mauer zu werfen. Wenn alles glatt geht, werden die Menschen schreien und entsetzt über die Mauer hinunter starren, diese Verwirrung nutzen wir aus und laufen im Schweinsgallop den Weg zurück zu den Hippos und ab zum Ausgang, bevor die Wärter kommen. Von dort an bist Du mit Deinen BND-Anweisungen am Zug. Bau keinen Scheiß, denn auch ich will endlich aus meiner Zwangslage heraus. Dafür mach ich dann alles was Deine Damen oder Herren von mir wollen."

Das Folgende geht dann rasend schnell. Die Hand des ersten Koreaners nähert sich mit einem kleinen Behälter, ähnlich einer Pfefferspraydose, Jans Gesicht, doch im gleichen Augenblick fällt er mit einem Schrei über die Mauer. Der zweite Mann macht einen Schritt nach vorne direkt an die Brüstung und blickt entsetzten hinunter auf die schrecklich schnappenden Mäuler der Echsen, die den vor ihnen liegenden Mann bereits gepackt haben und stürzt selbst im gleichen Moment völlig überrascht hinunter.
Menschen schreien schieben sich gegenseitig zur Mauer, wollen sehen was geschehen ist, waren die abgestürzten Männer unvorsichtig? Es scheint als habe niemand Bremer beobachtet, der sich in Bo-

dennähe bewegend unter die Hosenbeine griff, diese hochriß und so den Sturz der Verfolger herbeiführte. Nachdem der erste Koreaner gestürzt war, hätte Jan sich eigentlich um den anderen kümmern müssen, war aber bewegungsunfähig, stehen geblieben, was Bremer wohl erkannt hatte und sofort handelte.

„Schnell wir müssen zurück!" Bremer zieht Jan durch die heranströmenden Menschen und schreit im laufen mit fuchtelnden Armen immer wieder ganz laut:

„bantuan....bantuan....Polisi...Ambulance.... bantuan.....!"

Er schreit ununterbrochen und deutet den Entgegenkommenden in die Richtung der Mauer. Die ersten Zoo-Wärter in den grünen Uniformen begegnen Ihnen und Bremer zeigt hinter sich zu dem Alligatoren-Wasser und schreit wieder und wieder:

„bantuan....bantuan....!"

Sie erreichen ungehindert das Tor, denn es herrscht jetzt ein absoluter Chaos in dem offensichtlich keiner der Zoo-Leute weiß, was zu tun ist.

Draußen stehen Taxis in Reihe, deren Fahrer ihre Fahrzeugen verlassen haben und neugierig zum Zoo-Eingang blicken.

„Zum Hafen!"

Anstelle den Fahrersitz einzunehmen fragt der Fahrer:

„Was ist denn da drinnen los?" Zuerst in der Landessprache, dann auf englisch.

„Bremer sagt:"

„Er wisse es nicht genau, aber anscheinend ist jemand in den Alligatorenteich gefallen und wird eventuell gerade von den Echsen verspeist."

Jan denkt - dieser Kerl hat vielleicht Nerven.

Wiederwillig setzt sich der Fahrer in sein Fahrzeug und der lautstarke Rummel im und vor dem Zoo verliert sich im Straßenlärm.

„Wohin genau am Hafen?"

„Internationaler Container Terminal."

„Da kann ich nicht direkt hinfahren, dieser Terminal liegt im Meer, einhundert Meter vor dem Ende der Pier 1. Ich fahre Sie bis zur

JALAN RAYA PELABUHAN, von dort können Sie zu Fuß die Pier hinaus wandern."

„Fahren Sie!"

„Was hast Du denn die ganze Zeit geschrien als wir zum Tor liefen- *bantuan*- so hieß doch das Wort?"

„Ganz simpel - auf indonesisch –Hilfe- und so hat man uns nicht aufgehalten, weil man glaubte wir bräuchten Hilfe oder wären dabei Hilfe zu holen."

„Ich kann es nicht glauben wieviel Brutalität und gleichzeitig Cleverneß Du so gänzlich spontan an den Tag legen konntest."

Jan schüttelt den Kopf. Dann schweigen sie sich an, nur der Taxifahrer quasselt ohne Unterbrechung, ohne, daß einer der beiden Fahrgäste darauf hört oder gar reagiert.

Plötzlich sagt Bremer, als hätte er etwas Wichtiges vergessen:

„Hast Du mein Geld?"

„Ja."

„Wo-?"

Jan klopft auf seine Brusttasche.

„Gib es mir, abzüglich 30 Mille, welche Dir gehören."

Jan nimmt das umfänglich Paket aus seiner Jacke, das Bremer mit einer schnellen Bewegung ergreift, öffnet und die 1000 Dollarscheine flüchtig durchzählt.

„Die 30 Tausend habe ich mir schon weg genommen, o.k.?

„Natürlich o.k."

Bremer lächelt vor sich hin, quetscht das Kuvert auf ein Halbformat zusammen und läßt es in seiner Gesäßtasche verschwinden.

30

Vorbei an langen Reihen hochgestapelter Container, mächtiger Lastkranen, gleich eisernen Giraffen, sowie anderen Hafengerätschaften, auf der ins Meer hinaus ragende Pier, gehen die beiden Männer schweigend dem Ende der Landezunge entgegen. Auf der linken Seite stehen mehrere lange Blechhallen hintereinander, von denen die zwei vorderen fast bis zum Pierende reichen.

Zuerst ist Elena klein, von Weitem kaum wahrnehmbar, dann winkt sie, wird allmählich größer und zuletzt, in einem feuerroten Cape mehr als deutlich erkennbar.

„Nicht gerade eine Tarnfarbe", sagt Jan.

Hinter der schlichten Norm-Türe öffnet sich ein, mit vielen Monitoren dicht ausgestatteter Raum, der wie das Regiestudio eines großen TV-Senders anmutet.

Elena führt sie an mehrzähligen Mitarbeitern vorbei, die mit Haedsets versehen, wie gebannt auf die zuckenden Bildschirme starren, auf denen ein verwirrendes hin und her herrscht.

Dahinter ein kleiner Raum, fast gemütlich, wären da nicht das kalte Neonlicht, das dem Raum die Atmosphäre eines Leichenschauraumes vermittelt.

Es gibt mehrere niedere Tische, bequem erscheinende Sessel und einem Arbeitsplatz hinter einem filigranen Schreibtisch mit zwei PC-Schirmen an dem ein Mann mit mittelgrauem Haar und asketisch geschnittenen Zügen sitzt.

„Setzen sie sich. Etwas zum Trinken?"

Bremers Ja kommt wie aus der Pistole geschossen:

„Bitte ein Bier und ein MAO TAI."

„Den chinesischen MAO TAI haben wir nicht aber einen 48 Prozentigen BATAVIA ARRAK, der reißt Ihnen wunschgemäß auch die Magenwände auf."

Der Mann mit gebräuntem Gesicht lächelt ein winziges Lächeln, was der Strenge seines wohl üblichen Gesichtsausdruckes, einen überraschenden Hauch von Sympathie beschert.

Bremer übernimmt den ersten Satz als er das Bier und den ARRAK hinunter gespült hat und wortlos erneut auf die beiden Gläser deutet, was unmißverständlich bedeuten soll – nochmals das Gleiche. Dann lehnt er sich in dem weich gepolsterten Rattan-Sessel zurück und sagt:

„Ich bin freiwillig hierher gekommen, nicht zuletzt weil ich meinem Freund Jan van Boese vertraue, aber jetzt sind Sie, der BND, MAD oder wen auch immer sie repräsentieren, am Zug das mir über van Boese gegebene Versprechen, mich aus meiner Malaise heraus zu bringen, auch einzuhalten. Ich höre!"

Einen Moment lang ist es still im Raum. Der Mann am Schreibtisch hat die Hände vor seinem Gesicht wie zum Gebet mit den Fingerspitzen aneinander gelegt.

Jan van Boese trinkt mit kaum beschreibbarer Lust den ihm servierten Gin-and-Tonic, der mit vielen Eiwürfeln serviert, seinem Lieblingsgetränk die richtig gekühlte Temperatur beschert. Zuvor hatte er der an den Glasrand gesteckten Zitronenscheibe einige Tropfen ihres Saftes abgepreßt, der jetzt in feinen Schlieren durch die wasserhelle Flüssigkeit zieht.

Der Raum ist gleich dem davor liegende Monitorraum fensterlos. Die Wände sind mit deckenhohen Paneelen verkleidet, was man an den minimalen Fugen erkennen kann, ebenso die Decke, diese jedoch mit gerasterten Lochplatten, alles sicherlich aus hochschallisoliertem Material, denn Bremers Worte werden ihm praktisch direkt von Mund weggeschluckt und hören sich dadurch, wie abgehackt an. Die gesprochenen Laute erfahren keinerlei Nachhall, so daß mit hoher Gewißheit auch nicht der geringste Ton nach Außen, oder direkt nach nebenan dringen kann. Dazu der gehweiche, fast elastisch zu bezeichnenden Kunststoffboden, der die Schritte unhörbar macht. Entlang der Wände schmale Bodenschlitze durch welche die temperierte Belüftung des abgeschlossenen Raumes erfolgt und deren Gegenpaart als geschlitztes flaches Blech-Rondell zur Luftzirkulation direkt unter der Decke hängt. Ein leichter Geruch nach Desinfektionsmittel beherrscht den abgeschotteten Raum, innerhalb einer nach außen als simple Lagerhalle gut getarnten Geheimdienststation.

Jan hat diese technischen Details mit einem Blick ins Rund erkannt, denn er kennt sich mit solchen technischen Konstruktions- und Innenausbaudetails aus, insbesondere mit hochisolierten Materialien, auch mit hochgedämmtem Fensterglas, das hier in diesem abgeschlossenen Raum allerdings nur bei den in die Dachfläche eingelegen Flachverglasung verwendet wurde, sicher nach außen verspiegelten, also kaum sichtbaren.

Jan erinnert sich in diesen gedanklichen Sekunden, als er seinen Blick zum Oberlicht richtet, an eine Erfahrung die er als junger Architekt vor vielen Jahren gemacht hatte, zu Zeiten in denen noch die Amerikaner, in seinem Falle die Kanadier, im süddeutschen Raum Flugplätze für Düsenjäger unterhielten und er die Planungsaufgabe erhielt sehr nahe an einem derartigen Flugplatz, in einer kleinen Gemeinde den Neubau einer damals gerade politisch gewollten, sogenannten Zwerg-Schule, zu planen und zu bauen. Mit Hilfe von Akustikfachleuten und einschlägigen Materialhersteller konnte er dieses Gebäude mit ausschließlich erdgeschossigen Schulklassenzimmern so realisieren, daß man den Start der fast unmittelbar vorbeidonnernden *Starfighters* oder *Phantom-Flugzeugen* nur noch als kaum wahrnehmbares Rauschen vernahm. Jan hatte nämlich zwei Gebäude, schalltechnisch getrennt, ineinander geplant, dazwischen hochisoliertes Dämmaterial. Bei der Schuleinweihung ließ er zur Demonstration der fast perfekten Schallisolierung, an einem Tag, an dem ausnahmsweise kein Flugzeug starten würde, die Feuerwehrkapelle vor einem Klassenzimmer im Freien aufmarschieren, die mit mächtiger Klang in voller Lautstärke ihr Können in den blauen Himmel schmetterte. Im Klassenzimmer selbst vernahmen die Honoratioren, bestehend aus Bürgermeister, Landräten, Landtagsabgeordneten, Schulräten und was noch so ein bißchen Glanz für sich sammeln wollten, keinen Laut, außer ganz schwach entfernt, wenige ganz tiefe Bässe und sie waren so fasziniert, als hätten sie dieses Wunder selbst vollbracht.

Doch jetzt kamen an einem wahrhaft anderen Platz als damals vor dem Schulfenster die lautlose Musikkapelle, die vom Mund des MAD-Mannes weggerissenen Sätze, die mit seiner persönlichen Vorstellung begannen.

„Ich bin Major Bernhard von Hassel, Militärischer Abschirmdienst - Interne Ermittlung" - und direkt an Bremer gerichtet - „gut, daß Sie dem Rat Ihre Freundes folgten und nun mit uns Kontakt aufnehmen. Sie können für uns und den BND eine entscheidende Schlüsselrolle spielen, wenn Sie, begleitend zu unseren laufenden Bemühungen, Ihre Verbindungen innerhalb der illegalen Waffengeschäfte, umfänglich, vollständig und schlüssig offen legen. Wenn dem so sein sollte, was in den kommenden Gesprächen festzustellen bleibt, haben wir Ihnen ein besonderes Angebot zu machen. Sie erhalten, ähnlich wie bei einem Zeugenschutzprogramm, eine neue Identität und können in einen noch zu bestimmenden Ort, Land oder Kontinent ausfliegen, ohne jedwede juristische Konsequenzen für Ihre bisherige Beteiligung an illegalen Geschäften. Damit wären Sie, vor allem die sicherlich gnadenlos agierenden OGD-Agenten des Nord-Koreanischen Geheimdienstes los, welche nach dem miesen Deal den Sie mit deren Land gemacht haben, Sie zweifelsfrei weiter erbarmungslos jagen und sicherlich eines Tages liquidieren werden. Um so mehr nachdem ich soeben erfuhr, daß man vor kaum einer Stunde im RAGUNAN ZOO zwei koreanische Männer, schwerverletzt aus dem Alligatoren-Areal retten mußte, die sich sicherlich nicht von alleine zu den Allesfressern hinunter begeben haben. Sollten Sie Herr Bremer an diesem Gewaltakt - der Seinesgleichen sucht - beteiligt gewesen sein, eröffnet sich mir ein weiterer mehr als tiefen Einblick in Ihre - ich muß leider sagen - brutalisierte Psyche, die mich fast das Fürchten lehrt. Aus meiner Sicht, wenn dem im Zoo so geschehen ist wie ich vermute, werte ich Ihr Handeln im besonderen Falle als präventive Notwehr und werde insofern eventuelle Anfragen meiner indonesischen Kollegen entsprechend beantworten.

Sicher bin ich, daß Herr Van Boese mit diesem Akt nichts zu tun hat, oder?"

Bremer sitzt bei diesen Ausführungen des Majors, nachdem er das zuletzt geleerte Glas abgestellt hat, in sich zusammen gesunken im Sessel, die Hände vor seiner Brust gefaltet, Fingerspitzen und Daumen gegeneinander gepreßt. Er schweigt und es entsteht ein Pause, ja eine fast peinliche Stille - in der es jedoch plötzlich aus ihm heraus bricht:

„Jan van Boese hat weder mit der von Ihnen zuletzt genannten Aktion, noch mit irgend einer anderen meiner Machenschaften etwas zu tun. Er ist ein Ehrenmann, der sein Versprechen mir gegenüber, trotz aller damit verbundener Unannehmlichkeiten eingehalten hat."

Der Major ergänzt:
„Sie haben tatsächlich Ihren alten treuen Freund Jan van Boese in die von Ihnen verursachten äußerst schmutzigen und gefährlichen Angelegenheiten hinein gezogen und können glücklich sein, daß dieser sich bisher äußerst tapfer selbst aus dem damit ausgelösten Chaos heraus gerettet hat. Ihm gebührt - alle Achtung und Sie sollten ihm, aus meiner Sicht, in ganz besonderer Weise dankbar sein, wenn ein solches Gefühl überhaupt bei Ihnen aufkommen kann.

Aber nun ohne weiter Abschweifungen zur Sache.

Wir werden über unsere internen Kanäle verlauten lassen, daß Herr van Boese mit Ihren Deals nichts zu tun hat, lediglich aufgrund eines alten Versprechens Ihnen seinen Paß überließ. Dies müssen wir tun, damit van Boese von jetzt an und für alle Zeiten seine Ruhe haben wird, einmal vor der Koreanern aber auch vor Ihnen. Diese BND-Intern geleiteten Informationen werden zwangsläufig irgendwo über die gleichen unsauberen Kanäle laufen, wie die manipulierten Korruptionsgeschäfte, so daß wir bei Weiterleitung dieser Informationen von der betreffenden Stelle aus, wahrscheinlich auch in der Lage sein werden, die undichten Stellen zu lokalisieren. Es sind die Gleichen welche wir mit Ihrer Hilfe aufdecken wollen. Bis dahin ist jedoch bereits van Boeses Unschuldsbestätigung an deren Standartempfänger weitergeleitet und somit auch bei der OGD angekommen, die dann mit großer Wahrscheinlichkeit die Hatz auf van Boese einstellen wird.

Bremer ist jetzt in seinem Sessel fast versunken. Er sitzt nach wie vor mit gesenktem Kopf die Hände vor der Brust, die Fingerspitzen zusammengeführt, so als würde er beten.

„Sie, Jürgen Bremer, betätigen sich seit - ja man muß schon sagen - Jahrzehnten als sogenannter „Anmacher", später als Zwischenhändler und noch später als aktiver Waffenhändler auf den unterschiedlichsten Betätigungsfelder, bis zu jenem Katastrophendeal bei dem sie die Nordkoreaner mit der Lieferung einer von Ihnen angepriesenen gänzlich neuartigen Raketenangriffs-Software geleimt haben und dem Süden gleichzeitig die dazu passende Abwehr-Software lieferten, die jeden Angriff der Nordkoreaner „ad absurdum" geführt hätte. Bis zu diesem hinterhältigen Deal waren Sie mit Ihren Geschäften recht erfolgreich, speziell in Afrika, Süd-und Mittelamerika und in Asien. Sie waren der Mann mit den Kontakten nicht nur zur Waffenindustrie, speziell in Deutschland, sondern vor allem zu den potentiellen Abnehmern, wie Eritrea, Somalia, den Mittelafrikanern Kongo und Nigeria. Sie vermittelten auch den verschiedenen islamischen Milizen in den unterschiedlichsten Regionen Waffen, ohne die geringsten Skrupel, daß diese dann gegeneinander verwendet werden. Dies war jedoch nur dadurch möglich, weil Sie die besten Kontakte zu den Waffenlobbyisten in den Regierungen, vor allem in Deutschland haben, die dazu beitrugen und es noch immer tun, an den bestehenden Gesetzen vorbei, illegale, rechtlich nicht zugelassene Waffengeschäfte auf getürkten Umwegen in legale Geschäfte umzuwandeln Waffen. Es wäre mir möglich die Kette der Geschäftemacherei noch um vielfache Varianten fortsetzen, worauf ich jedoch im Augenblick verzichten möchte, denn Ihnen, Bremer, brauche ich die Dinge, welche zu Ihrem Geschäft gehört haben, nicht noch einmal vorzutragen.

Eines jedoch noch an dieser Stelle, das ganz vorne in der Reihe der Informationen stehen wird, die wir von Ihnen in den nächsten Tagen erwarten, nämlich die einschlägige Beamtenbeteiligung und zwar personifiziert"

Wenn Sie also mit uns im zugesagten Sinne ins Spiel kommen wollen, geht dies nur damit einher, daß Sie uns uneingeschränkt und vollständig alle illegalen Kanäle benennen, einschließlich der daran beteiligten Personen -namentlich- speziell in den deutschen Verwaltungs-und Regierungskreisen, wie eben schon gesagt und dies detailliert, bis in die kleinste Einzelheit. Wir wissen leider auch, daß manche Geschäfte von ganz oben einfach geduldet, ja unter bestimmten politisch, taktischen Überlegungen heraus, sogar angeordnet wurden und werden, um einen wichtigen ausländischen „Partner" auch im Waffensektor zufrieden zu stellend. Letzteres ist besonders problematisch und macht unsere Aufgabe doppelt schwierig, denn solche Ausnahmen sabotieren die uns gestellten Aufgaben den Korruptionssumpf trocken zu legen.

Ihr Hiersein bestätigt mir Ihre Bereitschaft -auszupacken - wenn Sie mir diesen profanen, jedoch zutreffenden, Begriff gestatten, wofür wir Sie aus dem tatsächlich brisanten Gefahrenbereich Nord-Koreanischer Nachstellungen sicher herausführen werden. Sind Sie dazu bereit?"

„Ja, an sonst würde ich nicht auf diesem stinkbequemen Stuhl sitzen. Voraussetzung ist jedoch, daß Sie Ihr Wort umfänglich halten, mich mit neuer Identität in ein von mir zu bestimmendes Land ausfliegen lassen. Gleichzeitig müssen Sie sicherstellen, daß meine verschiedenen Konten auf ein neues, mit Ihnen zu vereinbarendes Konto, ausschließlichen zu meiner Verfügung, transferiert wird. Hab ich dafür Ihr Wort?"

„Wenn Sie unsere Fragen zufriedenstellend und rückhaltlos beantworten, dann haben Sie auch dafür mein Wort."

„O.k. fragen Sie."

„Oh, nein, so schnell geht es nun doch nicht. Zunächst will ich den doch ziemlich strapazierten Herrn van Boese aus der Schußlinie bringen, denn die Gespräche mit Ihnen, einschließlich aller erforderlichen Rückkoppelungen, werden Tage in Anspruch nehmen. Dafür bringen wir Sie in unserem nebenan liegenden Gästezimmer unter, das Ihnen allen Komfort bietet, außer Fenster."

„Na denn - dann auch dieses, wenn es denn zu einem befriedigenden Ende für mich führt," meint Bremer und fügt hinzu, „ aber jetzt möchte ich mich unter vier Augen von meinem hilfreichen Freund verabschieden, vielleicht auf Nimmerwiedersehen o.k.?"

„Selbstverständlich, denn Sie haben ihm den jetzt eingeschlagenen, eigentlich einzigen zukunftssicheren, Weg zu verdanken und dies ist eine ganze Menge."

„Ich weiß und deshalb bitte ich um zehn Minuten mit Ihm."

Elena Lorisco und der Major nicken sich zu und verlassen den Raum durch die Türe zum Monitorraum.

Jürgen Bremer geht auf Jan van Boese zu, faßt ihn an beiden Oberarmen und sagt mit einem geradezu phosphoreszierenden Blick in dessen Augen:

„Es gibt keine ausreichenden Worte Dir zu danken, was Du für mich hier und jetzt getan hast, mehr als Dein damaliges Versprechen erforderte und doch ist es irgendwo das Gleiche, denn ich habe Dir, so sagte man mir, das Leben gerettet und Du rettest es mir jetzt gleichermaßen auch. Ich bin ziemlich sicher, daß die Bluthunde aus dem Norden mich weiter gejagt und schließlich liquidiert hätten und ich kann sie sogar ein wenig verstehen, denn das Doppelgeschäft das ich auf deren Kosten mit einem hohen Gewinn für mich, gemacht habe, war schon perfide, das muß selbst ich, der moralisch Verkommene zugeben. Ich habe mir, Du kannst es mir glauben, dank EIHEI-JI den Grundstock eines reinkarnierten Gewissens geschaffen, das mein Handeln in der Zukunft bestimmen soll. Dies obwohl ich zwangsläufig, oder wie Du es auch betrachten möchtest, zweimal rückfällig geworden bin. Einmal mit dem Verlangen und Verwenden deines Passes, den ich Dir jetzt, wenn auch für Dich nutzlos geworden, denn Du hast sicher inzwischen einen neuen, zurück gebe, und zum zweiten als ich die beiden Nordkoreaner über die Mauer stürzen ließ. Das war hart aber notwendig und vielleicht sind sie auch davon gekommen, im ganzen Stück oder irgendwo ein wenig verkürzt.

Danke nochmals und mach es gut, besser als ich, mein Freund." Bremer umarmt Jan, drückt ihn fest an sich und als er den Griff löst, lächelt er sein früher strahlendes Lächeln, das sich jetzt erstarrt in sein Gesicht zeichnet und hinter dem doch nichts mehr von der früheren Fröhlichkeit zu liegen scheint.

31

Wir haben für Sie, in Anerkennung Ihrer effektiven Hilfe und um
Ihnen nach dem Jakarta-Erleben, sowie dem Flug nach Tokyo zurück ein wenig Zeit zum Relaxen einzuräumen, für die kommende
Nacht, in einem der hiesigen Tophotels - Four Seasons Hotel Tokyo
at Marunouchi, eine kleine Suite gebucht, natürlich auf unsere Kosten. Ihr Flug zurück in die Heimat geht morgen Nachmittag um
15.12 Uhr, ab Narita, so daß Sie auch ein wenig ausschlafen können
und keinen Streß haben werde.

Das repräsentative Hotel liegt innenstadtnah, was Jan auf der Taxi-
fahrt von der Deutschen Botschaft kommend, feststellen kann und
denkt bei sich: „Da kann ich heute Abende noch ein wenig bummeln
und eine Kleinigkeit aus der japanischen Küche genießen."

Die Junior-Suite ist alles andere nur nicht klein und hat hochliegend
einen phantastischen Blick in und über die Stadt.
Das Restaurant, vielmehr die unterschiedlichen Restaurants des Hotels wirken einladend, zumal auch eine Sushi-Bar im Angebot ist,
was er liebt, andererseits zieht es ihn hinaus, seinen Gedanken freien
Raum zu geben.
Er geht unter vielen Menschen ohne Ziel den immer intensiver werdenden Leuchtreklamen der aufragenden Häuserzeilen entlang,
blickt hin und wieder in eine Seitenstraße und entdeckt so ein kleines
Yatai-Restaurant das ihn geradezu einzuladen scheint. Sein Sinn
steht nicht nach einem aufgeschirrten Toprestaurants, sondern nach
dem alten traditionellen Japan. Dort sich in eine Nische zurück zu
ziehen, vor dem Draußen geschützt.
Die Yatai-Küche, wo die Speisen auf einem kleinen Kochwagen am
Tisch zubereitet und serviert werden, ganz nach den individuellen
Wünschen des Gastes, liebt er besonders, weil das Gespräch mit
dem Koch und dessen Vorschläge zu einer besonders persönlichen

Geschmacksausrichtung einen unnachahmlichen Reiz bietet.

Der Koch zieht allerdings bei Jans Bestellung eines Glases Fushi-Champagner ein wenig die Brauen hoch, denn er hatte in seinem europäischen Gast einen Kenner der Yatai-Küche gesehen, der als solcher, nichts anderes als Tee nach Vorschlag des Kochs bestellen würde.

Was soll´s, Jans Gaumen gelüstete es fast unwiderstehlich nach Champagner, ohnehin seine Leidenschaft und gerade jetzt in der Entspannung, eigentlich ein unverzichtbarer Genuß nach all dem aufregenden Geschehen.

Der warme Sake nach dem Essen, aus dem Keramikfläschchen im kleinen gleichartigen Becher getrunken, tat sein Übriges, in ihm ein fast verloren geglaubtes Wohnbefinden zu erzeugen.

Sie verbeugen sich tief als er geht und etwas ernüchtert wieder in den Menschenstrudel in die Lichtblitze der Hauptstraße eintaucht.

Er geht jetzt eine wenig gedankenverloren und augenblicklich auch unter Verlust der Orientierung den Schaufensterfronten entlang, ohne eigentliche Wahrnehmung der ausgestellten Verlockungen.

„Verdammt ich habe nichts für Clara eingekauft." Genau in der Sekunde als ihn dieser Gedanke wie ein Blitz zum spontanen Stehen bringt, vernimmt er aus dem Rauschen der in umgebenden Menschen ein pochendes Geräusch, das zuerst leise, dann in rhythmischer Gleichförmigkeit näher kommt. Im gleichen Moment weiß er es kommt von einem Spazierstock oder einer Krücke, die in wiederkehrender Gleichmäßigkeit hart auf das Pflaster des Gehsteigs auftrifft.

Jan dreht sich um und blickt zwischen Menschen hindurch in das steinerne Gesicht des Koreaners, dessen Mund in der häßlichen Form eines umgedrehten Halbmondes geöffnet ist.

Seine sich unaufhaltsam nähernden Schritte sind durch die Behinderung am rechten Bein langsam, begleitet von dem zornig wirkenden Stoßen seiner Unterbarmkrücke auf das Pflaster.

Jan durchzuckt ein eisiger Schreck im Erkennen, daß er keineswegs, gemäß der Aussage des Majors von Hassel, aus dem Gefahrenbereich der Nordkoreaner entkommen ist, genauer betrachtet diesem einen Koreaner, auch wenn es sich wohl kaum noch um Bremers miesen Deal handelte, sondern mit hoher Wahrscheinlichkeit um eine persönlich Angelegenheit, zwischen ihm und demjenigen, den er vor der Bank of Tokyo verletzt hatte.

Spontan setzt er sich mit schnellen Schritten in entgegengesetzter Richtung in Bewegung, weg von der unkalkulierbaren Verfolgung, aber die Geräusche der aufstoßenden Krücke, werden ebenfalls schneller und bleiben hinter ihm, ja sie scheinen sich sogar, trotz Jans zunehmender Schrittbeschleunigung zu nähern.

„Was tun? Fieberhaft sucht Jan gedanklich nach einem Ausweg. Natürlich könnte er wegrennen, so daß der behinderte Mann ihm mit großer Wahrscheinlichkeit nicht folgen könnte oder ein Taxi anhalten. Dann wäre er für diesem Augenblick in Sicherheit, aber dann? Dieser Mann mit dem sichtbaren Haß im Gesicht würde ihn weiter verfolgen, vielleicht sogar zu Hause in Deutschland und wäre es nur der Gedanken ihn jeden Moment hinter sich auftauchen zu sehen. Nein, diese Vorstellung war für Jan unerträglich. Er mußte handeln, und zwar jetzt und hier in Tokyo. Bei diesem Erkennen fällt ihm spontan Bremers Entschlossenheit im Zoo ein, als die beiden Koreaner hinter ihnen her waren und er weiß gleichzeitig, daß er unausweichlich eine ähnlich abschließenden Lösung finden mußte.

Er biegt instinktiv ohne planerische Überlegung an der nächsten Straßenecke in eine kleine Seitenstraße, die kaum beleuchtet ist, denn sie wurde offensichtlich wegen einer Baustelle, deren Absperrungen man weiter vorne, schemenhaft erkennen kann, für den Durchgangsverkehr gesperrt. Das harte Pochen scheint jetzt nur noch wenige Meter hinter ihm zu sein und es schallt in einem angstmachenden Stakkato von den Hauswänden zurück. Jan weiß genau, das er dieser gesuchten Konfrontation nicht mehr ausweichen kann und auch, daß der Koreaner Jans Kampftechniken kennt, ergo etwas im Plan hat, das ein erneutes Verletzungsrisiko für ihn ausschließt, ergo, er eine Waffe bei sich trägt, wie diese auch immer geartet sein mag.

Jan ist sich jetzt auch sicher, daß der Mann keineswegs mit ihm sprechen will, sondern höchstwahrscheinlich beabsichtig ihn zu töten oder im günstigeren Falle, gleich ihm selbst, schwer zu verletzten. Darauf hat er sich mit einer Waffe vorbereitet, damit ihm der Europäer nicht noch einmal zu nahe kommt. Als Jan an dem Absperrungszaun der Baustelle ankommt, hämmert es unaufhörlich in seinem Gehirn:

„Er will mich töten, er will mich töten.......!"

Tief unter ihm in der Grube fließ ein laut sprudelndes Gewässer in Richtung des Ostgartens dem HIGASHI GYOEN, den Jan im Rahmen einer früheren Besichtigung des neuen Kaiserpalastes und der historischen Bauresten des alten zerstörten Palastes kennt. So auch die noch erhaltenen alten Burggräben, an deren überdecktem, für eventuelle Reparaturarbeiten hier geöffneten Ab-oder Zulauf er jetzt vermutlich steht.

Er kann nicht mehr ausweichen, will es auch nicht, denn es muß zu Ende gebracht werden.

Ein zweites Mal steht er nun in Tokyo symbolisch mit dem Rücken zur Wand, in diesem Falle an der Holzblanke der Baugrubensicherung und die Stockstöße hinter ihm verlangsamen sich auf den letzten Metern hinter ihm. Er dreht sich um, ohne das Gesicht des Koreaners im Gegenlicht erkennen zu können, sieht jedoch in dessen freier Hand einen matt glänzenden Gegenstand, der auf ihn gerichtet ist.

Jan nun dem Gegenüber voll zugewendet, hebt beide Hände abwehrend, als wolle er ein Fahrzeug das auf ihn zukommt zum Anhalten zwingen und überraschender Weise zeigt diese Geste Wirkung. Der Koreaner bleibt wenige Schritte vor Jan zögernd stehen.

Jan beginnt jetzt ganz ruhig zu sprechen und lächelt den Mann dabei an, so als wolle er einen bissigen Hund beruhigen, um ihn durch leise freundliche Worte, gleich welcher Sprache, vor dem Zubeißen abzuhalten. Dann winkt er den Mann, dessen nahes Gesicht jetzt zur Fratze verzerrt ist, mit einer der bisher abwehrenden Hände zu sich heran, was diesen sicherlich einmal mehr überrascht, vielleicht sogar für Sekunden irritiert. Doch er nähert sich tatsächlich mit kleinen Vorwärtsbewegungen, wie es der Hund vielleicht auch tun würde, dabei wirkt er einen kurzen Moment lang unentschlossen.

Dann sticht sein Arm mit dem von Jan nicht erkannten Gegenstand nach vorne, stößt jedoch ins Leere, denn Jan hat sich vorbereiteter Weise zu Boden fallen lassen und tritt, auf dem Rücken liegend, mit Wucht gegen die stützend vorgestellte Krücke des Angreifern. Dieser seines notwendigen Halts beraubt fällt nach vorne, über Jan, der sich im gleichen Moment zur Seite rollt, so daß der Koreaner mit der Brust auf das Absperrbrett schlägt, das krachend in der Mitte bricht und ihn mit einem gurgelnden Schrei der brodelnden Tiefe überläßt.

*

VOR DEM ZAUN

Jahre vergehen.

Jan schneidet die Rosen am Zaun an der kleinen Straße, die seitlich am Grundstück vorbeiführt, als ihn ein Mann von Draußen anspricht und meint, an dieser oder jener Stelle müsse man noch ein wenig nachschneiden, das wäre hier und da nicht so exakt, wie es der Gärtner von seinem Naturell her eigentlich von sich selbst fordern würde.

Jan blickt durch die dornigen Zweige der Heckenrosen, die im Frühjahr so herrlich rosafarbene Blüten hervorbringen in das Gesicht eines Mannes, etwa in gleichen Alter, dessen grauer Haarschopf vom aufkommenden Wind zerzaust wird.

Er hat Bremers Stimme sofort erkannt, wenn auch die letzte Begegnung mit ihm Jahre zurück lag und unter dramatischen Umständen endete.

„Erkennst Du mich noch?"

„Warum sollte ich nicht, es sei denn Du willst wieder etwas Unmaßstäbliches von mir."

„Oh Nein, ich wollte nur im Vorübergehen meinen Neidfaktor um Dein gutes Leben erneuern, damit ich mir wieder bewußt werde was für ein Arschloch ich bin."

„Igor Maurer, was hast Du gemacht, daß Du Dich selbst so unter den Scheffel stellst?"

„Ich heiße nicht mehr Igor Maurer sondern Ferdinand Stukki und bin Schweizer."

„Stukki, das war doch Dein Züricher Spezi im Waffengeschäft?"

„Stimmt! Leider bin ich rückfällig geworden und habe im Zuge afrikanischer Geschäfte, bei denen man dem armen Stukki mit einer Machete den Bauch aufgeschlitzt hat, die BND-Identität mit der von Stukki getauscht. Der hatte keinerlei Verwandtschaft, so daß ich ohne allzu große Probleme in dessen Rolle schlüpfen konnte, gepaart mit einem ferngesteuerten Wohnungswechsel von Zürich in die französischer Schweiz nach Genf. Die Schweizer Behörden haben mir den „Schwitzer", mit meinem Hochrheindeutsch, das dem Schweizer Deutsch sehr ähnlich ist, ohne weiteres abgenommen und ich zahle jetzt brav meine frisierten Steuern an den Schweizer Staat, was die geldversessenen Kameraden von Bern hoch erfreut. Ich mußte nur Stukkis Unterschrift erlernen und seinen Digitalcode knacken, damit ich an seine Konten kam, was mir nach einigen Tricks und mit Hilfe eines Spezialisten schlußendlich gelang. Schweizer zu sein ist immer gut, das hat was gediegenes, unschuldiges, unverdächtiges, neutrales, obwohl viele dieser Kameraden hinter ihrer Biedermannsmaske die größten Schlitzohren sind.

„Und was willst Du jetzt wirklich hier vor dem Zaun?"

„Nichts nur das, was ich eingangs schon sagte, um meinen Neid auf Dich zu erneuern, der in den guten Fünfzigerjahren begann, als ich es im Gegensatz zu Dir versäumte zu studieren, bis hin nach Japan und darüber hinaus zurück in den gleichen Schlamassel, aus dem man mir weiß Gott, mit Deiner Hilfe, eine gute Chance geboten wurde einen andern Weg einzuschlagen. Dies und die Lehren des EIHEI-JI zu nutzen habe ich versäumt, deshalb bin ich ein charakterloser Versager und werde es bleiben."

Dann wendet sich Bremer vom Zaun ab und sagt mit einem Blick zum Himmel:

„Lieber Gott – hier steht ein wissentlicher Sünder, der trotz allem Frevel darum bittet - auch für ihn noch ein bißchen Sonne in sein Leben scheinen zu lassen, der durchaus weiß was er nicht tun soll und es trotzdem tut, für das Du, Herrgott, der Du diesen Sünder - mich- geschaffen, also auch die bösen Dinge in mich hinein projiziert hast, ein wenig Mitverantwortung trägst."

Dann zu Jan gewandt:

„Gib mir die Hand über den Zaun. Ich möchte Deine Stärke spüren und der da oben, den ich gerade wiederrechtlich angesprochen habe, soll dich und Deine Lieben schützen."

Seine Hand ist schmal und kalt.

**

EPILOG

Jürgen Bremer hat gegen sein eigenes besseres Wissen sein früheres Geschäft, wieder aufgenommen, mit alten aber auch neuen Partnern der nächsten Generation, nach gleichem Muster, getrieben von Gier nach Allem was zum eigenen Vorteil und Vergnügen gereicht. Als Jan seine Zaunrosen schneidet hat sich die Welt, seit seinem Jakarta-Abenteuer, in einen sumpfigen Pfuhl voller Kriege, Tod und unglaublicher menschlicher Verfehlungen, bis hin zum wahllosen Morden Unschuldiger entwickelt. Hunderte religiös oder territorial orientierte Gruppierungen okkupieren und zerstören in zunehmender Intensität die Enklaven demokratischer Ordnung, zum Teil in Ländern, die sich gerade mühsam aus den Klammern ihrer bisherigen Despoten befreit haben und nun neuen Aggressionen ausgesetzt sind. Alle diese Enthemmten haben Waffen, die viel Geld kosten, das sie sich mit Drogenhandel, eroberter Ölquellen, Entführungen, Erpressungen, Raub von historischen Kunstgegenständen oder anderen unredlichen Taten aneignen. Das sind, neben einer Vielzahl unterschiedlich Staaten, kriminell motivierte Milizen und anderer selbstversessene Gruppierungen, insbesondere sogenannte Gottes-Krieger, welche die Religiosität, insbesondere die des Islams, nach eigenen Regeln mißbrauchen, in fast unzählig aufgesplitterten, untereinander zum Teil in religiöser Gegnerschaft verhaftete. Sie berufen sich in perfider Weise auf Allah, ihren von Menschen erfundenen Gott, so wie andere, die mit einem vorgeschobenen, angeblichen Freiheitsmotiv, jedes Mittels nutzen ihrer ethnischen Gruppe zum machtbringenden Sieg zu verhelfen, jedoch in ihren Methoden sich gleichermaßen des erbarmungslosen Terrors bedienen.

Daneben die Waffen produzierende Industrie, die sich die Hände reibt, wenn das Geschäft des Todes blüht und keine konsequenten Unterschiede macht wohin die Waffen gehen, Hauptsache dem nationalen Wirtschaftswachstum dient, wie es mit frömmlerischen Sprüchen umschrieben wird. Arbeitsplätze sollen geschaffen oder erhalten werden, als Alibi-Formulierung, die wie flüssiges Gold von den Lippen der Regierenden fließt, deren Politik weltweit längst nur noch von der Wirtschaft gelenkt wird. Da reisen sie in großem Gefolge in ferne Länder, plappern zuerst ein paar Pflichtpsalmen von Menschenrechten herunter, was zum klappern des Geschirrs gehört und für große Wirtschaftsabschlüsse allen Beteiligten zum charakterlosen Spiel gehört, jedoch nur unbedeutende Begleitmusik ist, bevor man nach oder bei einem großen Diner die Connections festzurrt. Sie merken dabei nicht, daß sie langsam aber stetig den Ast absägen auf dem sie glauben fest zu sitzen, denn das Böse, das protegiert wird, kommt näher und näher, so wie die begleitenden Sprechblasen gedankenverloren umfänglicher werden. Sie, diese Macher, denken fahrlässig kurz, gerade einmal bis zur Wahrung ihrer eigenen Interessen mit dem Motto - mir kann nichts passieren - zumindest nicht in meiner Amts-oder Aktionsperiode, sollen doch die Nachfolgenden sehen wie sie zurecht kommen. Sie – das ist die nächste Generation - die das kalte Grauen erwartet, aber gleichgültig vergnügungssüchtig, blind weiter um das goldenen Kalb tanzt, was wiederum den heutige Akteuren dient, indem sie zwar ununterbrochen und scheinheilig von Nachhaltigkeit im Positiven sprechen, jedoch das Gegenteil projizieren.

Sie mehren ihre Pfründe, ihre Macht, pflegen ihren Egoismus und Ihre Gier nach Mehr...und Mehr....und Mehr.....und treiben unaufhaltsam dem Abgrund entgegen, in den sie am Ende aller Tage die anderen, die Unbeteiligten, erbarmungslos aber unvermeidbar mitreißen.

***

HANS FRIEDER HUBERS Schicksal durch Kriegserleben und Bombenterror im Kindesalter hat ihn geprägt und in ihm eine   besondere Sensibilität ausgelöst. Seine drei Bücher über jene Zeit, zuletzt 2005 in zweiter Gesamtauflage unter dem Titel "MUNGO" erschienen, haben ebenso großes Interesse gefunden, wie auch die folgende Bücher 5-12. Insbesondere das Buch 9 - IRRUNGEN DER LÄMMER – wurde von der Kommission des Börsenvereins des Deutschen Buchhandels 2014-2015 für eine Sonderbuchmesse Baden-Württembergischer Schriftsteller in Deutschen Großstädten, Berlin und Brüssel ausgewählt. Darüber hinaus erfolgten Lesungen in den unterschiedlichsten Literatureinrichtungen und Publikationen in den verschiedensten Medien. Die Ehe mit seiner Frau in außergewöhnlicher Harmonie, seit über vierzig Jahren, bildet das Fundament seines Schaffens.

BISHER VERÖFFENTLICHTE BÜCHER
von Hans Frieder Huber   Dezember 2017

Buch 1   ERINNERUNGEN
an eine Freiburger Kindheit im Kriege
„Die erste Zeit" 1942 -1944
Kehrer Verlag Freiburg 1984
ausverkauft

Buch 2   KINDHEITSERINNERUNGEN
Kriegsende und die Zeit danach in Freiburg
„Die zweite Zeit" 1944 - 1945
Kehrer Verlag Freiburg 1986
ausverkauft

Buch 3   JUGENDERINNERUNGEN
in einer geliebten Stadt
Die Dritte Zeit" 1946 - 1956
Kehrer Verlag Freiburg 1992
ausverkauft

Buch 4   MUNGO
Der Krieg, das Ende und die Zeit danach
in Freiburg 1942 - 1956
Gesamtneuauflage der „Ersten bis Dritten Zeit"
Schillinger Verlag Freiburg 2005
Deutschsprachiger Buchhandel

Buch 5   ARCHITEKT und.....
Anekdoten vor realem Hintergrund
Schillinger Verlag Freiburg 2007
Deutschsprachiger Buchhandel

FSC
www.fsc.org
MIX
Papier | Fördert
gute Waldnutzung
FSC® C083411

Zeitfracht Medien GmbH
Ferdinand-Jühlke-Straße 7
99095 Erfurt, Deutschland
produktsicherheit@kolibri360.de